# 名探偵と学ぶミステリ

## 推理小説アンソロジー&ガイド

杉《すぎ》江《え》松《まつ》恋《こい》
編著

青《あお》崎《さき》有《ゆう》吾《ご》
阿《あ》津《つ》川《かわ》辰《たつ》海《み》
楠《くす》谷《たに》佑《たすく》
斜《しゃ》線《せん》堂《どう》有《ゆう》紀《き》
辻《つじ》真《ま》先《さき》
福《ふく》田《だ》和《かず》代《よ》
水《みず》生《き》大海《ひろみ》
著



早川書房

目次

カバー・扉絵／シライシユウコ
4コママンガ／川浪《かわなみ》いずみ
デザイン／早川書房デザイン室

# 名探偵《めいたんてい》と学ぶミステリ

## 推理《すいり》小説《しょうせつ》アンソロジー＆ガイド

# はじめに

私《わたし》はミステリが好《す》きです。

あまり好《す》きすぎて、じゃあ、ミステリって何なの、と聞かれてもすぐに答えられない。

ミステリのことをあまり知らなかったころもありました。だんだん知っていって、そのことでどんどんミステリが好《す》きになっていきました。

その体験《たいけん》を、できればいろいろな方にしていただきたいと思っています。だって、とても楽しかったから。

秘密《ひみつ》の森に分け入っていくような気持ちがしたのをおぼえています。知れば知るほど知らないことがでてきて、とても奥深《おくぶか》いな、と思った記憶《きおく》があります。

ミステリ、あるいは推理小説《すいりしょうせつ》がどうしておもしろいと感じるんだろう。小説《しょうせつ》だけじゃない、マンガやアニメ、実写のドラマや映画《えいが》、ゲームの世界など、いろいろなところでミステリの形を使った物語が作られています。

どうしてみんな、ミステリに関心《かんしん》を持つんだろう。

そういうことを考えながら、この本を作ってみました。ミステリをあまり読んだことがない方に、ぜひ手に取っていただきたいと思っています。

この本は二つの部分でできています。

一つめは、物語です。ミステリの歴史《れきし》を彩《いろど》った最大《さいだい》の功労者《こうろうしゃ》は名探偵《めいたんてい》です。

さまざまな名探偵《めいたんてい》たちが活躍《かつやく》することでミステリの物語は豊《ゆた》かになりました。名探偵《めいたんてい》に憧《あこが》れて、同じような物語を作りたい、と思った者は自分もミステリを書き始めます。そうやってリレーのバトンを手渡《てわた》すようにして、ミステリは作られてきたのです。

名探偵《めいたんてい》でつながった物語の歴史《れきし》を、ぎゅっと圧縮《あっしゅく》した形でお見せしたいと思います。

本書には七人の現役《げんえき》作家に登場いただきました。青崎有吾《あおさきゆうご》、阿津川辰海《あつかわたつみ》、楠谷佑《くすたにたすく》、斜線堂有紀《しゃせんどうゆうき》、辻真先《つじまさき》、福田和代《ふくだかずよ》、水生大海《みずきひろみ》という、ミステリ創作《そうさく》の最前線《さいぜんせん》で活躍《かつやく》されているみなさんです。

書いていただいたのは、ミステリの歴史《れきし》を語る上ではとても重要《じゅうよう》な七人の探偵《たんてい》についての物語。彼《かれ》らがどんな探偵《たんてい》だったのか、どういう魅力《みりょく》の持ち主だったのかが、物語から浮《う》かんでくると思います。

もう一つは、ガイドです。ミステリにはさまざまな要素《ようそ》があります。

その要素《ようそ》を短くまとめて言うのは難《むずか》しい。まとめてしまうと、あっちが漏《も》れたり、こっちがこぼれたりして、私《わたし》がぼんやりと感じているミステリの魅力《みりょく》が失《うしな》われてしまいそうです。

だからガイドの部分では、ミステリを、なるべく細かく分けてみました。レシピで言えば、材料《ざいりょう》は何を使うのか、どんな味つけなのか、料理法《りょうりほう》はどうなのか、とそれぞれの観点《かんてん》から考えているようなものです。それらが全部そろえば、ミステリというものが姿《すがた》を現《あらわ》してくれそうな気がします。

楽しんで読んでいただければ、と思います。本文だけではなくて、あちこちに小さなコラムもちりばめてあります。疲《つか》れたときの腰《こし》かけとして使ってください。川浪《かわなみ》いずみさんに、マンガも描《か》いていただきました。なんならマンガだけでも拾い読みしてください。

どこから読んでも、どこで読み終わってもだいじょうぶです。おやつを食べながら、どうぞ。

杉江《すぎえ》松恋《まつこい》

パブリック・スクールの怪《かい》事《じ》件《けん》
楠《くす》谷《たに》佑《たすく》

シャーロック・ホームズ

イギリスの作家、サー・アーサー・コナン・ドイルが学生時代の恩師《おんし》をモデルとして生み出した、世界で最《もっと》も有名な名探偵《めいたんてい》です。助手を務《つと》める医師《いし》のジョン・H・ワトスンが名探偵《めいたんてい》の活躍《かつやく》を記録《きろく》する、という形式は、探偵小説《たんていしようせつ》の基本型《きほんけい》になっています。挿絵《さしえ》に描《か》かれた鹿撃《しかう》ち帽《ぼう》にインバネスという服装《ふくそう》も、すっかり名探偵《めいたんてい》のアイコンになりました。

初登場《はつとうじよう》は長篇《ちようへん》『緋色《ひいろ》の研究《けんきゆう》』（1887年）です。依頼者《いらいしや》を一目見ただけでどんな人物かを言い当てる観察眼《かんさつがん》の持ち主であり、事件捜査《じけんそうさ》に関《かん》する広範《こうはん》な知識《ちしき》を備《そな》えています。ヴァイオリン演奏《えんそう》を趣味《しゆみ》としたり、バリツという武術《ぶじゆつ》を習得《しゆうとく》していたりと、推理以外《すいりいがい》にもさまざまな特徴《とくちよう》があります。兄・マイクロフトは、政府《せいふ》の重要《じゆうよう》な地位《ちい》に就《つ》いているようです。

現在《げんざい》も熱狂的《ねつきようてき》なファンがいて、ホームズを実在《じつざい》の人物のように見なして研究したり、住所のロンドン・ベイカー街《がい》221Bを聖地巡礼《せいちじゆんれい》するなどの活動を行《おこな》っています。　　　　　　　　　（杉江松恋《すぎえまつこい》）

私《わたし》はこれまで、わが友シャーロック・ホームズの探偵譚《たんていたん》をいくつも発表してきた。しかし様々《さまざま》な事情《じじょう》から、世間に公表することを控《ひか》えてきた事件《じけん》も少なからずある。

これから語らせていただく物語も、そんな隠《かく》し玉《だま》のひとつだ。発表を見送ってきた理由は単純《たんじゅん》である。事件《じけん》の関係者《かんけいしゃ》のほとんどが将来《しょうらい》ある少年たちで、彼《かれ》らの内輪《うちわ》で起きたできごとを世間の目に晒《さら》すのは気の毒《どく》に思われたからだ。だが、今やあの事件《じけん》からだいぶ月日が経《た》ち、彼《かれ》らも紳士《しんし》と呼《よ》ぶべき年ごろの青年になりつつある。あの奇妙《きみょう》な事件《じけん》も、彼《かれ》らにとってはもはや青春の思い出のひとつとなっているらしい。

といった次第で、ホームズの特異《とくい》な観察眼《かんさつがん》が遺憾《いかん》なく発揮《はっき》された〈パブリック・スクールの怪事件《かいじけん》〉の顚末《てんまつ》を、ここに発表させていただく。ただし、関係者《かんけいしゃ》の名誉《めいよ》のために、舞台《ぶたい》となった学校は特定《とくてい》できないように多少の脚色《きゃくしょく》を加《くわ》えてある。

依頼人《いらいにん》がやってきたのは、とある年の六月の朝だった。

ホームズと私《わたし》はいつものように、ベイカー街《がい》の下宿《げしゅく》で朝食を取ったあと、思い思いにくつろいでいた。するといきなり、ホームズが立ち上がって窓際《まどぎわ》に歩み寄《よ》った。

「おやおや、ワトスン！　来客のようだよ。しかもどうやら、刺激的《しげきてき》な事件《じけん》をおみやげに持ってきてくれたらしい！」

まもなく部屋に入ってきたのは、口ひげが目立つ、りゅうとした身なりの初老《しょろう》の男性《だんせい》だった。

「おはようございます」ホームズは快活《かいかつ》に挨拶《あいさつ》した。「なにやら不穏《ふおん》な事件《じけん》が持ち上がって、夜も寝《ね》られぬほどお悩《なや》みだったご様子ですね。しかも、すぐにもこの僕《ぼく》を現場《げんば》まで引っぱっていきたいというおつもりのようだ！」

この言葉を聞くと、来客の顔に驚《おどろ》きの色が浮《う》かんだ。

「おお、どうしてそこまでおわかりになるのですか！」

「いやなに、じつに初歩的《しょほてき》な推理《すいり》なのです。あなたの目が血走っていらっしゃることと、下のまぶたに隈《くま》があるところを見れば、誰《だれ》でも寝不足《ねぶそく》という診断《しんだん》を下すでしょう。そして、あなたが下に待たせていらっしゃる馬車も推理《すいり》の役に立ちました。見たところ、個人《こじん》のお宅《たく》にある馬車ではなく、道で拾った馬車のようですね。にもかかわらず四人がけの大きな客車をお選《えら》びになって、しかも待たせているのは、僕《ぼく》をすぐにでもここから引っぱりだそうというおつもりだったからでしょう！」

この推理《すいり》を聞き終えると、男性《だんせい》はやつれた顔に弱々《よわよわ》しい笑《え》みを浮《う》かべて、ホームズの手を取った。

「すばらしい！　やはり、評判《ひょうばん》どおりの優《すぐ》れた頭脳《ずのう》をお持ちでいらっしゃる。あなたになら、この難《なん》問《もん》を解決《かいけつ》していただけそうだ」

「ともあれ、馬車には少し待ってもらいましょう。まずはお話をうかがって、それから僕《ぼく》がお引き受けするかどうかを決めさせていただきます。こちらのワトスン医師《いし》も同席《どうせき》させていただいてね」

「承知《しょうち》しました。——申しおくれました、私《わたし》はギルバート・バークリーと申します」

続《つづ》いて、彼《かれ》は自らの職業《しょくぎょう》を告《つ》げた。さるパブリック・スクールで校長をしている、と聞かされて、私《わたし》は大《おお》いに驚《おどろ》かされた。彼《かれ》が告《つ》げた名は、英国人《えいこくじん》なら誰《だれ》もがその名を知る名門校だったからだ。

さて、近ごろは誇《ほこ》らしいことに、ホームズの探偵物語《たんていものがたり》はわが英国《えいこく》から遠く離《はな》れた地でも読まれていると聞く。ならば、この国ではなじみ深いパブリック・スクールというものがどういった場所であるかという説明《せつめい》も必要《ひつよう》であろう。

パブリック・スクールの定義《ていぎ》は、明確《めいかく》に法律《ほうりつ》で決まっているわけではない。名門学校の一部が、そう呼《よ》びならわされているのだ。寄宿制《きしゅくせい》で、生徒《せいと》は男子のみ。学校によって制度《せいど》が異《こと》なっている部分が多いが、バークリー氏《し》の学校は、おおむね十歳《じっさい》ごろに入学して、学年は六年次まであるという。

「相談というのは、わが校で起きた事件《じけん》のことなのです。……じつは昨日《きのう》の夜、寮《りょう》の中でデイヴィッドという最上級生《さいじょうきゅうせい》が殴打《おうだ》され、意識《いしき》を失《うしな》うという悲劇《ひげき》が起きてしまったのです」

「じつに痛《いた》ましい事件《じけん》ですね。そのデイヴィッドくんの容態《ようだい》は？」

「今朝《けさ》、私《わたし》が寮《りょう》を出たときには、まだ意識《いしき》が戻《もど》っておりませんでした。医者に診《み》てもらいましたが、とにかく今は安静《あんせい》にするしかないとのことで。昏睡状態《こんすいじょうたい》があまり長く続《つづ》くと危険《きけん》だとも言われております」

ホームズは真剣《しんけん》な表情《ひょうじょう》で頷《うなず》いた。

「ところでバークリーさん、なぜ僕《ぼく》のところにご依頼《いらい》に見えたのでしょう？　警察《けいさつ》の捜査《そうさ》だけでは不《ふ》十分《じゅうぶん》だとお考えですか」

問われると、依頼人《いらいにん》はばつが悪そうにうつむいた。

「いや、じつのところ、警察《けいさつ》には届《とど》けておらんのです」

「なんと！」

ふだん、ホームズと依頼人《いらいにん》の会話に口を挟《はさ》むことはめったにない私《わたし》だが、このときは思わず声が出てしまった。バークリー氏《し》は、さらに気まずそうな表情《ひょうじょう》になる。

「ワトスン先生が驚《おどろ》かれるのもごもっともです。だが、事情《じじょう》があるのですよ。なんといっても、犯人《はんにん》は寮《りょう》の内部にいるとしか思えない状況《じょうきょう》なのですから」

「生徒《せいと》の誰《だれ》かが犯人《はんにん》だと？　それは確《たし》かですか」

ホームズが念《ねん》を押《お》すと、バークリー氏《し》はのろのろと頷《うなず》いた。

「間違《まちが》いないと思われます。事件《じけん》があったのは、昨夜《さくや》——消灯時間《しょうとうじかん》を少し過《す》ぎたころのことです。三十人ほどの生徒《せいと》が暮《く》らす寮《りょう》の中に、突然《とつぜん》、叫《さけ》び声が響《ひび》き渡《わた》りました。続《つづ》いて、どしんと大きなものが倒《たお》れるような音が。……私《わたし》や、何人かの生徒《せいと》たちが駆《か》けつけると、廊下《ろうか》にディヴィッドが倒《たお》れていたのです。額《ひたい》に瘤《こぶ》ができていて、誰《だれ》かに頭を殴《なぐ》られたことは明らかでした。そして、殴《なぐ》られたはずみで後ろ向きに倒《たお》れたとき、床《ゆか》に頭を打ちつけて意識《いしき》を失《うしな》ったようです。犯人《はんにん》は、廊下《ろうか》から姿《すがた》を消していました」

「なるほど。戸じまりは完璧《かんぺき》だったのですか？」

「ええ。すぐに一階の勝手口と正面玄関《しょうめんげんかん》の鍵《かぎ》を確《たし》かめましたところ、どちらもしっかり施錠《せじょう》されておりました。さらに、医者を呼《よ》びにやったあとで建物《たてもの》の周《まわ》りを調べたのです。昨日《きのう》は夕方まで雨が降《ふ》っていて、周囲《しゅうい》の地面はぬかるんでいました。ところが、建物《たてもの》を出入りした足跡《あしあと》はどこにもありませんでした」

「なるほど。内部犯《ないぶはん》であることは間違《まちが》いないようですね。ところで、本当に容疑者《ようぎしゃ》は生徒《せいと》だけですか？　使用人なども寮《りょう》には住んでいるのではないですか」

「容疑者《ようぎしゃ》は生徒《せいと》だけです」バークリー氏《し》はきっぱりと言った。「叫《さけ》び声と物音が聞こえたとき、私《わたし》は料理人《りょうりにん》のセイヤーズ夫人《ふじん》と食堂《しょくどう》で話しこんでいましてね。食堂《しょくどう》は一階にあり、階段《かいだん》がよく見えます。建物《たてもの》は三階建《さんがいだ》てで、現場《げんば》は二階の廊下《ろうか》でした。そして、事件《じけん》があった後、セイヤーズ夫人《ふじん》はずっと階段《かいだん》のそばに立っていたと言っています」

「つまり、犯人《はんにん》は二階または三階にいたことになる、と？」

「ええ。二階には寝室《しんしつ》が、三階には勉強部屋があります。犯人《はんにん》はそのどこかに逃《に》げ込《こ》んだことになる――つまり、生徒《せいと》でしかありえんのです。さらに、生徒全員《せいとぜんいん》から話を聞いたところ、悲鳴が聞こえたときにひとりきりで行動していたのは三人だけだと判明《はんめい》しました。この三人の中に、犯人《はんにん》はいます」

ここまで聞き終えると、ホームズはゆったりと椅子《いす》にもたれた。

「ということは、警察《けいさつ》に事件《じけん》のことを知らせないのは、学校から暴行事件《ぼうこうじけん》の犯人《はんにん》が出るというスキャンダルを避《さ》けるためですか？　しかし、僕《ぼく》が捜査《そうさ》に乗り出して犯人《はんにん》を突《つ》き止めれば、同じ結果《けっか》になりますよ」

「私《わたし》はなにも、スキャンダルを恐《おそ》れて警察《けいさつ》に知らせていないわけではありません！　お二人も、パブリック・スクールという場が少々荒《しょうしょうあら》っぽい伝統《でんとう》を持っていることはご存《ぞん》じでしょう？　生徒同士《せいとどうし》の派手《はで》な喧嘩《けんか》は珍《めずら》しくない。だから、今回の事件《じけん》はそれが行き過《す》ぎてしまったというだけのことだと思うのです」

バークリー氏《し》は、苦しげな表情《ひょうじょう》で力説《りきせつ》した。ホームズは、彼《かれ》をなだめるように頷《うなず》いてみせる。

「もしもデイヴィッドくんが無事《ぶじ》に回復《かいふく》したら、ことさら騒《さわ》ぎ立てる必要《ひつよう》はないというお考えなのですね。しかしそれならそれで、やっぱり僕《ぼく》が乗り出す意味はないのではないですか」

「もちろん、今こうしている間《あいだ》にも彼《かれ》が意識《いしき》を取り戻《もど》す希望《きぼう》はあります。私《わたし》がご依頼《いらい》に上がったのも無駄足《むだあし》になるやもしれません。だが、一刻《いっこく》も早く犯人《はんにん》を突《つ》き止めねばならぬ事情《じじょう》があるのです。……というのも、デイヴィッドの父上というのは、かの有名なノックス卿《きょう》なのですから」

私《わたし》にも聞き覚《おぼ》えがある名だった。ノックス卿《きょう》といえば、鉄道事業で財《ざい》を成《な》した大富豪《だいふごう》だ。

「さすがに、ご子息《しそく》が意識不明《いしきふめい》の状態《じょうたい》になったということで、ノックス卿《きょう》に電報《でんぽう》を打たないわけにはまいりませんでした。卿《きょう》は遠くの地方に住んでいらっしゃいますから、学校に駆《か》けつけるのは夕方になるようですが。とにもかくにも、ノックス卿《きょう》が駆《か》けつけたときに犯人《はんにん》がわかっている状態《じょうたい》にしたいのですよ」

私《わたし》は、バークリー氏《し》がなにを言わんとしているかを察《さっ》した。息子《むすこ》に怪我《けが》を負《お》わせた犯人《はんにん》がわからないとなれば、卿《きょう》の怒《いか》りは学校側《がっこうがわ》の管理責任《かんりせきにん》に向く可能性《かのうせい》が高い。しかし、それは校長としては困《こま》るのだ。おそらく、ノックス卿《きょう》ほどの財産家《ざいさんか》であれば、学校に多額《たがく》の寄付《きふ》などをしていることだろうから。

一方、犯人《はんにん》が特定《とくてい》されていれば、その生徒《せいと》を放校処分《ほうこうしょぶん》にしてしまうことで、事態《じたい》にひとまず決着がつくというわけだ。

「お話はよくわかりましたよ、バークリーさん」

ホームズの声からは、最初《さいしょ》の興奮《こうふん》が薄《うす》れていた。彼《かれ》ももちろんバークリー氏《し》の打算《ださん》には感づいたようで、態度《たいど》は冷《ひ》ややかになりつつある。

「だが、これはどうも僕《ぼく》がお引き受けすべき事件《じけん》にはあたらないように思います。パブリック・スクールとは、英国紳士《えいこくしんし》を育てる場でしょう。校長先生のご人徳《じんとく》によって、襲撃犯《しゅうげきはん》がみずから名乗り出てくるように導《みちび》くべきでしょうね」

バークリー氏《し》は、さっと頬《ほお》を赤らめて顔を上げた。

「ご依頼《いらい》をさせていただいているのは、単《たん》にことを丸く収《おさ》めたいためだけではないのです。この事件《じけん》には、非常《ひじょう》に重大な謎《なぞ》があるのです。この謎《なぞ》を解《と》けるのはあなた様だけだと、そう見込《みこ》んでまいったのです」

「――重大な謎《なぞ》？」

ホームズの目つきが変《か》わった。バークリー氏《し》は、勢《いきお》いこんで語る。

「そうなのです。足跡《あしあと》がなかったことから、事件当夜《じけんとうや》、誰《だれ》も寮《りょう》を一歩も出ていないことは明らかなのですが――不可解《ふかかい》なことに、デイヴィッドの額《ひたい》を殴《なぐ》りつけたはずの凶器《きょうき》が、どこからも見つからないのです！　全員の荷物検査《にもつけんさ》をしたにもかかわらず、ですぞ」

「なるほど！」

ホームズはいよいよ表《ひょう》情《じょう》を明るくして、両手をこすり合わせた。彼《かれ》がこの謎《なぞ》に食いついたことは明らかだった。

「そういうことでしたら事情《じじょう》は変《か》わってきますね、バークリーさん。警察《けいさつ》が乗り出してきても、凶器《きょうき》が見つからないとなれば話にならない。仮《かり》にデイヴィッドくんが意識《いしき》を取り戻《もど》したところで、なんらかのからくりで凶器《きょうき》を消してしまったのであれば、犯人《はんにん》はその一点を材料《ざいりょう》にしてシラを切るかもしれない。いやいや、これはぜひとも僕《ぼく》が調べる必要《ひつよう》があるようだ。――いいでしょう、お引き受けします。さっそく準備《じゅんび》してまいりましょう」

バークリー氏《し》に待ってもらって、ホームズと私《わたし》は身じたくに取りかかった。

「ねえワトスン。学校という場所はときに非常《ひじょう》に興味深《きょうみぶか》い謎《なぞ》を提供《ていきょう》してくれるね」

上着を着こみながら、ホームズが話しかけてきた。

「『プライオリー・スクール』の事件《じけん》を憶《おぼ》えているだろう？　寄宿学校《きしゅくがっこう》からホールダネス公爵《こうしゃく》のご子息《そく》が誘拐《ゆうかい》されたあの一件《いっけん》だ。あれは、めったに類例《るいれい》のない難事件《なんじけん》だったね。はてさて、今回はあのときのように刺激的《しげきてき》な展開《てんかい》になるかな」

私《わたし》たちは、バークリー氏《し》が外で待たせておいた馬車に乗って出発した。このベイカー街《がい》から学校までは、三十分ほどかかるという。馬車が動き出すと、ホームズはさっそく校長に質問《しつもん》した。

「時間もありますから、事件《じけん》の話をもっと詳《くわ》しく聞かせていただきましょう。被害者《ひがいしゃ》のデイヴィッド少年というのは、どういう生徒《せいと》なのですか」

「正直なところ、彼《かれ》はかなり荒《あら》っぽい性格《せいかく》です」

バークリー氏《し》は、言いづらそうに語った。

「下級生をひどくこき使ったり、喧嘩《けんか》を吹《ふ》っかけたり……。ですから、寮《りょう》の中には彼《かれ》を怖《こわ》がっている生徒《せいと》が少なからずいるようです」

「なるほどね。……ところで先ほど、容疑者《ようぎしゃ》は三人に絞《しぼ》られているとおっしゃいましたね。次はその三人について教えていただけますか」

「一人目は、デイヴィッドと同じく最上級生《さいじょうきゅうせい》の、エドマンドという少年です。彼《かれ》は、たまたま同室の生徒《せいと》が泊《と》まりがけの外出をしていたので、部屋にひとりきりだったのです」

「だからアリバイが証明《しょうめい》できなかった、と。どのような子です？」

「エドマンドはスポーツが得意《とくい》で、たくましい身体《からだ》つきをしている子でしてね。デイヴィッドとはフットボール（日本で言うサッカーのこと）の代表選手《だいひょうせんしゅ》の座《ざ》を巡《めぐ》って競争《きょうそう》を繰《く》り広げることもあり、仲《なか》がいいとは言えない関係《かんけい》です」

「では、動機《どうき》という面からは、そのエドマンドくんにはひとつ怪《あや》しい要素《ようそ》があるわけだ」

ホームズが指摘《してき》すると、バークリー氏《し》は顔を曇《くも》らせた。

「そうなりますかな。――二人目の容疑者《ようぎしゃ》は、やはり最上級生《さいじょうきゅうせい》のニコラスです。眼鏡《めがね》をかけたやせぎすの少年で、スポーツよりは勉学に重きを置《お》くタイプと言いましょうか。彼《かれ》はデイヴィッドと同じ寝室《しんしつ》を割《わ》り当てられていて、そのため、事件当時《じけんとうじ》はひとりだったんです。本人は、消灯《しょうとう》になってすぐに眠《ねむ》ってしまったため、デイヴィッドがいつ廊下《ろうか》に出たのかもわからないと言っています」

「同室ですか」ホームズが鋭《するど》く尋《たず》ねる。「仲《なか》は良《よ》かったのですか？」

「ニコラスは、どうもデイヴィッドとでは正反対ですから、デイヴィッドのことを苦手にしているようです。勉強熱心《べんきょうねっしん》な彼《かれ》と、乱暴《らんぼう》で人騒《ひとさわ》がせなデイヴィッドとでは正反対ですから、無理《むり》もありませんが」

「彼《かれ》も、動機《どうき》があると言えばあるわけですね。……では、いまひとりの容疑者《ようぎしゃ》は？」

「三人目は、コリンという下級生です。去年入学したばかりの子で、いま十一歳《じゅういっさい》でしたかな。読みかけの本を勉強部屋に忘《わす》れてしまったとかで、寝室《しんしつ》を抜《ぬ》け出して取りにいっていたとのことです。ちなみにコリンは気が弱い子で、デイヴィッドのことはかなり苦手にしていたようですね」

「では、この子にも動機《どうき》あり、というわけだ」

ホームズの言葉に、バークリー氏《し》は慌《あわ》てて両手を振《ふ》った。

「いやいや！　アリバイがないというだけで、この子は容疑者《ようぎしゃ》としては問題外ですよ。ただでさえ歳《とし》の差《さ》があるうえに、コリンは同学年の中でもかなり小柄《こがら》で、腕力《わんりょく》がないほうですから。彼《かれ》の身長では、デイヴィッドの額《ひたい》を殴《なぐ》るのは無理《むり》です」

「それは一理ありますね。では、エドマンドくんとニコラスくんの身長はどうです？　デイヴィッドくんの額《ひたい》を殴打《おうだ》できそうですか？」

校長は、曖昧《あいまい》な表情《ひょうじょう》で首をひねった。

「そこが微妙《びみょう》なところでしてね。襲《おそ》われたデイヴィッドは、寮《りょう》の中でも一、二を争《あらそ》うほど背《せ》が高い少年なのですよ。しかしエドマンドは、筋肉《きんにく》はついているものの背《せ》はさほど高くない。だから、額《ひたい》を殴《なぐ》るには、それなりの長さがある凶器《きょうき》が必要《ひつよう》になります」

「なるほど。ニコラスくんのほうは？」

「彼《かれ》はかなり背《せ》が高く、デイヴィッドと並《なら》ぶほどです。もっとも彼《かれ》もコリン同様、さほど腕力《わんりょく》がありませんからね。拳《こぶし》で殴《なぐ》ってあんな瘤《こぶ》をこしらえることは無理《むり》だったでしょう。やはり誰《だれ》が犯人《はんにん》であるにせよ、凶器《きょうき》がなければこの犯行《はんこう》は不可能《ふかのう》だったということになるのです」

「その凶器《きょうき》なのですが」と、私《わたし》は思いついて言ってみた。「窓《まど》から遠くに投げ捨《す》ててしまったということはありませんか？　それなら、足跡《あしあと》も残《のこ》りません」

「残念《ざんねん》ながら、難《むずか》しいでしょうな。寮《りょう》の周囲《しゅうい》は広々《ひろびろ》としたグラウンドと芝生《しばふ》に囲《かこ》まれています。いちばん肩《かた》が強いエドマンドが凶器《きょうき》を投げ飛《と》ばしたとしても、必《かなら》ず目に見えるところに飛《と》んだはずです。

……うん、やはりそれはありえません」

バークリー氏《し》は、やけに強い口調で否定《ひてい》した。ホームズもそれに気づいたようだ。

「なにか気にかかることがあるのですか？」

「いや、じつは料理人《りょうりにん》のセイヤーズ夫人《ふじん》の言葉を思い出しましてね。悲鳴が聞こえてからしばらく経《た》ったころ、前庭になにかが落ちる音を聞いた、というようなことを話していたんです。だが、私《わたし》は夜のうちに建物《たてもの》の周囲《しゅうい》を全部調べましたが、何も落ちていませんでした。だから、それはきっと彼女《かのじょ》の空耳《そらみみ》だったのでしょう」

「なるほど」ホームズは、両手の指先を突《つ》き合わせた。「興味深《きょうみぶか》い話です」

話しこむうち、とうとう馬車は事件《じけん》の舞台《ぶたい》となったパブリック・スクールの前に到着《とうちゃく》した。広い芝生《しばふ》の前庭があって、その奥《おく》に、どっしりとした石づくりの建物《たてもの》がそびえている。

私《わたし》たちが玄関《げんかん》のほうへ向かっていくと、道の途中《とちゅう》で四人づれの少年の集団《しゅうだん》と行き会った。先頭を歩いているがっしりとした体格《たいかく》の少年に、バークリー氏《し》が呼《よ》びかける。

「おや、エドマンド！　どこへ行くのかね」

どうやら、容疑者《ようぎしゃ》の一人のエドマンドくんだったようだ。彼《かれ》は、日焼《ひや》けした顔にばつが悪そうな笑《え》みを浮《う》かべる。

「今日は授業《じゅぎょう》が休みになりましたから、フットボールの練習をしようかと思って。……ねえいいでしょう、先生《サー》」

と言って、エドマンドは脇《わき》に抱《かか》えていたボールを掲《かか》げてみせた。

バークリー氏《し》は悩《なや》ましげに口ひげをひねっていたが、やがて「よろしい、行きなさい」と言った。

まもなく、私《わたし》たちは玄関《げんかん》までたどりついた。重厚《じゅうこう》な両開きの扉《とびら》を開けてホールに入ると、そばの部屋から一人の少年が出てくるところだった。

「先生、おかえりなさい」

十代後半の、快活《かいかつ》に喋《しゃべ》る少年だった。きりっとした顔立ちといい、まっすぐに伸《の》びた背筋《せすじ》といい、一目見ただけで好感《こうかん》を持たずにはいられないような男子である。

「おお、ピーター。戻《もど》っていたのか。……ご紹介《しょうかい》しましょう、ホームズさん。彼《かれ》は、この寮《りょう》の監督生《かんとくせい》であるピーターです」

監督生《かんとくせい》といえば、寮《りょう》のリーダーとして校長から任命《にんめい》された生徒《せいと》のことだ。たしかに、このピーター少年の堂々《どうどう》たるふるまいは、その肩書《かたが》きにふさわしい。

「ピーター、こちらは探偵《たんてい》のシャーロック・ホームズさんと、そのご友人のワトスンさんだ。ディヴィッドの事件《じけん》のことは、もう聞いているだろう？」

「ええ！　本当に残念《ざんねん》です。僕《ぼく》がいないときに、こんなことが起きるなんて……」

バークリー氏《し》は、ホームズと私《わたし》のほうを向いて説明《せつめい》する。

「ピーターは昨日《きのう》、おばあさんの葬儀《そうぎ》があって家に帰っていたのですよ。だから、事件《じけん》があった昨夜《さくや》は寮《りょう》にいなかったというわけです。エドマンドの同室の生徒《せいと》というのもこの子でね」

「つい一時間ほど前に戻《もど》ったところです。先生、僕《ぼく》にできることはなにかないですか？」

「いやピーター、ありがとう。君は、他の子たちをよく見ておいてくれたまえ」

そのとき、階段《かいだん》のおどり場から、ひょっこりと小さな影《かげ》が現《あらわ》れた。小柄《こがら》で細身の少年が階段《かいだん》を下りてくる。その姿《すがた》に真っ先に気づいたのは、ピーターだった。

「おう、コリン！　どうしたんだ？」

またしてもここで、容疑者《ようぎしゃ》の少年とご対面というわけだ。

コリンは私《わたし》たち見知らぬ大人が怖《こわ》いのか、青い瞳《ひとみ》で上目《うわめ》づかいにこちらを観察《かんさつ》している。豊《ゆた》かな金《きん》髪《ぱつ》が美しく、どこか目をひくところのある少年だ。しかし本人は、自分の姿《すがた》が人目に触《ふ》れることが耐《た》えられないとばかりに身をちぢこまらせている。

「ピーターが帰ってきたって、さっき聞いたから……。なにか、用事はない？」と、コリンはか細い声でピーターに尋《たず》ねた。年長の少年は、愛《いと》おしむような眼差《まなざ》しをコリンに向ける。

「今は大丈夫《だいじょうぶ》だよ、ありがとう」

こんなやりとりを横目に、ホームズはバークリー氏《し》に「まずは現場《げんば》を見せてください」と言った。

コリンとピーターを置《お》いて、われわれは二階へと階段《かいだん》を上がる。

「あの二人は、ずいぶん仲《なか》がいいようですね」

「コリンは、ピーターのファグをやっておりますからな。ファギング制度《せいど》はご存《ぞん》じでしょう？」

その制度《せいど》もまた、パブリック・スクールの伝統《でんとう》のひとつである。下級生が特定《とくてい》の上級生について世話をするという仕組《しく》みだ。上級生のためにお茶を用意したり、片《かた》づけをしたりという仕事を押《お》しつけられることもしばしばだが、そのかわり、他の乱暴《らんぼう》な上級生から守ってもらえる。

「コリンは気が弱い子ですからね。正直、最初《さいしょ》はわが校にはなじめないのではないかと思ったのですが、ピーターにはたいそう懐《なつ》いているのですよ」

バークリー氏《し》の話を聞くうち、われわれは二階に到着《とうちゃく》した。

現場《げんば》は廊下《ろうか》のど真ん中だった。ホームズはしばらく這《は》いつくばって床《ゆか》を検分《けんぶん》していたが、得《え》るところはなかったようで、膝《ひざ》のほこりを払《はら》いながら立ち上がった。

「どうも、事件後《じけんご》にあまりにもたくさんの生徒《せいと》たちが行き来したようだ！　これでは、足跡《あしあと》を見極《みきわ》めようにも無理《むり》ですね。では、そうですね、次はまだお目にかかっていない容疑者《ようぎしゃ》のひとり、ニコラスくんと会ってみたいですね」

「承知《しょうち》しました。生徒《せいと》たちには、今日は用事がないかぎり勉強部屋を出ないように言いつけてありますからな。真面目《まじめ》な彼《かれ》ならきっと、三階の『書斎《しょさい》』で勉強していることでしょう」

書斎《しょさい》というのは、上級生に割《わ》り当てられている、少人数の勉強部屋のことだった。実際《じっさい》に、ニコラスはそこにいた。薄暗《うすぐら》くてほこりっぽいその部屋の隅《すみ》で、彼《かれ》は背中《せなか》を丸めて本を読んでいるところだった。

バークリー氏《し》が、ホームズと私《わたし》をニコラスに紹介《しょうかい》した。少年は、ぶっきらぼうに挨拶《あいさつ》をすると、また読書に戻《もど》ってしまった。しかしホームズはおかまいなく彼《かれ》のそばに近づいて、机《つくえ》の上に載《の》っているものをしげしげと見た。ニコラスの机《つくえ》は整頓《せいとん》されているが、重そうな図鑑《ずかん》や辞典《じてん》が積《つ》み重なっている。

「バークリーさん。この寮《りょう》では、全員にひとつずつ机《つくえ》が割《わ》り当てられているのですか？」

「ええ、そうです。下級生は大人数の勉強部屋に詰《つ》めこまれますが、それでもひとり一台、自分の机《つくえ》がありますよ」

「すばらしい環境《かんきょう》ですね。他の子たちの机《つくえ》も拝見《はいけん》したいものです」

むっつりと黙《だま》りこんでいるニコラス少年を置《お》いて、私《わたし》たちはその部屋を出た。

「ホームズ、君がいま言った『他の子』とは、ニコラスくんを除《のぞ》く容疑者《ようぎしゃ》二人のことだろう？」

「さすがワトスン。そのとおりさ」

エドマンドの机《つくえ》が置《お》かれている書斎《しょさい》は、ニコラスの書斎《しょさい》の隣《となり》だった。エドマンド少年は片付《かたづ》けが苦手とみえて、机上《きじょう》にはノートや紙の切れ端《はし》がごたごたと積《つ》み上がっていた。

また、大部屋にあったコリンの机《つくえ》には、教科書類《きょうかしょるい》がきっちりとまとめて載《の》せられていた。その上に、巾着《きんちゃく》のように紐《ひも》を引き絞《しぼ》るタイプの麻袋《あさぶくろ》が置《お》かれている。

「おや、この袋《ふくろ》はなんです？」

「ああ、それはコリンが愛用《あいよう》している道具袋《どうぐぶくろ》ですね」バークリー氏《し》が答える。「彼《かれ》は几帳面《きちょうめん》な性格《せいかく》でして、いつもそれに教科書類《きょうかしょるい》を入れて持ち歩いているんですよ」

「ふむ。……袋《ふくろ》は空っぽだな」

「おや、ホームズさん、まさかそれに凶器《きょうき》を隠《かく》したとお思いでしたか？　私《わたし》、夜にこの部屋も調べましたが、もちろんそのときから袋《ふくろ》は空っぽでしたよ」

勉強部屋を調べ終わると、私《わたし》たち三人は部屋を出た。

ホームズの捜査《そうさ》が捗《はかど》っているのか行きづまっているのか、私《わたし》にはよくわからなかった。そこで、なにかの足しになればと、思いつきを喋《しゃべ》ってみることにした。

「考えてみたんだが、ニコラスくんの机《つくえ》にあった重たそうな図鑑《ずかん》や辞典《じてん》は、凶器《きょうき》にはならないだろうか？」

これには、バークリー氏《し》がすぐ「いやいや」と反論《はんろん》した。

「勉強部屋を調べたとき、もちろんあれらの本も調べましたよ。しかし、どれも凶器《きょうき》に使われたような痕跡《こんせき》はありませんでした。鈍器《どんき》として使えば、角《かど》が歪《ゆが》んでしまうはずでしょう？」

「それに、ニコラスくんの腕力《わんりょく》ではあの本を振《ふ》り回しても、大きな威力《いりょく》は期待できなかったでしょうね」と、ホームズが指摘《してき》した。「ともあれ、真相が少しわかりかけてきましたよ」

「本当ですか！」と、バークリー氏《し》が目を輝《かがや》かせる。

「ええ。次は料理人《りようりにん》のセイヤーズ夫人《ふじん》の話を聞いてみたいですね」

セイヤーズ夫人《ふじん》は、二階の寝室《しんしつ》でデイヴィッドのそばに付《つ》き添《そ》っていた。

彼女《かのじよ》がドアを閉《し》める直前、私《わたし》はベッドで眠《ねむ》っているデイヴィッドをちらりと見た。逆立《さかだ》った金髪《きんぱつ》が目をひく大柄《おおがら》な少年だ。彼《かれ》は額《ひたい》に包帯《ほうたい》を巻《ま》いて、昏々《こんこん》と眠《ねむ》り続《つづ》けている。

「もう、本当にひどい事件《じけん》ですよ」

廊下《ろうか》に出てきたセイヤーズ夫人《ふじん》は、大声で嘆《なげ》いた。ふっくらとした体格《たいかく》の、気のよさそうな女性《じよせい》である。

「あの、わたくし、事件《じけん》があったときはずっと一階におりましたから、本当にこのことについてはなにも存《ぞん》じませんよ。なにをお知りになりたいんでしょう？」

「あなたが聞かれたという音についてですよ。詳《くわ》しくお聞かせいただけますか？」

「ああ、音のことですか。バークリー先生には、気のせいだと言われたんですけれどねえ」

と、彼女《かのじよ》は首をすくめて、横目で校長を見た。

「ですが、必要《ひつよう》なのでしたらお話しいたします。あれは、デイヴィッドの悲鳴と倒《たお》れる音が聞こえてから、三分ほど経《た》ったときでしたかしら。先生が二階に上がられて、わたくしは下で待っているように言われたので、階段《かいだん》のところで立ちすくんでいたんですけれど……。建物《たてもの》の外側《そとがわ》、玄関《げんかん》の近くにある窓《まど》のあたりで、カンカンカン、って、小さな音が何度か響《ひび》いたんです」

「カンカンカン、ですか」

「ええ。なにかが地面の上で跳《は》ねるような。それか、壁《かべ》になにかが当たったような音でした」

「だからそれは、あなたの思い過《す》ごしなのですよ」バークリー氏《し》はやや苛立《いらだ》ったような声で言った。

「窓《まど》の外には、足跡《あしあと》がなかったんだから。凶器《きょうき》が捨《す》てられた音でもない。窓《まど》の下に転がっていたものといえば、せいぜいありふれた石ころくらいで、拳《こぶし》より大きな岩なんかありませんでしたしたしね」

「ほう！　それは興味深《きょうみぶか》い。いや、ありがとうございました、セイヤーズさん。では、バークリーさん、しばしお待ちいただけますか？　僕《ぼく》たちは、外を調べてまいりますから！」

そう言うなり、ホームズは素早《すばや》く歩き出した。私《わたし》は慌《あわ》てて彼《かれ》を追いかける。

ホームズは玄関《げんかん》から外に飛《と》び出して、ぬかるみも気にせず地面に這《は》いつくばった。どうやら、セイヤーズ夫人《ふじん》が物音を聞いたという地点を調べているらしい。彼《かれ》はやがて、懐《ふところ》から愛用《あいよう》の虫眼鏡《むしめがね》を取り出した。そして、建物《たてもの》の壁際《かべぎわ》を丹念《たんねん》にあらためはじめた。

「……なるほど。そういうことか！」

「なにか見つけたのかい？」

「見つかったとも、非常《ひじょう》に重要《じゅうよう》な証拠物件《しょうこぶっけん》がね」

彼《かれ》は意気揚々《いきようよう》と、ハンカチで小さな品を拾い上げた。私《わたし》が覗《のぞ》きこんでみると、それは小さな石ころだった。

「それがなんだっていうんだい、ホームズ。似《に》たようなものが、そこらじゅうにたくさん落ちているじゃないか！」

「おやおや、ワトスン。君にはこれの重要性《じゅうようせい》がわからないのかい？　上を見たまえ！」

ホームズが指し示《しめ》した建物《たてもの》の外壁《がいへき》を見上げる。彼《かれ》がしゃがみこんでいる地点の真上には、二階と三階の窓《まど》があった。

「どうやら、あれらは寝室《しんしつ》と勉強部屋の窓《まど》のようだよ。とにかく、これで点と点が繋《つな》がった」

「どういうことだい？」

「事件《じけん》の真相がわかったということさ！」

私《わたし》が驚《おどろ》きの声を上げると、ホームズはまたしても素早《すばや》く動き出した。

二階に上がったところで、われわれは困惑顔《こんわくがお》のバークリー氏《し》と行き会った。

「ホームズさん、なにかわかりましたか？」

「ああ、バークリーさん。事件《じけん》の真相はだいぶ見えてきましたよ。どこか、落ち着いて生徒《せいと》と面談できる部屋はないですか？　なに、ちょっと確認《かくにん》したいことがありましてね」

バークリー氏《し》が答えかけたとき、そばのドアが開いて、セイヤーズ夫人《ふじん》が顔を覗《のぞ》かせた。

「あのう、バークリー先生。そろそろお茶の時間ですから準備《じゅんび》しなくちゃならないのですけれど。デイヴィッドを見てくれる人は……」

「ああ、ちょうどよかった！」と、ホームズが言う。「それなら、デイヴィッドくんを見守りながら話ができるといいですね。大きな声を出さなければ、怪我人《けがにん》の身体《からだ》に障《さわ》ることもないでしょう」

「そうですな。……それで、どの生徒《せいと》を呼《よ》べばいいのです？」

「下級生の、コリンくんです」

デイヴィッド少年がベッドに横たわる部屋の中で、ホームズと私《わたし》はじっと待っていた。まもなく、バークリー氏《し》が二人の少年を伴《ともな》って現《あらわ》れた。呼《よ》び出したコリンと、監督生《かんとくせい》のピーターだった。

「同席《どうせき》してもよろしいでしょうか」ピーターが、しゃちこばって言った。「監督生《かんとくせい》として、コリンのことをちゃんと見守っておきたいので」

ホームズは意表をつかれたように眉《まゆ》を上げてみせた。少し考えてから、彼《かれ》は「いいとも」と答えた。

「さて、コリンくん」

コリンは、ベッドに横たわっているディヴィッドを青ざめた顔で見つめていたが、ホームズに呼《よ》びかけられておずおずと顔を上げた。

「少し確認《かくにん》したいことがあるんだが、いいかな？」

「は……はい」

「ここに寝《ね》ているディヴィッドくんをやっつけたのは、君じゃないのかな？」

この、あまりにも突然《とつぜん》の告発《こくはつ》に、私《わたし》は仰天《ぎょうてん》した。バークリー氏《し》もピーターも、目を丸くしている。

名指しされたコリンの顔は、いっそう青ざめた。

「そんなの無茶《むちゃ》ですよ、ホームズさん！」

ピーターは大声で叫《さけ》んでから、怪我人《けがにん》の存在《そんざい》を思い出したようで、慌《あわ》てて声を低《ひく》める。

「僕《ぼく》は昨夜《さくや》この寮《りょう》にいなかったから、事件《じけん》のことは後から聞きましたけど。ディヴィッドは見てのとおり、頭の高いところを殴《なぐ》られているんですよ。こんなところ、コリンの背丈《せたけ》では叩《たた》けません」

「身長差《しんちょうさ》は問題ではないんだよ。なぜなら、コリンくんはとある道具を使って殴《なぐ》ったんだからね。彼《かれ》がいつも使っているという、麻袋《あさぶくろ》を」

勉強部屋にあった道具袋《どうぐぶくろ》のことか、と私《わたし》は思い出した。

「袋《ふくろ》の中に鈍器《どんき》を入れて殴《なぐ》った、ということですか」

バークリー氏《し》は、横目でコリンを見ながら言った。

「なるほど、紐《ひも》を摑《つか》んで振《ふ》り回せば、背《せ》が高い相手の頭にも届《とど》きますな。しかも、勢《いきお》いがついて威力《いりょく》も上がる。……いやしかし、ホームズさん。肝心《かんじん》の鈍器《どんき》が見つかっておらんのですよ」

「校舎《こうしゃ》の中にはありませんでしたね。コリンくんは、窓《まど》から凶器《きょうき》を外に捨《す》ててしまったのです」

「しかし、いくら放り投げたとしても、目の前は一面の芝生《しばふ》です！　見えないところまで飛《と》ばすのは無理《むり》だ」

「凶器《きょうき》は、見えるところに転がっていたのですよ。ただ、それがまったく鈍器《どんき》には見えない形だったというだけでね。ごらんに入れましょう！　これが、凶器《きょうき》の一部分です！」

ホームズは懐《ふところ》からハンカチを取り出して、開いてみせた。そこに載《の》っていたのは、先ほど彼《かれ》が庭先で拾っていた小石である。

「おいおい、ホームズ。こんな小さい石で、瘤《こぶ》をつくるほどの打撃《だげき》はできないよ」

「ワトスン、まだわからないのかい？　ひとつひとつは小さな力であっても、寄《よ》り集まれば大きな力となる――そういうことだよ」

ここまで言われて、私《わたし》もようやく頭にひらめくものがあった。

「そうか！　たくさんの小石を麻袋《あさぶくろ》に詰《つ》めたのか。そうすれば、岩のような威力《いりょく》を持つ鈍器《どんき》になる。だが、どうしてそのことがわかったんだい？」

「コリンくんの机《つくえ》の上には、教科書類《きょうかしょるい》が出しっぱなしになっていただろう？　そして、空っぽの麻袋《あさぶくろ》がその上に置《お》かれていた。おかしいじゃないか。普段《ふだん》ものを持ち運ぶのに使っている袋《ふくろ》を空っぽにするのは、その中に他のなにかを入れるときだけだ」

「たしかにそうだ！」と、バークリー氏《し》が叫《さけ》んだ。

「だからわかったのですよ。セイヤーズ夫人《ふじん》が聞いたカンカンカンという音は、コリンくんが窓《まど》からたくさんの小石を捨《す》てたときの音だとね。おそらく、三階の勉強部屋から捨《す》てたのでしょう」

「でも、その小石が本当に凶器《きょうき》に使われたという証拠《しょうこ》はないでしょう!」

ピーターが嚙《か》みつくように言った。ホームズは彼《かれ》を気の毒《どく》そうに見つめて、首を横に振《ふ》る。

「この小石を虫眼鏡《むしめがね》でよく観察《かんさつ》してみたところ、麻《あさ》の糸くずが付着《ふちゃく》していたんだ。これは、コリンくんの道具袋《どうぐぶくろ》の繊維《せんい》とぴったり一致《いっち》するはずだよ」

これを聞くと、コリンは鋭《するど》く息を吸《す》いこんだ。彼《かれ》は観念《かんねん》したように、ゆっくりと一歩前に出た。

「僕《ぼく》が、やりました。僕《ぼく》がデイヴィッドを殴《なぐ》ったんです」

「コリン、どうして!」ピーターが叫《さけ》んだ。「おまえは、そんな暴力的《ぼうりょくてき》なやつじゃないだろう」

「そう、むろんだとも。なにも、コリンくんはデイヴィッドくんを殴《なぐ》り殺《ころ》すつもりはなかっただろう」

ホームズが意外なことを言った。

「デイヴィッドくんは、とても暴力的《ぼうりょくてき》な性格《せいかく》だったという。そしてコリンくんは彼《かれ》を怖《こわ》がっていた。……きっと前から、君はデイヴィッドくんに脅《おど》かされていたんじゃないのかい?」

コリンは、肩《かた》を震《ふる》わせながら頷《うなず》いた。

「ピーターがいないところでは、時々《ときどき》、いじめられてました。『ピーターの世話ばっかりしてないで、俺《おれ》の使い走りもしろ』って」

「そんな!　どうして俺《おれ》に言ってくれなかったんだよ!」

「ごめん、ピーター。心配をかけたくなかったから」

うなだれる少年に、ホームズは頷《うなず》きかけてみせる。

「ピーターくんが寮《りょう》を留守《るす》にしたのは、君にとってさぞ心細かっただろうね。だから自分の身を守るために、あの即席《そくせき》の武器《ぶき》をこしらえたわけだ！」

「……はい。使わずにすめばよかったんですけど。でも、本を取りにいくために寝室《しんしつ》を出たら、デイヴィッドとばったり会っちゃって……。いきなり『殴《なぐ》り合いの勝負だ』って襲《おそ》いかかってきたので、慌《あわ》てて袋《ふくろ》を振《ふ》り回したんです。……そしたら、デイヴィッドが倒《たお》れて動かなくなっちゃったので、怖《こわ》くなって三階に逃《に》げました」

コリンは、ぽろぽろと涙《なみだ》を流しながら、バークリー氏《し》に頭を下げる。

「ごめんなさい。自分が犯人《はんにん》だって言い出さなかったのは、卑怯《ひきょう》でした。人を傷《きず》つけてしまったことは取り返しがつかないですけど、せめて僕《ぼく》のこと、放校処分《ほうこうしょぶん》にしてください」

「待ってください！」

バークリー氏《し》がなにか言うよりも早く叫《さけ》んだのは、ピーターだった。

「この寮《りょう》の監督生《かんとくせい》は俺《おれ》です。だから、コリンが起こした事件《じけん》なら、その責任《せきにん》を負って放校になるのも俺《おれ》だけでいい！」

この言葉には、室内にいたわれわれ全員が驚《おどろ》かされた。ホームズも、勇気《ゆうき》を称《たた》えるような眼差《まなざ》しを少年に注ぐ。

「そんなこと、言わないでよピーター！」コリンが目にいっぱい涙《なみだ》を溜《た》めて訴《うった》えた。「僕《ぼく》のせいなんだ……僕《ぼく》が弱虫だったから……」

「おい、待て」

声が思ってもみない場所から聞こえてきた。この言葉を放ったのは誰《だれ》あろう、ベッドに横たわっているデイヴィッドだった。

「デイヴィッド！　意識《いしき》が戻《もど》ったのか！」バークリー氏《し》が喜《よろこ》びの声を上げた。「いや、本当によかった。だが、無理《むり》に動いちゃいかんぞ。そのうち、お父上がいらっしゃる」

　デイヴィッドはその言葉を無視《むし》して、むっくりと起き上がる。

「じつはさっきから意識《いしき》が戻《もど》りかけてて、話は聞かせてもらってたんです」

「デイヴィッド……。ご、ごめんなさい」

　コリンが頭を下げると、デイヴィッドは「ちえっ」と舌打《したう》ちした。

「頭なんか下げるなよ。喧嘩《けんか》に勝ったのは、おまえなんだからな。おい、コリン。おまえ、やればできるやつなんじゃないか。根性《こんじょう》がある。こんな傷《きず》なんざ、へっちゃらだ。ねえ、先生。父さんが来るって言ってましたけど、俺《おれ》はすっ転んで怪我《けが》したってことにしてくださいね。喧嘩《けんか》に親を巻《ま》き込《こ》むな

**いろいろなホームズたち**

　最《もっと》も有名な探偵《たんてい》だけあって、ホームズにはパロディ作品や、「パブリック・スクールの怪事件《かいじけん》」のように原作の世界観《せかいかん》をそのまま使ったパスティーシュなど、無数《むすう》の二次創作《にじそうさく》があります。

　まだドイルが存命《ぞんめい》だった1929年に登場したのが探偵《たんてい》ソーラー・ポンズです。作者のオーガスト・ダーレスは自らも熱烈《ねつれつ》なシャーロキアンでした。ロバート・L・フィッシュのシュロック・ホームズは最《もっと》も読むべきパロディです。本家と違《ちが》ってシュロックは見当違《ちが》いなことばかりする迷探偵《めいたんてい》ですが、それでも彼《かれ》が活動することで事件《じけん》の真相が解明《かいめい》されます。物語のおもしろさはピカイチです。

　変《か》わり種《だね》ではスティーヴ・ホッケンスミス『荒野《こうや》のホームズ』（2006年）があります。主人公はアメリカ西部で暮《く》らすカウボーイの兄弟です。彼《かれ》らは雑誌《ざっし》に載《の》ったホームズものの物語を読み、それに影響《えいきょう》されて自分たちも探偵《たんてい》になろうとするのです。

（杉江松恋《すぎえまつこい》）

んて、みっともねえですから」

被害者《ひがいしゃ》の思いもよらぬ言葉に、私《わたし》はすっかり驚《おどろ》かされてしまった。デイヴィッドは、照《て》れくさそうにうつむいて、頭を掻《か》いた。

「コリンは気が利《き》くやつだから、ピーターから横取りしたくてたまらなかったんだ。でも、あんなふうに挑《いど》みかかってくる気合いがあるなら、俺《おれ》の使い走りにはできねえな。負けたよ」

「すばらしい！」バークリー氏《し》が感動したように言った。「これこそ、フェアプレイというものだ。わが校の精神《せいしん》そのものだ！　さあ、握手《あくしゅ》をしたまえ」

コリンがこわごわと手を差《さ》し出すと、デイヴィッドがしっかりとその手を握《にぎ》りしめた。そのあと、ピーターが誇《ほこ》らしげにコリンを抱《だ》きしめた。

そんな様子を遠《とお》巻きに見守っていると、ホームズが私《わたし》のそばに寄《よ》ってきた。

「やれやれ！　少年たちのうるわしき友情《ゆうじょう》はすべてに勝《まさ》る、か」

彼《かれ》は皮肉っぽく、私《わたし》の耳もとでささやいた。

「どうやら僕《ぼく》のお役目はここまでのようだ。すぐにでもベイカー街《がい》のねぐらに戻《もど》るとしよう。今回の事件《じけん》もそれなりに興味深《きょうみぶか》かったが、あの部屋で待っていればそのうち、もっと不可解《ふかかい》で胸躍《むねおど》る事件《じけん》が飛《と》びこんでくるだろうからね！」

## 編《へん》　著《ちよ》　者《しや》　の　お　す　す　め　本　1

# 『シャーロック・ホームズの冒険《ぼうけん》〔新版《しんぱん》〕』

（ハヤカワ・ミステリ文庫）

## アーサー・コナン・ドイル／大久保康雄《おおくぼやすお》 訳《やく》

始まりは『緋色《ひいろ》の研究』。

この長篇《ちようへん》が、コナン・ドイルにとって最初《さいしよ》の著書《ちよしよ》になりました。「アフガニスタンから戻られたんですね？」というのが、名探偵《めいたんてい》シャーロック・ホームズが発した最初《さいしよ》の言葉です。初対面《しよたいめん》のワトスンを少し観察《かんさつ》しただけで、どんな人物かを見抜《みぬ》いてしまったのです。ホームズの天才ぶりに驚《おどろ》いてください。

そして第一短篇集《たんぺんしゆう》が『シャーロック・ホームズの冒険《ぼうけん》』です。質屋《しちや》が奇妙《きみよう》なアルバイトに採用されたという事実からホームズが意外な真相を導《みちび》く「赤毛連盟《れんめい》」、人間消失《しようしつ》の謎《なぞ》が心理洞察《どうさつ》によって解《と》かれる「唇《くちびる》のねじれた男」など傑作揃《けつさくぞろ》い。一つも外れがありません。

第二短篇集《たんぺんしゆう》『シャーロック・ホームズの回想』はホームズ若《わか》き日の物語「マスグレーヴ家の儀典書《ぎてんしよ》」や、兄マイクロフトの登場篇《へん》など趣向《しゆこう》の違《ちが》う作品もあって楽しめます。「最後《さいご》の事件《じけん》」はホームズと宿敵《しゆくてき》モリアーティ教授《きようじゆ》が対決する読み逃《のが》せない一篇《いつぺん》。

（杉江松恋《すぎえまつこい》）

## ガイド 第1回 ミステリのおもしろさ。

杉江《すぎえ》松恋《まつこい》

みなさん、クイズはお好《す》きですか。

私《わたし》はとても好《す》きだった時期があります。こどものころで、それこそクイズ本を山のように買ったものでした。誰《だれ》かにクイズを出すのではなく、一人で答えを考えるのが好《す》きでした。

ミステリのクイズ本も、当時はたくさん出ていたのです。

そういうクイズ本の中には、問題だけではなく豆知識《まめちしき》のコラムが読み物として掲載《けいさい》されているものもありました。困《こま》ったのは、その中には過去《かこ》の名作トリックが使われたものがあったことです。「このトリックは、アガサ・クリスティーの『●●』から採《と》った」とか書いていないのですが、状況設定《じょうきょうせってい》が特殊《とくしゅ》だと後で元の小説《しょうせつ》を読んだときに「クイズで読んだあれだな」とすぐ気がつく。いわゆる、ネタばらしというやつです。いろいろな作品のトリックをこれで知ってしまいました。

でも、トリックを先に知っていても、後で小説《しょうせつ》を読んだときにまったくおもしろさが損《そこ》なわれなかったものもあります。

イギリスの作家ロナルド・A・ノックスの「密室《みっしつ》の行者《ぎょうじゃ》」という作品がそうでした。私《わたし》はこれを『推理《すいり》クイズ　あなたは名探偵《めいたんてい》』（学習研究社《がくしゅうけんきゅうしゃ》）という本で先に読みました。とても不思議《ふしぎ》な謎《なぞ》なので『あなたは名探偵《めいたんてい》』のクイズを引用してみましょう。

——死因《しいん》はなんと、が死でした。うえ死にしたのです。

S氏《し》は、二週間まえに、ひとりで体育館にこもると、だれにもじゃまをされないように、中から、ドアにかぎをかけて、ヨガの修行《しゅぎょう》をはじめたのです。もちろん、飲み物、食べ物は、たっぷり用意していました。

それなのに、S氏《し》はその食べ物にはぜんぜん手をつけず、がらんとした館内のまん中に置《お》かれたベッドに寝《ね》たまま、うえ死にしていたのです。

ドアと窓《まど》は、みな、中からかぎとじょうがかかって外から出入りすることはできませんでした。

天井《てんじょう》は高さが二十メートルもあり、ちょうどベッドのま上に四角な採光窓《さいこうまど》がありますが、がっちりと鉄格子《てつごうし》がはまっているので、そこから犯人《はんにん》がしのびこむことはできません。

つまり、この体育館は完全《かんぜん》な密室《みっしつ》になっていたのです。

たっぷりの飲み物や食べ物があったのに、なぜ男は餓死《がし》したのか。実はこれ、奇《き》想天外《そうてんがい》なトリックを用《もち》いた殺人《さつじん》なのです。いくらなんでもこれを推理《すいり》して正解《せいかい》を出すのは難《むずか》しいと思います。『あなたは名探偵《めいたんてい》』の著者《ちょしゃ》・藤原宰太郎《ふじわらさいたろう》と桜井康生《さくらいやすお》もそう思ったのでしょう。クイズ本のいちばん最後《さいご》に、ボーナストラックのように書かれていました。解《と》けなくてもしかたないや、と読者が思ってくれるように、ということでしょうね。

このトリックに再《ふたた》び出会ったのが、元版《もとばん》の「密室《みっしつ》の行者《ぎょうじゃ》」を読んだときでした。江《え》戸《ど》川乱歩《がわらんぽ》編《へん》『世《せ》界推理《かいすいり》短編《たんぺん》傑作集《けっさくしゅう》4』（創元推理《そうげんすいり》文庫）という本に入っています。脱線《だっせん》になりますが、この作品集《さくひんしゅう》は非常《ひじょう》におもしろい短篇《たんぺん》ミステリばかりが入っているのでお薦《すす》めです。
「密室《みっしつ》の行者《ぎょうじゃ》」はそれほど長い作品ではありません。トリックだけで成《な》り立っているような小説《しょうせつ》で、『あなたは名探偵《めいたんてい》』で書かれたものと内容《ないよう》はほぼ一緒《いっしょ》です。

すでに知っているトリックだから、読んでもおもしろくなかったか、ですって。

その逆《ぎゃく》です。とてもおもしろいと思いました。最初《さいしょ》は、なぜネタばらしされたものを読んでこんなにおもしろいんだろう、と自分でも不思議《ふしぎ》に思ったくらいです。何年も経《た》ってから読み返してみて、なんとなくその理由がわかりました。

「密室《みっしつ》の行者《ぎょうじゃ》」は、ブレンドンという探偵《たんてい》が現場《げんば》のあることに気づいたことで、殺人事件《さつじんじけん》だと見破《みやぶ》る、という流れになっています。つまり手がかりです。その手がかりがあるから、誰《だれ》かがトリックを使って殺《ころ》したのだとわかったのです。探偵《たんてい》がその手がかりについて指摘《してき》する箇所《かしょ》がちゃんと前のほうに書かれていて、謎解《なぞと》きではそれについての言及《げんきゅう》がある。

これだな、と思いました。

クイズと小説《しょうせつ》はそこがたぶん違《ちが》う。クイズは問いと答えで成《な》り立っています。究極的《きゅうきょくてき》には答えが合っていればそれでいい。問いを全部読む必要《ひつよう》すらなくてたとえば、この本はけっこう普通《ふつう》のクイズが続《つづ》いたから、このへんで意地悪な問題が出るだろう、じゃあ裏《うら》をかいてやろう、と出題者の考えを読んで答えても別《べつ》にいいのです。

小説《しょうせつ》でそれをやってもかまいません。たとえばミステリは真相がわからないと不安《ふあん》になってつまらないので、先に解決篇《かいけつへん》を見てしまってから物語を最初《さいしょ》から読む、という人もいます。それは読者の自由です。しかし作者は、小説《しょうせつ》を最初《さいしょ》から読んで最後《さいご》のページで読み終わるように書いています。ページを順番《じゅんばん》にめくったときに最大《さいだい》の効果《こうか》が上がるように書いているのです。

右に書いた手がかりもその一つで、前のほうで手がかりを大胆《だいたん》な形で読者に見せておく。そのことが推理《すいり》のための大事な決め手であったと後で明かすことで、読者に驚《おどろ》きを与《あた》えるためです。一つの謎《なぞ》を思いついたとして、それをどういう風に書けばいちばんおもしろく見せられるかをミステリの作者は考えるのです。今書いたのは小説《しょうせつ》の場合ですが、映画《えいが》やドラマなど映像《えいぞう》の場合には違《ちが》った見せ方があるでしょう。漫画《まんが》も、もちろん。

「密室《みっしつ》の行者《ぎょうじゃ》」をクイズと小説《しょうせつ》で読み比《くら》べて、こどものころの私《わたし》はそういうことに気づいたのでした。今、この文章を書くためにもう一度読んでみましたが、実はちょっと不満《ふまん》があります。手がかりの部分は、もっと書きようがあるような気がするからです。

ミスリードという言葉があります。リードは「誘導《ゆうどう》する」。ミスリードは「間違《まちが》った方向に誘導《ゆうどう》する」です。いかにもそれが真相であるかのように見せかけて、実はまったく違《ちが》った方向に読者を連《つ》れて行ってしまう。その技巧《ぎこう》をミスリードと言います。「密室《みっしつ》の行者《ぎょうじゃ》」、ミスリードがもう少しできたんじゃないかな、というのはミステリに慣《な》れてしまった現代《げんだい》の読者からのわがままでしょうね。

クイズをミステリと読み比《くら》べてまったく違《ちが》った話をもう一つします。

エラリイ・クイーンという作家がいます。フレデリック・ダネイとマンフレッド・リーの、いとこ同士《どうし》が合作したペンネームで、エラリイ・クイーンという探偵《たんてい》が出てくるシリーズで非常《ひじょう》に人気があります。探偵《たんてい》と作者の名前が同じというパターンの元祖《がんそ》のような作家です。

そのエラリイ・クイーンが創造《そうぞう》した有名な探偵《たんてい》がもう一人います。ドルリイ・レーンがその人で、有名な舞台俳優《ぶたいはいゆう》でしたが、聴覚《ちょうかく》を失《うしな》ったために引退《いんたい》したという過去《かこ》があります。この人が初《はつ》登場したのが、エラリイ・クイーンの二人がバーナビー・ロスの変名《へんめい》で発表した『Xの悲劇《ひげき》』でした。この後『Yの悲劇《ひげき》』『Zの悲劇《ひげき》』『最後《さいご》の悲劇《ひげき》』（以上《いじょう》すべて創元推理《そうげんすいり》文庫）と続《つづ》き、四部作になります。

この『Xの悲劇《ひげき》』も、実は最初《さいしょ》はこども向けの本で読みました。藤崎誠《ふじさきまこと》『世界名探偵図鑑《めいたんていずかん》』（立風書房《りっぷうしょぼう》）です。

この本はクイズというよりは題名通り名探偵《めいたんてい》を紹介《しょうかい》する本で、いくつかの作品が要約《ようやく》された形で載《の》っていました。クイーンは『Xの悲劇《ひげき》』です。真犯人《しんはんにん》も原作通りで、わずかなページ数に長い物語がきちんと詰《つ》め込《こ》まれています。

当時こどもだった私《わたし》はこの『図鑑《ずかん》』版《ばん》『Xの悲劇《ひげき》』を先に手に取り、それでなんとなくこの名作を読んでしまった気持ちになっていたのでした。もう答えは知っているし、いいや。そんな気持ちで後回しにして、他の本を読んでいたのです。

実際《じっさい》に『Xの悲劇《ひげき》』を読んでみて、びっくりしました。

何これ、全然違《ぜんぜんちが》う。

正確《せいかく》に言えば、同じだけど、違《ちが》う。

『図鑑《ずかん》』の要約《ようやく》はかなり原作に忠実《ちゅうじつ》なものでした。たとえば原作は、最後《さいご》の一行に重要《じゅうよう》な種明《たねあ》かしがあります。〈最後の一撃《フィニッシング・ストローク》〉と言われる手法《しゅほう》で、クイーンがよくやるやり方です。最後《さいご》のぎりぎりまで読者をじらしておいて、明かすと同時に小説《しょうせつ》を終える。鮮《あざ》やかな印象《いんしょう》が残《のこ》るでしょう。それともう一つ、変《か》わった殺人《さつじん》トリックが使われています。要約《ようやく》を読んだ私《わたし》は、その二つが小説《しょうせつ》の中で使われた最《もっと》も大事な要素《ようそ》だと思い込《こ》んでいたのでした。

それはまったく違《ちが》いました。もちろん、その二つは出てくるけどメインではない。

原作には、要約《ようやく》にはないもっと大事な要素《ようそ》がありました。犯人《はんにん》が嫌疑《けんぎ》から逃《のが》れるためにどう行動して、真相を隠《かく》したか、という工作に関《かん》する部分です。ドルリイ・レーンは、それを推理《すいり》します。自分ではない他の人間なので、考えや心理を完全《かんぜん》に当てることは難《むずか》しいはずですが、それを読んで先手を打とうとする。実は、『Xの悲劇《ひげき》』でいちばんおもしろいのはその部分だったのでした。

要約《ようやく》ではこの部分を書くのは不可能《ふかのう》でしょう。何が起きたか、そのとき関係者《かんけいしゃ》たちはどう動いたか、あるいは何をしなかったか。複数《ふくすう》の要素《ようそ》を書きこんでいかないといけません。

普通《ふつう》の小説《しょうせつ》なら起きたことを順番《じゅんばん》に書いていけばいいわけですが、ミステリは最後《さいご》まで真相を明かさないので、それはできない。書いてもいいことと書いてはいけないことを仕分けして、読者にも推《すい》理《り》のために必要《ひつよう》な情報《じょうほう》は全部手渡《わた》す。そういうことは、小説《しょうせつ》の文章、小説《しょうせつ》という長い語りでないと無《む》理《り》なのでした。『Xの悲劇《ひげき》』は小説《しょうせつ》として読んだときに初《はじ》めて真価《しんか》を発揮《はっき》する作品だったのです。

クイズと違《ちが》って、物語の形で書かれること、読まれることでいちばんおもしろくなる。真相につながる手がかりが、人々のドラマの中に仕込《しこ》まれている。

これがミステリという物語の最《もっと》もおもしろい点です。漫画《まんが》派《は》、映像派《えいぞうは》、最近《さいきん》ですとゲーム派《は》、さまざまな表現方法《ひょうげんほうほう》が考えられますが、私《わたし》は文字で書かれたものが好《す》きなので、ミステリの小説《しょうせつ》をこれまでたくさん読んできました。

一口で言えば、謎《なぞ》とは何か不思議《ふしぎ》なもの。それが論理的《ろんりてき》に解明《かいめい》されるのがミステリです。

この謎《なぞ》にもいろいろな種類《しゅるい》があります。

謎《なぞ》の物語には古い歴史《れきし》があります。それこそ、昔話や伝説《でんせつ》の中にも謎《なぞ》が含《ふく》まれるものはあるでしょう。ですが一般的《いっぱんてき》には今から約《やく》百八十年前、アメリカの作家エドガー・アラン・ポーが短篇《たんぺん》「モルグ街《がい》の殺人《さつじん》」（『ポオ小説全集《しょうせつぜんしゅう》3』創元推理《そうげんすいり》文庫他所収《ほかしょしゅう》）を書いたことが現代的《げんだいてき》なミステリの始まりだと考えられています。これは密室《みっしつ》の中で二人の女性《じょせい》がめった刺《ざ》しにされて殺《ころ》されたという事件《じけん》を扱《あつか》った作品で、外から出入り不可能《ふかのう》な室内で事件《じけん》が起きる、密室《みっしつ》トリックものの元祖《がんそ》とも言われます。

英語《えいご》の疑問詞《ぎもんし》を並《なら》べた、5W1Hという言葉があります。「when（いつ）」「where（どこで）」「who（誰《だれ》が）」「what（何を）」「why（何のために）」「how（どうやって）」したか。人に情報《じょうほう》を伝《つた》えるためには、この5W1Hを満《み》たすことが大事だということです。逆《ぎゃく》に言えば、このどれかを欠《か》いた文章、物語は謎《なぞ》を含《ふく》むことになります。

ミステリで最初《さいしょ》に主流になったのは「who（誰《だれ》が）」の謎《なぞ》でした。つまり犯人《はんにん》は誰《だれ》かという謎《なぞ》です。ポーの「モルグ街《がい》の殺人《さつじん》」も犯人像《はんにんぞう》は意外極《きわ》まるものでした。ミステリ作家たちはこの〈意外な犯《はん》人《にん》〉の驚《おどろ》きを求《もと》めていきます。中でも〈意外な犯人《はんにん》〉ならこの人、と言われるようになったのが、イギリスの作家、アガサ・クリスティーでした。

クリスティーには『アクロイド殺《ごろ》し』『オリエント急行の殺人《さつじん》』といった、今でもまったく人気の衰《おとろ》えない〈意外な犯人《はんにん》〉小説《しょうせつ》があります。中でも人気が高いのは『そして誰《だれ》もいなくなった』（以上すべてハヤカワ・ミステリ文庫）でしょう。この作品は孤島《ことう》に十人の男女が集められるところから始まります。それが一人ひとり殺《ころ》されていく。絶海《ぜっかい》の孤島《ことう》だから、彼らの中に犯人《はんにん》がいることは明白なのです。だんだん容疑者《ようぎしゃ》は減《へ》っていく。五人になり四人になり、三人になり、そして二人に。最後《さいご》はどうなってしまうのか、という物語のおもしろさをとことんまで追求《ついきゅう》した作品です。

「who（誰《だれ》か）」に続いて作家が挑戦《ちょうせん》し始めたのが「how（どうやって）」の謎《なぞ》でした。単《たん》に奇抜《きばつ》な手《しゅ》段《だん》を競《きそ》うのではありません。人間には絶対《ぜったい》できないと思われる方法《ほうほう》、厳重《げんじゅう》に鍵《かぎ》がかかった状態《じょうたい》の部屋から犯人《はんにん》が脱出《だっしゅつ》する密室《みっしつ》トリックなど、不可能興味《ふかのうきょうみ》を前面に押《お》し出した作品が数多く書かれています。その中でも特《とく》に人気があるのが、ジョン・ディクスン・カーです。カーは不可能犯罪《ふかのうはんざい》トリックの創出《そうしゅつ》に取り組み、自作の多くにそれを用《もち》いました。雪の上に残《のこ》された足跡《あしあと》からは犯人《はんにん》が建物《たてもの》から出入りした方法《ほうほう》がまったくわからない『白い僧院《そういん》の殺人《さつじん》』、中から扉《とびら》が目貼《めば》りされた室内で殺人《さつじん》が起きる『爬虫類館《はちゅうるいかん》の殺人《さつじん》』（どちらも創元推理《そうげんすいり》文庫）など、よく考えられた手品の仕掛《しか》けを見るような楽しみがカー作品にはあります。

もう一つ重要《じゅうよう》なのが「why（なぜ）」の要素《ようそ》でしょう。犯人《はんにん》当てや、絶対不可能《ぜったいふかのう》に見える犯行手段《はんこうしゅだん》の謎《なぞ》を解《と》くという興味《きょうみ》とは、少し違《ちが》った関心《かんしん》の謎《なぞ》です。その人物がなぜ犯行《はんこう》に及《およ》んだのかがわからない。人間の心理は複雑《ふくざつ》で、時に他人から見ればつじつまが合わないようなことも平気ですることがあります。たとえばようやく手に入れた本があまりにも大切すぎて、他人の手に渡《わた》るぐらいなら自分の手で燃《も》やしてしまおうと考えるとか。そうした人の心の不思議《ふしぎ》に作家は注目するようになり、数々の作品が書かれるようになったのでした。クリスティーやカーよりも先輩格《せんぱいかく》にあたるG・K・チェスタトンは、この心理の謎《なぞ》にいち早く注目した作家でした。「折《お》れた剣《つるぎ》」など、さまざまな作品で異常《いじょう》な動機《どうき》の謎《なぞ》を書いています。

『Xの悲劇《ひげき》』について述《の》べたように、人の心は描《えが》くのが難《むずか》しいものです。文章量《りょう》を費《つい》やさなければ、そもそも物語として示《しめ》すこともできない。「why」の重要《じゅうよう》さが理解《りかい》されるようになり、ミステリは変化《へんか》しました。この世で最《もっと》も不思議《ふしぎ》なもの、人の心を描《えが》くことができる技巧《ぎこう》と見なされるようになったのです。多くの書き手がこのジャンルに魅了《みりょう》される理由です。

# ミステリって何？

作：川浪《かわなみ》いずみ

アルセーヌ・ルパンのお引っ越《こ》し
辻《つじ》真《ま》先《さき》

アルセーヌ・ルパン

フランスの作家モーリス・ルブランが1905年に発表した短篇《たんぺん》「アルセーヌ・ルパンの逮捕《たいほ》」で初登場《はつとうじよう》しました。

ルパンは六歳《さい》の時に盗難事件《とうなんじけん》に巻《ま》き込《こ》まれるという生い立ちで、やがて怪盗紳士《かいとうしんし》と呼《よ》ばれる存在《そんざい》になりました。変装《へんそう》の名手であり、難攻不落《なんこうふらく》の守りを固《かた》めている城館《じようかん》にもやすやすと侵入《しんにゆう》することができます。フランスの泥棒《どろぼう》代表として、イギリスの探偵《たんてい》であるシャーロック・ホームズと対決したこともあります。

怪盗《かいとう》と言われる人を名探偵《めいたんてい》の仲間《なかま》に入れるのはおかしく見えますが、冒険家《ぼうけんか》であるルパンは困《こま》った人を見《み》捨《す》てておけない正義漢《せいぎかん》ですし、その頭脳《ずのう》を活かして文字通り探偵《たんてい》として活動したこともあります。『八点鐘《はつてんしよう》』（1923年）は、ルパンが行ったさまざまな推理《すいり》を描《か》いた短篇集《たんぺんしゆう》です。

モンキー・パンチ『ルパン三世』の主人公はアルセーヌの孫《まご》という設定《せつてい》ですが、もちろん原作の小説《しようせつ》には出てきません。　（杉江松恋《すぎえまつこい》）

# 1

ぶあつい雲から白いものがちらつきはじめた。全身をぶるっと震《ふる》わせて、車から降《お》りた初老《しょろう》の紳士《しんし》——フランス有数の綜合誌《そうごうし》『ノートルダム』の主筆兼社主《しゅひつけんしゃしゅ》のジャン・エトワールは、招待状《しょうたいじょう》の地図と見比《みくら》べてつぶやいた。

「ここがアルセーヌ・ルパンの隠《かく》れ家か」

丘《おか》の上に佇《たたず》む家は空から見下ろせば円形らしい。煉瓦造《れんがづく》りの平屋建《ひらやだ》てだが、屋根の中央には鐘楼《しょうろう》なのか、小さな塔屋《とうや》が載《の》っている。ユニークな建築《けんちく》ではあったが敷地面積《しきちめんせき》はせいぜい八百平方メートルというところか。豪壮《ごうそう》というにはあたらない。

片開《かたびら》きのちんまりした樫《かし》の扉《とびら》に向かう前に、ジャンは自分の車の後ろに回った。カンがはずれるのを期待しながら、一気にトランクを開いた——ああ、やっぱりな。

収納《しゅうのう》しておいた毛布《もうふ》をかぶって、娘《むすめ》はケロリとしていた。

「コリンヌ！　そこでなにをしている」

「震《ふる》えていたよ」

「ついてくるなといったろう！」

「そうするとはいわなかった」

ヒョイと外に降《お》り立つと、指一本分《ゆびいっぽんぶん》、彼女《かのじょ》の方が背《せ》が高い。

（しばらくイギリスへ旅したと思ったら、俺《おれ》を抜《ぬ》きおった）

もっともそんな親らしい言葉を口にするジャンではない。

「さっさと帰れ」

「私《わたし》がこの車で帰ったら、パパどうするのよ」

そういえばコリンヌは半年前に免許《めんきょ》をとっている。たったそれだけの間にスピード違反四回《いはんよんかい》の暴風《ぼうふう》娘《むすめ》であった。

「それとも私《わたし》に歩いて帰れって？　こんな可愛《かわい》い女の子にヒドイよパパ」

別《べつ》な車が敷地《しきち》にはいってきた。やはり招待客《しょうたいきゃく》だろう、顔見知りの古手の新聞記者が降《お》り立つ。丸顔で愛想《あいそ》のいい男だった。

「親子お揃《そろ》いですか……どうぞお先に」

そういわれては押《お》し問答もしていられない。肩《かた》をすくめて先に立つ父親の後に、子鹿《こじか》のような足どりのコリンヌがつづいた。

「お待ちしておりました」

慇懃《いんぎん》に出迎《でむか》えたのは、品位《ひんい》ある口髭《くちひげ》の執事《しつじ》だった。客のリストにないとコリンヌは追い返されるかと思ったが、その気配はなかった。

ここはいったいどういう部屋なのだろう。三方を分厚《ぶあつ》い深紅《しんく》の緞帳《どんちょう》で仕切られ見通しがきかない。

三十平方メートルくらいの部屋に、小さなテーブルつきの椅子《いす》がいくつも並《なら》んでいる。先客が十数人、いずれもジャンとつきあいのある有力なジャーナリストらしく、いちばん前には高名な白髯《しらひげ》の美術評《びじゅつひょう》論家《ろんか》もいた。

だいたいルパンはどんなつもりでみんなを招待《しょうたい》したというのか——確《たし》かに名の通った怪盗紳士《かいとうしんし》だが、彼《かれ》の方からマスコミ人士《じんし》を招集《しょうしゅう》するなんて。しかも秘中《ひちゅう》の秘《ひ》のはずの自分の根城《ねじろ》に呼《よ》び寄《よ》せるとは。

ルパン逮捕《たいほ》に躍起《やっき》なパリ警視庁国家警察部《けいしちょうこっかけいさつぶ》のガニマール警部《けいぶ》が、この話を耳にしたら喉《のど》を鳴らして飛《と》んでくるだろう——警官《けいかん》たちを10ダースもひきつれて。

そう考えただけでジャンはお尻《しり》がむず痒《がゆ》くなるのだが、となりに座《すわ》ったコリンヌは気楽な顔だ。

「招待状《しょうたいじょう》の時刻《じこく》は午後四時だったわね」

親展《しんてん》のハンが押《お》された父宛《ちちあて》の封書《ふうしょ》を、ちゃっかり盗《ぬす》み読みしていたのだ。

そう——まさに今がその時刻《じこく》であった。

緞帳《どんちょう》の奥《おく》から時を告《つ》げる重々しい鐘《かね》の音《ね》が鳴り響《ひび》いた。

ぼうん……ぼうん……ぼうん……ぼうん。

鐘《かね》の音《ね》が終わると同時に、三方の緞帳《どんちょう》が切って落とされた。同時に思いもよらぬ光景《こうけい》が広がった。もの驚《おどろ》きしそうにない年配の客たちが、このときばかりはどよめいていた。

仕切りがすべて取り払《はら》われたことで、広間の全容《ぜんよう》が目にはいったのである。あの円形の建築《けんちく》がそのままひとつの空間であったとは。そこに犇《ひしめ》く絵画、彫像《ちょうぞう》、陶芸《とうげい》など。品々は整然《せいぜん》とコンテナに積《つ》み込《こ》まれ、客に向けた側《がわ》だけが開放されていた。

真正面《ましょうめん》——扉《とびら》のちょうど正反対の位置《いち》に、人の背丈《せたけ》の二倍はありそうな大時計がとりつけられ、音もなく振《ふ》り子を往復《おうふく》させている。時を告《つ》げた鐘《かね》の主はこの時計に違《ちが》いない。

展示《てんじ》された中にはアートにド素人《しろうと》のコリンヌでさえ名を知っている、超《ちょう》高名な絵画まで加《くわ》わっていた。だからこそ老評論家《ろうひょうろんか》が白髯《しらひげ》を震《ふる》わせた。

「あれは国立美術館《こくりつびじゅつかん》に展示《てんじ》してある、世界的《せかいてき》な名画ではないか！」

「遺憾《いかん》ながら、美術館《びじゅつかん》で卿《きょう》がごらんになったのは贋作《がんさく》です」

深みがありよく通る声を発したのは、コンテナの前で椅子《いす》に座《ざ》した紳士《しんし》である。豊《ゆた》かな頭髪《とうはつ》をきっちりとわけ、グレードの高そうな三つ揃《ぞろ》いのスーツを軽く着こなしていた。

もちろんコリンヌはひと目でわかった。

「アルセーヌ・ルパン！」

その小さな声を聞き取ってか、ルパンが微笑《びしょう》した。構《かま》わず老評論家《ろうひょうろんか》は嚙《か》みついている。

「そんなはずはない！　仮《かり》にもルーブルにあるのだぞ。あれは間違《まちが》いなく」

「偽物《にせもの》です」

答えた紳士《しんし》は、老人《ろうじん》に近づき手をさしのべた。

「どうぞ、間近でご覧《らん》になってください――どうぞ」

手をのべられた評論家《ひょうろんか》は、おずおずと手前に積《つ》まれた名画に近づいた。その間、客の全員が静《しず》まりかえっている。

二分――三分後。やがて老人《ろうじん》は呆然《ぼうぜん》となった。

「信《しん》じられん。本物だ！」

おお……という声にならない声が、広間を満《み》たしている。

紳士《しんし》は優雅《ゆうが》に一礼した。

「私《わたし》はアルセーヌ・ルパンと申します。以後《いご》お見知りおきいただきたい」

そこへ執事《しつじ》がワゴンをすべらせてきた。

客の小テーブルに手慣《てな》れた物腰《ものごし》でコーヒーを注いで回る。最後《さいご》にルパンのカップにも注いだが、誰《だれ》も口をつけようとしない。ルパンは笑《わら》った。

「安心していただきたい。毒《どく》ははいっていません」

飲み干《ほ》す姿《すがた》にようやく客たちも口をつけはじめる。ジャンがルパンに話しかけた。

「みんなが警戒《けいかい》するのも無理《むり》はないよ、ルパンくん。まずきみが我々《われわれ》を招《よ》んだ理由を話してほしい」

「これは失礼《しつれい》」

ルパンは苦笑《くしょう》した。

「簡単《かんたん》にいえば、自分の宝物《たからもの》を見せびらかしたい。それだけです」

「なんともはや、子どもっぽい理由ですな」

あきれ顔のジャンにつづいて、丸顔の記者が尋《たず》ねた。

「それにしてもこのタイミングというのは、なぜでしょう」

「私《わたし》が転居《てんきょ》するからです」

怪盗紳士《かいとうしんし》は微笑《びしょう》を絶《た》やさない。

「パリからは遠いが、適当《てきとう》な土地を確保《かくほ》できました」

「なるほど。見るからに転居《てんきょ》の準備《じゅんび》がととのっている」

「さよう。大馬力のトラックで牽《ひ》けば、今すぐにも出発可能《しゅっぱつかのう》だが……」

口を濁《にご》したルパンに、別《べつ》な記者が質問《しつもん》を浴《あ》びせた。

「これだけのコンテナを牽引《けんいん》するのでは、走行可能《そうこうかのう》な道路が限定《げんてい》されるでしょう」

ジャンが口を挟《はさ》んだ。

「完成《かんせい》したばかりのバイパスなら、すぐ乗り入れられるだろうが――」

「あの軍用道路《ぐんようどうろ》はダメですよ」丸顔の記者が手をふった。

「国防上《こくぼうじょう》きびしい使用制限《しようせいげん》がついている。警察局《けいさつきょく》の通行許可《つうこうきょか》がない限《かぎ》り……あれっ、おかしいな……」

急速に記者の呂律《ろれつ》が回らなくなってきた。がちゃん。記者の手から離《はな》れたカップが足元で砕《くだ》ける。驚《おどろ》いたジャンまで、二度三度体を揺《ゆ》らしたあげく、いびきをかきはじめた。

いつの間にやら客の全員が、眠《ねむ》りに落ちていた。

実はコリンヌだけは眠《ねむ》っていない。父をはじめみんなの様子がおかしいので、眠《ねむ》ったふりをしていたのだが――なんてことだろう。執事《しつじ》まで壁《かべ》に凭《もた》れて眠《ねむ》っていた。足元に水のコップが落ちている。え？　彼ったら水を飲んで寝《ね》ているわ！

執事《しつじ》を見下ろして、にやりとしたのはルパンであった。さあわからない――執事《しつじ》にルパンが一杯盛《いっぱいも》ったというの？

そのルパンが大声で歌いはじめたから、コリンヌは面食らった。

「チイチイパッパチイパッパ！

雀《すずめ》の学校の先生は
笞《むち》をふりふり　チイパッパ！」

頭がおかしくなったのかしら、ルパン。

「チイチイパッパ　チイパッパ！」

コリンヌはもう我慢《がまん》できなくなった。「ルパンさん、歌へったくそ！」

少女は爆笑《ばくしょう》したが、そんな反応を見せたのは彼女ひとりきりだった。ルパンはニコリともしない。

「ふむ、きみはコーヒーを飲まなかったようだね」

「不眠症《ふみんしょう》なのに、そんな毒《どく》を飲まされたら死ぬまで眠《ねむ》れません！」

「毒《どく》なものか。丁寧《ていねい》に抽出《ちゅうしゅつ》された最上級《さいじょうきゅう》のマンダリンだ。もちろん睡眠薬《すいみんやく》も高級品だよ。たまたま私《わたし》は飲み慣《な》れていて耐性《たいせい》があっただけでね」

問答しながらルパンが近づいてくる。度胸《どきょう》のいい少女もややひるんだ。

「さて、コリンヌ嬢《じょう》」

「え！　わたしの名前をご存《ぞん》じなの」

「招待客《しょうたいきゃく》については調べ尽《つ》くしている――ジャーナリスト志望《しぼう》のあなたを父上が認《みと》めないので、不《ふ》平《へい》が溜《た》まっていることもね」

目の前にヌッと立たれて、負けん気のコリンヌも立ち上がってルパンを睨《にら》んだ。

2

「壁《かべ》はすべて二重だ……防音《ぼうおん》らしいが、油断《ゆだん》するな」

ルパン邸《てい》ににじり寄《よ》りながら、ガニマールは部下に囁《ささや》いた。周囲《しゅうい》の見通しがききすぎて、隠《かく》れる場所がない。せっかく動員した警官隊《けいかんたい》もおいそれと近づけないのが現状《げんじょう》だ。

前庭の端《はし》にブナの大木があり、その蔭《かげ》にガニマールは自分の車を停《と》めた。

邸《やしき》の左右にマロニエの木立《こだち》が並《なら》び、のこる警官隊《けいかんたい》の車はそこに散開《さんかい》させておく。

情報《じょうほう》によれば地下には簡単《かんたん》な倉庫《そうこ》や保存食品庫《ほぞんしょくひんこ》がある程度《ていど》で、めだった機械設備《きかいせつび》はない。これまでルパンの住処《すみか》といえば、大規模《だいきぼ》なエレベーターだの潜水艇《せんすいてい》だの、ジュール・ヴェルヌの科学小説《かがくしょうせつ》みたいな道具立てに鎧《よろ》われていたから、丸裸同然《まるはだかどうぜん》のこの屋敷《やしき》に、ガニマールは拍子抜《ひょうしぬ》けしていた。

「本当になにも仕掛《しか》けはないのか」

「ありません」

数日前の打ち合わせで断言《だんげん》したのは、いま邸内《ていない》で執事《しつじ》を務《つと》めている男だ。いうまでもなくガニマールに買収《ばいしゅう》され、ルパンを裏切《うらぎ》った子分であった。

彼《かれ》によれば、警官隊《けいかんたい》が扉《とびら》から正面突破《しょうめんとっぱ》を図ればルパンは袋《ふくろ》のネズミ同然《どうぜん》らしい。だが老練《ろうれん》なガニマールに油断《ゆだん》はない。相手は天下のルパンである。しかも大勢《おおぜい》のジャーナリストを招《まね》いている。人質《ひとじち》にとられて徹底抗戦《てっていこうせん》されたらどうなる。

もっともガニマールの心配の的《まと》は、邸《やしき》に蓄《たくわ》えられたルパンの盗品《とうひん》であった。どの一品をとっても、世界に名だたる芸術《げいじゅつ》の粋《すい》だ。争《あらそ》うはずみに毛筋《けすじ》ほどでも傷《きず》がついたら？　ブルルル。考えるだけで空《そら》恐《おそ》ろしい。ガニマールが首を一ダースはねられたって追いつかない！——その上、なにがなんでもルパンの盗品《とうひん》を奪《うば》い返せと厳命《げんめい》したのは、わがフランスの元首《げんしゅ》なのである。

パリで国際会議《こくさいかいぎ》が開催《かいさい》される。その会議室《かいぎしつ》の正面に名高い芸術品《げいじゅつひん》を飾《かざ》って見せびらかそうという上《じょう》層部《そうぶ》の計画であった。要《よう》するにガニマールは、政府《せいふ》の見栄《みえ》に奉仕《ほうし》する役人でしかないのだが、真面目《まじめ》が取り柄《え》の彼《かれ》はそんな自分の役どころを疑《うたが》ったことすらない。時計を見た。——よし、邸内《ていない》の執事《しつじ》が開錠《かいじょう》する約束《やくそく》の時間だ。忍《しの》びよったガニマールは断固《だんこ》として、ドアを開け放った。

とたんにあがったのは、女の子の悲鳴である。

「助けてーッ」

ベテランだけあって、その短い時間に警部《けいぶ》は正確《せいかく》に中の状況《じょうきょう》を把握《はあく》している。眠《ねむ》りこけた客たち——コンテナに積《つ》まれたアートの数々——声の主はコンテナの蔭《かげ》でルパンと争《あらそ》っている少女であった。

「警察《けいさつ》だ、動くな！」

反射的《はんしやてき》に叫《さけ》んだが、相手はコンテナの蔭《かげ》に身を潜《ひそ》めた。薬でも嗅《か》がされたか、それっきり少女の声は途絶《とだ》えていた。果《は》たして姿《すがた》を見せたルパンは、軽々と少女の体をかついでいる。

「これはこれは、ガニマール警部《けいぶ》」

ルパンも落ち着いているが、ガニマールも慌《あわ》てない。警官隊《けいかんたい》全員の乱入《らんにゅう》を待つ目論見《もくろみ》であるし、ドアは一カ所というデータが警部《けいぶ》を安心させている。

ルパンは少女を盾《たて》にするつもりだろうが、ガニマールの目算《もくさん》は人海戦術《じんかいせんじゅつ》だ。コンテナを回り込《こ》んで左右から一気に押《お》し包《つつ》むのだ。たとえルパンが自身のポリシーに反してナイフやピストルを振《ふ》り回しても、少女が傷《きず》つく以前《いぜん》に取り押《お》さえられる——手練《てだれ》の警官《けいかん》をよりすぐってきたのだから。部下たちも上司《じょうし》の意図をよく理解《りかい》していた。あわてず騒《さわ》がずジリジリと獲物《えもの》との間を詰《つ》めてゆく。

その途中《とちゅう》でガニマールは気づいた。自慢《じまん》だった口髭《くちひげ》を剃《そ》られ、パンツ一枚《いちまい》の裸体《らたい》に露骨《ろこつ》な悪態《あくたい》を黒ペンキでかかれた執事《しつじ》が、壁際《かべぎわ》で平和に眠《ねむ》りこけている姿《すがた》を。

(裏切《うらぎ》りがバレたな)

だが構《かま》わないさ。こっちはもうルパンの懐《ふところ》に飛《と》び込《こ》んだのだから。現《げん》にガニマールは、いま警官《けいかん》隊《たい》の先頭に立っている。

さすがにルパンも、左右からの圧力《あつりょく》に押《お》されるように、大時計を背《せ》に立ちすくむ羽目《はめ》となった。少女をまだかついだままだ。少しでも剣呑《けんのん》な動きを見せれば、警官《けいかん》たちは一斉《いっせい》にイナゴのように跳《は》ねて飛《と》び掛《か》かるだろう。

そこで悠々《ゆうゆう》とガニマール警部《けいぶ》は声をかけた。

「ルパン。これでもまだ逃《に》げるつもりかね」

「つもりだよ」

平然《へいぜん》と応《おう》じられたから、警部《けいぶ》も腹《はら》が立った。

「やってみろ!」

とたんに大時計がスライドした。——えっ?

時計があった位置《いち》から、薄日《うすび》がさし雪が降《ふ》りこんだ。——ええっ?

そんなところになぜドアがあるんだ、一カ所のはずだぞ?

「待て!」

警部《けいぶ》一世一代の早業《はやわざ》であったに違《ちが》いない。大時計がもう一度スライドして元の位置《いち》に戻《もど》る何分の一秒かの間に、躍《おど》り込《こ》んだ——つもりであったが、おなかのあたりがつかえた。

げぼ……っ。

だからいってるでしょ、ダイエットしなさいって。

奥《おく》さんの小言《こごと》を思い出しながら、やっとのことで警部《けいぶ》は転げ出た。さぶい――つべたい！　雪に濡《ぬ》れたガニマールの顔の前で、見覚《みおぼ》えのある樫《かし》の扉《とびら》が鎖《とざ》された。

これは、邸《やしき》にひとつきりの入り口じゃないか。

なにがなんだかわからない――イヤわかった！

壁《かべ》が二重になっていた意味が、ようよう納得《なっとく》できた警部《けいぶ》は、改《あらた》めて屋根の上の鐘楼《しょうろう》もどきを睨《にら》み付《つ》けた。あそこが動力《どうりょく》装置《そうち》に違《ちが》いなかった。外壁《がいへき》と内壁《ないへき》は断絶《だんぜつ》していた。警官隊《けいかんたい》、芸術品《げいじゅつひん》、客たちを丸ごと乗《の》せたまま、内側《うちがわ》の壁《かべ》と床《ゆか》が回転したのだ……ガニマールが人海戦術《じんかいせんじゅつ》を繰《く》り出す騒《さわ》ぎに紛《まぎ》れて、ルパンはメリーゴーラウンドよろしく遊んでいた……。

これでは内側《うちがわ》の円が半回転して本来の位置《いち》に戻《もど》るまで、袋《ふくろ》のネズミになったのは警官隊《けいかんたい》の方じゃないか！

「あれっ、ガ、ガニマール警部《けいぶ》どの」

聞き覚《おぼ》えのある南仏訛《なんふつなま》りの声がした。制服《せいふく》の髭面《ひげづら》はロナルドだ。ガニマールが念《ねん》の為《ため》、邸《やしき》の外にのこしておいた警官《けいかん》だった。車の運転に定評《ていひょう》があるので、ルパンの盗品《とうひん》を運ぶ役割《やくわり》を命じてある。その男が髭《ひげ》の間から唾《つば》を飛《と》ばした。

「どうなすったんです。たった今、車を動くようにしたところなのに」

「なんだと」

「いえ、ですから車の鍵《かぎ》をなくされたとかで、私《わたし》が警部《けいぶ》の車を始動させたのですが……」

言葉を切ったロナルドは、じろりとガニマールを見た。

「ええと、警部《けいぶ》どの？　なんだか汚《よご》れて見えるんですが」

気がつくと腹回《はらまわ》りのボタンがいくつかちぎれ、シャツに油じみがついていた。

あの大時計と格闘《かくとう》したせいだ！　いやそれよりも。

「俺《おれ》に会ったのか、俺《おれ》の車の面倒《めんどう》を見たのか！　そ、そいつはルパンだ！」

つんのめるように駆《か》け出そうとして、最優先《さいゆうせん》の急務《きゅうむ》を思い出している。

「きさまが運ぶ宝《たから》の品々は、この邸《やしき》の中だ！　ドアが開いたらすぐ運び出せ、軍用道路《ぐんようどうろ》の通行許可《つうこうきょか》はおりている！」

ロナルドは目を白黒させていたが、説明《せつめい》する隙《ひま》が惜《お》しい。

「俺《おれ》はルパンを追う！」

3

手近な警官隊《けいかんたい》の車を使って、警部《けいぶ》は猛然《もうぜん》とはるか先を走る自分の車を追いかけた。日頃交通《ひごろこうつう》ルール厳守《げんしゅ》のガニマールにとって、やっかいな標的《ひょうてき》であった。ルパンときたら徹底的《てっていてき》に法規《ほうき》を破《やぶ》って快走《かいそう》するのだから。

だが幸い相手はマップを見損《みそん》じたのか、思いがけないところで逆走《ぎゃくそう》して時間を無駄《むだ》にした。おまけに警部《けいぶ》が山道の分岐点《ぶんきてん》で迷《まよ》ったときには、一方の道に色鮮《いろあざ》やかな髪飾《かみかざ》りが落ちていた。むろん天の助けではない、あの女の子が機転《きてん》をきかせてくれた！

ルパンの奴《やつ》、いざというときの盾代《たてが》わりに、まだ娘《むすめ》を連《つ》れているのか。それが貴様《きさま》の首を絞《し》める結果《けっか》になるんだぞ。

舗装《ほそう》はとっくに切れ、山間の悪路がうねうねとつづく。軍用道路《ぐんようどうろ》が完成《かんせい》するまでこんな道を使っていたのか。粉雪《こなゆき》が降《ふ》りしきり、日暮《ひぐ》れてきた。

ガニマールは少々心細くなってきた。ひょっとしたらこいつは廃道《はいどう》になったんじゃないか。思い出すと通行《つうこう》止めの標識《ひょうしき》が、路傍《ろぼう》に投げだされていたようだ。カーチェイスに熱中《ねっちゅう》して、ついルール違反《いはん》を犯《おか》したかな。国家公務員《こっかこうむいん》として嘆《なげ》かわしい。反省《はんせい》しながらカーブを切ったとたん、自分の車がそこに停《と》まっていた。

ガン！　という衝撃《しょうげき》で、警部《けいぶ》は短い間失神《あいだしっしん》したらしい。

「あの——おじさん」

耳《みみ》当たりのいい声に起こされて、ガニマールは目ざめた。うう……もう少し眠《ねむ》っていたいのに。だが天使のような少女が覗《のぞ》きこんでいるのに気づいて、60パーセントまで目がさめた。開け放しのドアから降《ふ》りこむ雪の冷《つめ》たさのせいもある。

日はとっぷりと暮《く》れていた。

「き、きみは！」

「コリンヌです、コリンヌ・エトワール。ルパンに連《つ》れてこられたの」

ルパン！　名を耳にして、のこる40パーセントが吹っ飛《と》んだ。

「あいつはどうしました！」

コリンヌが顎《あご》で指し示《しめ》した。警部《けいぶ》の車は通行禁止《つうこうきんし》の鉄条網《てつじょうもう》に前部を絡《から》めとられていた。

「あの網《あみ》を越《こ》えて逃《に》げていったわ――もう私《わたし》はいらないって」

なんたる言いぐさだ。憤然《ふんぜん》としながらも、風の冷《つめ》たさに閉口《へいこう》した。

「ドアを閉《し》めてください」

「ごめんなさい……できないんです……私、車の走っていた間ずっと……」

ようやく気づいた。彼女《かのじょ》は後ろ手に手錠《てじょう》をかけられていた。恐縮《きょうしゅく》しながら手錠《てじょう》を外して、ドアを閉《し》めてやると、コリンヌは細い手首をさすっている。雪より白い手首のフォルムにガニマールは一瞬《いっしゅん》ドキリとした。国家公務員《こっかこうむいん》でも男なのだ。

「しかしひどい目にあいましたな。すぐにも送り返してさし上げたいところだが」

「ご無理《むり》なさらないで……あら、血が」

ハンカチで額《ひたい》をそっと撫《な》でてくれた。多くはないが、確《たし》かに出血している。警部《けいぶ》は無理《むり》しない主義《しゅぎ》である。車の中にいれば凍《こご》える心配はない。朝まで待って引き返すことにした。灯《あかり》ひとつない廃道《はいどう》で転落事故《てんらくじこ》なぞ起こしたら、この娘《むすめ》の家族に顔むけできない。

もっとも灯《あかり》はちゃんと、ある場所にはあった。

眼下《がんか》遠《とお》くではあるが、皓々《こうこう》と輝《かがや》く街灯《がいとう》のパレードが望《のぞ》まれる。ガニマールが通行許可《つうこうきょか》を申請《しんせい》した開通して間もない軍用道路《ぐんようどうろ》だ。

「あら」

コリンヌが窓《まど》を開けた。冷《つめ》たい風にまじって、おかしな音が聞こえてくる。ふたりは顔を見合わせた。この音は――鼾《いびき》だ！

外に出ると鼾《いびき》の主はすぐにわかった。エンコした警部《けいぶ》の車、そのトランクの中で男が大鼾《おおいびき》をかいていた。

とりあえず後ろの車に移《うつ》して、さてその髭面《ひげづら》を見直したガニマールは驚愕《きょうがく》した。

「ロナルド！」

彼《かれ》ならルパンの邸《やしき》に残《のこ》したはずだ——それがなぜあの車で眠《ねむ》っていた？

ガニマール警部《けいぶ》はルパンに比《くら》べれば鈍《にぶ》くても、決して凡庸《ぼんよう》な警官《けいかん》ではない。不安《ふあん》げに見下ろすコリンヌを見返し、しだいに彼《かれ》なりの思考を纏《まと》めていった。

ロナルドがここにいるなら、俺《おれ》と会話したロナルドはルパンだった——では俺《おれ》は、誰が運転する車を追っていたんだ？

視線《しせん》を向けた先にコリンヌがいた。愛《あい》くるしく微笑《びしょう》する少女が。

あの奔馬《ほんば》のようなドライバーが、この子だって？

ずっと手錠《てじょう》をかけられていたコリンヌが——そうか、それがおかしい！　後ろ手錠《てじょう》の彼女《かのじょ》が髪飾《かみかざ》りを抜《ぬ》き、外に捨《す》てられたはずはない。

ではコリンヌはルパンの共犯者《きょうはんしゃ》だったのか！

思わずガニマール警部《けいぶ》は、少女を睨《にら》んだ。しかしそのときロナルドが寝返《ねがえ》りを打ったので、警部《けいぶ》はたちまち思考のポイントを切り換《か》えた。

（ルパンがロナルドに化けたのなら、その目的《もくてき》はなんだ）

警部《けいぶ》の脳天《のうてん》に電光が走った。「ああっ！」

自分でロナルドにいったではないか。「走行許可はとってある」と。

「まあまあ！」コリンヌが邪気《じゃき》のない声をあげていた。

「大きなトレーラー！　あれくらい大型《おおがた》なら、ルパンのお宝《たから》のコンテナ、のこらず積《つ》み込《こ》めるわね」

（なんだと）

警部《けいぶ》は息の詰《つ》まる思いで、眼下《がんか》の軍用道路《ぐんようどうろ》を見た。

長大な六輪走行《ろくりんそうこう》の自動車がのそのそと走っていた。後尾《こうび》に堂々《どうどう》たるトレーラーを牽引《けんいん》して——。理《り》屈抜《くつぬ》きにガニマールは悟《さと》っていた。運転手はルパンだ！

雪空が明けようとしていた。鉛色《なまりいろ》の光を浴《あ》びて粛《しゅく》々《しゅく》と、世界の宝《たから》を満載《まんさい》したトレーラーが行く。

停車《ていしゃ》させる術《すべ》のない警部《けいぶ》は歯噛《はが》みしながらつぶやいた。

「いったいどこへ行くつもりなんだ」

ボソッとコリンヌが漏《も》らした。

「雲で見にくいけど、脇《わき》にはいれば小さな池を抱《だ》いた盆地《ぼんち》があるって。ルパンの本拠《ほんきょ》のひとつだったのに、軍《ぐん》が道を造《つく》ったから使えなくなってしまったの。——ホラ、トレーラーを迎《むか》えて小さなヘッドライトがいくつも下りてくるでしょう。ルパンがいばっていたわ、五分あれば出航《しゅっこう》が準備《じゅんび》できるって。

——でも警部《けいぶ》さん、私《わたし》を逮捕《たいほ》するんじゃないの」

あけっぴろげになったコリンヌに、ガニマールは苦笑《にがわら》いした。

「なにもかももう遅《おそ》い……それよりお嬢《じょう》さん」

「ハイ？」

「よくわからないのだが、お嬢《じょう》さんはルパンとなにか取引《とりひき》したのかね」

「すてき」パチパチと少女は手を叩《たた》いた。

「ルパンがいってた。ガニマールは優秀《ゆうしゅう》な警部《けいぶ》だ、きっと見抜《みぬ》かれるぞって」

ガニマールの笑《え》みはますますホロ苦《にが》い。今ごろ褒《ほ》められたって後の祭りじゃないか。

「いいから教えなさい」

「ルパンを手伝《てつだ》ってあげたら、私《わたし》の体験記《たいけんき》にルパンの名を使っていいって条件《じょうけん》」

「体験記《たいけんき》？」

「そう、私《わたし》ってジャーナリスト志望《しぼう》だから、最初《さいしょ》に出す自分の本に箔《はく》をつけたいの。——きゃあ、はじまる！」

遠望《えんぼう》していた盆地《ぼんち》の上で、不意《ふい》に純白《じゅんぱく》の花火が炸裂《さくれつ》した！　いやいや花火とは違《ちが》うぞ。まるで雪崩《なだれ》が天に向かって噴出《ふんしゅつ》したようだ！

「池は偽者《にせもの》だったのね。一面に張《は》った板に雪がかぶれば、凍《こお》った池に見えるもん。でもその下に隠《かく》してあったのは——アレだったんだ！」

天から舞《ま》ったのか山が吐《は》きだしたのか、鉛色《なまりいろ》の視界《しかい》を裂《さ》いて飛《と》び散《ち》る白い混沌《こんとん》。時ならぬ地吹雪《じふぶき》を衝《つ》いて、ゆるゆると浮《う》かび上がったのは銀白色《ぎんはくしょく》の巨鯨《きょげい》であった。

「デリジャブルか！」

呆《あき》れ果《は》てたようなガニマールの一言《ひとこと》——フランス語でいう飛行船《ひこうせん》だ。

「こんな情景《じょうけい》を誰《だれ》も見てくれないなんて勿体《もったい》ない。ルパンがぼやいたから、私《わたし》が書くって約束《やくそく》したの。題名は『アルセーヌ・ルパンのお引っ越《こ》し』よ。『奇岩城《きがんじょう》』や『８１３』なんかより、生活感があって女の子らしいでしょ。アラ……でも、買ってくれる読者がいるかなあ……」

しおらしくなったコリンヌに、ガニマールとしては珍《めずら》しく気の利《き》く言葉をかけてやった。

「いるともさ。少なくともここに読者がひとり」

 

## 編《へん》著《ちょ》者《しゃ》のおすすめ本 2

# 『怪盗紳士《かいとうしんし》ルパン』

（ハヤカワ・ミステリ文庫）

**モーリス・ルブラン／平岡《ひらおか》 敦《あつし》訳《やく》**

最初《さいしょ》に読むべきルパンは短篇《たんぺん》でしょう。

大人向けなら間違《まちが》いなく第一短篇集《たんぺんしゅう》『怪盗紳士《かいとうしんし》ルパン』です。主人公であるルパンが逮捕《たいほ》されて始まるという始まり方でいきなり心を摑《つか》まれますし、次が「獄中《ごくちゅう》のアルセーヌ・ルパン」「アルセーヌ・ルパンの脱走《だつそう》」と来てはどうなってしまうのか気になって仕方ありません。変装《へんそう》の名手で、ルパンが誰《だれ》になりすましているかわからない、というところに物語の妙味《みようみ》があるので「不思議《ふしぎ》な旅行者」のような作品にも心を惹《ひ》かれます。

短篇集《たんぺんしゅう》ではもう一冊、連作《れんさく》形式の『八点鐘《はってんしよう》』がトリックの宝庫《ほうこ》になっていて素晴《すば》らしいです。

長篇《ちようへん》では『奇巌城《きがんじよう》』を最初《さいしよ》に読む作品としてお薦《すす》めしたいと思います。ルパンに闘《たたか》いを挑《いど》むのが少年探偵《たんてい》、という図式がいいですし、暗号を解《と》いて宝探《たからさが》しをする話なので読みながらわくわくする気持ちが止まりません。しかもラスボスは意外すぎる人物。まさに、サービス精神《せいしん》の 塊《かたまり》 です。　（杉江松恋《すぎえまつこい》）

# ミステリをもっと楽しむ豆知識《まめちしき》

## 歴史《れきし》ミステリとＳＦミステリ

ミステリはいろいろくっつきます。

たとえば歴史劇《コスチューム・プレイ》とくっつきます。エリス・ピーターズは、もともとイーディス・パージターの筆名を持つ歴史小説家《れきししようせつか》でしたが、この名前で12世紀《せいき》イギリスを舞台《ぶたい》にした〈修道士《しゆうどうし》カドフェル〉シリーズを書き始め、絶大《ぜつだい》な人気を博《はく》しました。その功績《こうせき》を讃《たた》え、英《えい》国推理作家協会《こくすいりさつかきようかい》には一時期、歴史《れきし》ミステリが対象《たいしよう》のエリス・ピーターズ・ダガーという賞《しよう》が設《もう》けられました。

現在《げんざい》も、ピーター・トレメインが７世紀《せいき》アイルランドを舞台《ぶたい》とした〈修道女《しゆうどうじよ》フィデルマ〉シリーズを書くなど、人気のジャンルです。

また、ＳＦともくっつきます。ＳＦ作家アイザック・アシモフには『鋼鉄《こうてつ》都市』（ハヤカワ文庫ＳＦ）という作品があります。人型《ひとがた》ロボットの存在《そんざい》が当たり前になった未来《みらい》の話です。殺人事件《さつじんじけん》が起き、人間とロボットの刑事《けいじ》がコンビを組みます。立場の違《ちが》う二人が次第に相手を受け入れていく物語に、人種《じんしゆ》問題など別《べつ》の要素《ようそ》が重ねられているように見える小説《しようせつ》です。このようにＳＦと結《むす》びつくことによってミステリは、現実《げんじつ》とは違《ちが》う角度で物語を展開《てんかい》することができるのです。

チャイナ・ミエヴィル『都市と都市』（ハヤカワ文庫ＳＦ）はＳＦならではの設定《せつてい》が用いられた作品です。事件現場《じけんげんば》は、ベジェルとウル＝コーマという二つの国家がほぼ重なり合った形で存在《そんざい》する特殊《とくしゆ》な都市なのです。特殊《とくしゆ》な状況《じようきよう》が謎《なぞ》を盛《も》り上げます。（杉江松恋《すぎえまつこい》）

## ガイド 第2回　名探偵《めいたんてい》とは誰《だれ》でしょう?

杉江松恋《すぎえまつこい》

名探偵《めいたんてい》とは誰《だれ》でしょう。

ミステリにつきものなのは謎《なぞ》です。次にそれを解《と》く人。ただ謎《なぞ》が解《と》かれるだけではなく、誰《だれ》がそれをやるのかということがミステリでは大事な要素《ようそ》になっています。それこそがクイズとの違《ちが》いです。誰《だれ》が謎《なぞ》を解《と》くのか、という役割分担《やくわりぶんたん》で物語の構造《こうぞう》があらかた決まってくるという点も、ミステリの特殊《とくしゅ》なところでしょう。

謎解《なぞと》きをする役割《やくわり》のキャラクターは、探偵《たんてい》です。事件《じけん》の関係者《かんけいしゃ》が必要《ひつよう》に迫《せま》られて謎《なぞ》を解《と》く場合もありますし、謎解《なぞと》きのためにプロの探偵《たんてい》が呼《よ》ばれてくるという作品もあります。いわゆる名探偵《めいたんてい》は、後の方を指すことが多いですね。その最《もっと》も有名な例《れい》が、イギリスの作家サー・アーサー・コナン・ドイルが生み出した探偵《たんてい》、シャーロック・ホームズです。

シャーロック・ホームズで印象的《いんしょうてき》なのは、他人の外見を観察《かんさつ》するだけでどういう人物かを言い当ててしまうことです。後に親友となるジョン・H・ワトスン医師《いし》と初《はじ》めて会ったときの、ホームズの第一声は「アフガニスタンから戻られたんですね」でした。

大正解《だいせいかい》でした。ワトスンはアフガニスタンでイギリスが始めた戦争《せんそう》に医師《いし》として従軍《じゅうぐん》し、負傷《ふしょう》して戻《もど》ってきていたのです。ホームズは、ワトスンが日に焼《や》けていること、病気をした形跡《けいせき》があり左腕《ひだりうで》に怪我《けが》もしていること、などから最近戦争《さいきんせんそう》から帰ってきた軍医《ぐんい》であり、イギリスが苦戦《くせん》を強《し》いられた戦場《せんじょう》、つまりアフガニスタンだろうと結論《けつろん》したのでした。聞いてしまえばなるほどと思うことですが、いきなりやられればびっくりするでしょう。ホームズはこの魔術《まじゅつ》を、毎回依頼人《いらいにん》に披露《ひろう》します。

作者のドイルはホームズの物語を、彼《かれ》自身に語らせるのではなく、ワトスンによって行動が記録《きろく》されたものとして書きました。優《すぐ》れた着眼点《ちゃくがんてん》です。ワトスンの存在《そんざい》によってホームズの物語は、読者にとってより親しみやすいものになったのでした。

ワトスンはホームズのような天才ではなく、教養《きょうよう》はありますがごく普通《ふつう》の人です。読者にとってはホームズよりもはるかに身近に感じる相手でしょう。その彼《かれ》が、依頼人《いらいにん》によって持ち込《こ》まれた事件《じけん》や、進行している出来事の不思議《ふしぎ》さ、難《むずか》しさを素直《すなお》に語る。ところがホームズは、推理《すいり》の力ですでに真相に近いところに到達《とうたつ》しています。その差《さ》が驚《おどろ》きを生むのです。ワトスンはそれほど注意深くないので、自分の目で手がかりを見ていても重要《じゅうよう》さに気づいていない。あとでホームズから真相を知らされて、なぜわからなかったんだろう、とびっくりするわけです。この驚《おどろ》きは読者のものでもあります。

名探偵《めいたんてい》に助手、行動の記録者《きろくしゃ》をつけた元祖《がんそ》は、ドイルではありません。第1回で紹介《しょうかい》したエドガー・アラン・ポー「モルグ街《がい》の殺人《さつじん》」も、名探偵《めいたんてい》オーギュスト・デュパンの行動を、作中では名乗らない〈私《わたし》〉が記録《きろく》するという形式をとっています。一番乗りではありませんが、助手の重要性《じゅうようせい》を明確《めいかく》に示《しめ》した最初《さいしょ》の書き手がドイルということになるでしょうか。現在《げんざい》では、探偵《たんてい》の助手をワトスン役と呼《よ》ぶことが一般的《いっぱんてき》になっています。

ワトスン役が重要《じゅうよう》なのは、ミステリの仕組みに関《かか》わるからでもあります。ミステリは、謎《なぞ》の物語です。推理《すいり》によって謎《なぞ》を解《と》くことが最大《さいだい》の関心事《かんしんじ》ですが、このイベントには作中の登場人物だけではなく、読者も参加《さんか》することができます。同じだけ手がかりをもらっているのに、自分にはわからず、探偵《たんてい》は謎《なぞ》を解《と》くことができた。その悔《くや》しさと驚《おどろ》きがミステリの謎解《なぞと》きをさらにおもしろくしてくれるのです。だから、どうやって手がかりを見せるのかはとても重要《じゅうよう》な問題です。ワトスンという普通《ふつう》の人の視点《してん》でそれをやる、というのがドイルの選択《せんたく》でした。これは大当たりで、探偵物語《たんていものがたり》の定型《ていけい》の一つになっていきます。

ホームズとワトスンコンビの登場後、山ほど似《に》たような作品が書かれ、さまざまな天才探偵《てんさいたんてい》が生み出されました。

その流れと並行《へいこう》して進んでいたのがホームズとは正反対の路線《ろせん》、つまり、まさかこの人が、と思うような人物を探偵役《たんていやく》に起用するという作戦《さくせん》でした。

イギリスの作家、アガサ・クリスティーは複数《ふくすう》の名探偵《めいたんてい》を創造《そうぞう》しましたが、中でも有名なのがエルキュール・ポアロとミス・ジェーン・マープルの二人です。

ポアロは母国《ぼこく》で戦争《せんそう》が起きたため、イギリスに亡命《ぼうめい》してきたベルギー人です。卵型《たまごがた》の頭をして口ひげを生やした小男で、やたらと気取ったしゃべりかたをします。そのためイギリスの人々は彼《かれ》を見下しますが、そうさせておいてポアロは相手をよく観察《かんさつ》しているのです。

ミス・マープルはセント・メアリ・ミードという静《しず》かな村に住んでいる老婦人《ろうふじん》です。小柄《こがら》なおばあちゃまなので、誰《だれ》も彼女《かのじょ》に知性《ちせい》があるとは想像《そうぞう》しませんが、実は聡明《そうめい》な頭脳《ずのう》の持ち主です。ミス・マープルも人間観察《にんげんかんさつ》が得意《とくい》で、人生経験《じんせいけいけん》が豊富《ほうふ》であるため、過去《かこ》の出来事を目の前で進行中の事件《じけん》に当てはめることで推理《すいり》を前に進めていきます。

クリスティーの探偵《たんてい》二人は、ぱっと見は天才ぽくないものの、変《か》わっていると言ってはかわいそうなキャラクターでした。しかし、変人《へんじん》としか形容《けいよう》しようもない探偵《たんてい》も多数創造《そうぞう》されています。アメリカの作家レックス・スタウトの生んだネロ・ウルフはその代表格《だいひょうかく》でしょう。超肥満体型《ちょうひまんたいけい》のウルフは、自宅《じたく》のある建物《たてもの》に閉《と》じこもり、美食と趣味《しゅみ》の蘭栽培《らんさいばい》をしながら日々を送っています。依頼人《いらいにん》がどんなに頼《たの》んでも、彼《かれ》は外に出たがらない。外に出て調査《ちょうさ》をするのは、助手であるアーチー・グッドウィンの役目なのです。静《せい》のウルフと動《どう》のグッドウィンという組み合わせが楽しく、長く続《つづ》く人気シリーズになりました。

ウルフのようにまったく事件現場《じけんげんば》に行かず、証拠《しょうこ》や証言《しょうげん》の情報《じょうほう》だけを聞いて謎《なぞ》を解《と》くのを安楽椅子《あんらくいす》探偵《たんてい》と呼《よ》びます。前のページで名前を出したホームズは、基本的《きほんてき》には現場《げんば》に行く探偵《たんてい》です。できるだけホームズとは違《ちが》った路線を、という実験《じっけん》の中でこうした安楽椅子《あんらくいす》に座《すわ》ったままで推理《すいり》を行うような探偵《たんてい》も出てきました。デビューとしてはクリスティーやスタウトよりも早い、ハンガリー出身《しゅっしん》の作家バロネス・オルツィの生み出した隅《すみ》の老人《ろうじん》もその一人です。彼《かれ》は喫茶店《きっさてん》の隅《すみ》にある座席《ざせき》にいて、記者のポリー・バートンから話を聞くだけで、ほぼすべての謎《なぞ》を解《と》いてしまう探偵《たんてい》です。

探偵《たんてい》のバリエーションは、外見《がいけん》や捜査《そうさ》法《ほう》だけではありません。日本のミステリ作家に最《もっと》も尊敬《そんけい》する世界の名探偵《めいたんてい》を聞いたら、いちばん多い答えはエラリイ・クイーンではないでしょうか。第1回でも触《ふ》れた、アメリカのコンビ作家エラリイ・クイーンの作り出した、探偵《たんてい》エラリイ・クイーンです。この作中のクイーンも作家なのです。ややこしいですね。

クイーンのすごい点は、わずかな手がかりから犯人《はんにん》が何をしたかを正確《せいかく》に言い当ててしまうところです。ホームズが依頼人《いらいにん》を驚《おどろ》かす技《わざ》にも似《に》ていますが、クイーンの場合、ごく些細《ささい》な手がかりからそれをやってしまうという驚《おどろ》きがあります。たとえば靴《くつ》ひもの結《むす》び方から、殺人事件《さつじんじけん》の犯人《はんにん》を指摘《してき》してしまったり。手がかりを元に仮説《かせつ》を組み上げていく論理《ろんり》のおもしろさでは、クイーンの右に出るものはいないと言っていいでしょう。

クイーンには犯人《はんにん》の心理を読むという特技《とくぎ》があります。ということは、犯人《はんにん》がクイーンのそうした推理法《すいりほう》を逆用《ぎゃくよう》して、罠《わな》を仕掛《しか》けるのも可能《かのう》だということです。相手心理の読み合い合戦《がっせん》という、犯人《はんにん》と名探偵《めいたんてい》の対決図式が、作家クイーンの確立《かくりつ》した作品の魅力《みりょく》なのです。

先に書いたように、ワトスン役は名探偵《めいたんてい》ミステリの、もっとも優《すぐ》れた発明と言えます。これを使わずにミステリを書けないか、という試《こころ》みもありました。

アメリカの作家ダシール・ハメットは、ものを見聞きする人物がそのまま探偵《たんてい》となる、一人称《いちにんしょう》の探《たん》偵小説《ていしょうせつ》に取り組みました。『マルタの鷹《たか》』（ハヤカワ・ミステリ文庫）に登場するサム・スペードには名前が与《あた》えられていますが、『赤い収穫《しゅうかく》』（ハヤカワ・ミステリ文庫）ほかに登場する私立探偵《しりつたんてい》にはそれもなく〈私《わたし》〉のままです。コンティネンタル探偵社《たんていしゃ》に勤《つと》めていることから、コンティネンタル・オプと呼《よ》ばれるこの探偵《たんてい》こそ、一人称探偵《いちにんしょうたんてい》の代表格《だいひょうかく》でしょう。その後、同じくアメリカの作家、レイモンド・チャンドラーが私立探偵《しりつたんてい》フィリップ・マーロウの登場する作品で、この形式を完成度《かんせいど》の高いものに仕上げています。今も私立探偵小説《しりつたんていしょうせつ》といえば一人称《いちにんしょう》の作品が思い浮《う》かべられるほどです。

ハメットやチャンドラーほど極端《きょくたん》な手法《しゅほう》を使わずとも、主人公を探偵《たんてい》とし、見聞きするものを読者にそのまま伝《つた》えていくというやり方をする作家は多数いました。警察官《けいさつかん》を探偵《たんてい》役にした小説《しょうせつ》などが一《いち》例《れい》です。鉄道会社の技師《ぎし》だったフリーマン・ウィルス・クロフツは、ジョセフ・フレンチ警部《けいぶ》を自作の探偵《たんてい》役に起用して多くの作品を生み出しました。

フレンチは歩き回って情報《じょうほう》を集め、話を聞いた人々の中から容疑者《ようぎしゃ》を特定《とくてい》します。つまり警察捜査《けいさつそうさ》そのままのやり方です。こつこつと手がかりを積《つ》み上げるようなやり方なので地味だと思われがちで、フレンチは凡人型探偵《ぼんじんがたたんてい》などと呼《よ》ばれることもありますが、だからといっておもしろくないかというとまったくそんなことはありません。

　私《わたし》たちが普《ふ》段《だん》暮《く》らしているとき、最初《さいしょ》からすべてが見渡《みわた》せてしまうことはありません。自分の目で見えるものしかわからないので、少しずつそれを増《ふ》やしていくことで物事を理解《りかい》していくわけです。フレンチがやっているのもまったく同じことでしょう。少しずつだけど着実に真相に近づいていく。その楽しさがフレンチのシリーズにはあります。特《とく》にイギリス作家には警察官《けいさつかん》を探偵《たんてい》役に使った作品が多いのですが、こうした「わかっていく楽しみ」を重視《じゅうし》しているからではないかと思います。

　名探偵《めいたんてい》のミステリは今からだいたい百年前、一九二〇年〜三〇年代に多数の傑作《けっさく》が書かれました。第一次と第二次、二つの世界大戦《せかいたいせん》に挟《はさ》まれた時代です。この時代のことを、探偵小説《たんていしょうせつ》の黄金《おうごん》時代と呼《よ》ぶこともあります。今言及《げんきゅう》した探偵《たんてい》たちの多くも、やはりこの時期に産声《うぶごえ》を上げています。ではそれ以降《いこう》には、どんな探偵《たんてい》が生まれているのでしょうか。

　第二次世界大戦後《だいにじせかいたいせんご》のミステリでは、チャンドラーや、彼《かれ》に遅《おく》れて人気作家となったロス・マクドナルドといったアメリカ作家がまず重要《じゅうよう》です。しかし一人称私立探偵《いちにんしょうしりつたんてい》の時代がずっと続《つづ》いたわけではなく、戦後《せんご》まもなくの一九五〇年代にはそれよりも大きな人気を博《はく》す作品が登場します。エド・マクベインの〈87分署《ぶんしょ》〉シリーズです。

　これは架空《かくう》の都市・アイソラを舞台《ぶたい》にした警察小説《けいさつしょうせつ》で、87という番号を振《ふ》られた警察署《けいさつしょ》の刑事《けいじ》たちが集団《しゅうだん》で主役を務《つと》めます。実際《じっさい》の警察《けいさつ》にも飛《と》びぬけた存在《そんざい》はいないわけで、複数《ふくすう》の警察官《けいさつかん》が集まって事件《じけん》を捜査《そうさ》していくものです。それを物語の世界に応用《おうよう》したのは、優《すぐ》れた着想《ちゃくそう》でした。

一九六〇年代にはまた違《ちが》ったブームがやってきます。探偵《たんてい》ではなく、スパイの時代が来たのです。戦争《せんそう》は国と国など、個人《こじん》の存在《そんざい》を超《こ》えた大きなもの同士《どうし》の間で起こります。その図式の中で、個人《こじん》がどう闘《たたか》い抜《ぬ》くかという物語に注目が集まったのです。最《もっと》も有名なのが、イアン・フレミングの創造《そうぞう》したスパイ、007号ことジェイムズ・ボンドでしょう。すべての原作が映画化《えいがか》され、現在《げんざい》もボンドを演《えん》じる俳優《はいゆう》を代えながら制作《せいさく》が続《つづ》けられています。しかし、ここまで来ると探偵《たんてい》の話題からはだいぶそれてしまいました。元に戻《もど》りましょう。

他のジャンルが人気を博《はく》したことで名探偵《めいたんてい》の登場するミステリが絶滅《ぜつめつ》してしまったかというと、そんなことはありませんでした。たとえばイギリスでは一九七〇年代に、コリン・デクスターが〈モース主任警部《しゅにんけいぶ》〉シリーズを始めています。モースは大学で名高い街《まち》・オックスフォードの刑事《けいじ》で、さまざまな事件《じけん》に挑《いど》みます。特徴《とくちょう》は、激《はげ》しく間違《まちが》えることです。いや、その言い方は正しくない。もっと正確《せいかく》に言えば、仮説《かせつ》を立てるのとそれを検証《けんしょう》するのをものすごい勢《いきお》いでやるのがモースなのです。ある仮説《かせつ》を立てたら、それが正しいか間違《まちが》っているかを検証《けんしょう》する必要《ひつよう》があります。モースも検証《けんしょう》します、猛《もう》スピードで。そして間違《まちが》っているとわかると潔《いさぎよ》く投《な》げ捨《す》て、さっさと次の仮説《かせつ》に移《うつ》ります。この勢《いきお》いが凄《すさ》まじいので、読んでいると頭がくらくらしてきます。

エドワード・デンティンジャー・ホックは短篇《たんぺん》を中心に執筆《しっぴつ》した作家ですが、非常《ひじょう》に多くの探偵《たんてい》を創造《そうぞう》しました。その中でもいちばんの変《か》わり種《だね》はニック・ヴェルヴェットでしょう。

ニックは腕《うで》のいい泥棒《どろぼう》です。しかし普通《ふつう》のものは盗《ぬす》まない。まったく価値《かち》のないものを盗《ぬす》んでくれ、という依頼《いらい》があると彼《かれ》は動き出すのです。そういう仕事には、裏《うら》の思惑《おもわく》があることが多く、ニックは後からそれを推理《すいり》することになります。泥棒《どろぼう》でありながら、同時に探偵《たんてい》でもある。アルセーヌ・ルパンに代表される怪盗探偵《かいとうたんてい》の系譜《けいふ》に連《つら》なるキャラクターです。

現在《げんざい》も続《つづ》いている作品では、ジェフリー・ディーヴァーの〈リンカーン・ライム&アメリア・サックス〉シリーズが最《もっと》も重要《じゅうよう》です。リンカーン・ライムは敏腕《びんわん》の科学捜査官《かがくそうさかん》でしたが、事故《じこ》に遭《あ》って首から上と一部の指だけしか動かせない状態《じょうたい》になってしまいました。そのライムの目となり、手足となって働《はたら》くのが警察官《けいさつかん》のアメリア・サックスです。〈ウルフ&グッドウィン〉シリーズにも似《に》た静《せい》と動《どう》の組み合わせがおもしろく、ライムの科学捜査《かがくそうさ》に関《かん》する知見《ちけん》が物語を支《ささ》えています。このシリーズの特徴《とくちょう》は、毎回とんでもない敵《てき》が登場することで、被害者《ひがいしゃ》の骨《ほね》を集める連続殺人犯《れんぞくさつじんはん》や目くらましを得意《とくい》とするマジシャン犯罪者《はんざいしゃ》など、怪人揃《かいじんぞろ》いです。ディーヴァーは名探偵対犯人《めいたんていたいはんにん》という図式を蘇《よみがえ》らせ、現代的《げんだいてき》な道具立てを使ってスピード感のある物語を作り出しました。

現在最《げんざいもっと》も人気があるのは、イギリス作家アンソニー・ホロヴィッツの〈ダニエル・ホーソーン&アンソニー・ホロヴィッツ〉シリーズです。ややこしいシリーズ名なのは、作者が自分自身をワトスン役に採用《さいよう》しているから。作家アンソニー・ホロヴィッツが、元刑事《けいじ》で今は警察《けいさつ》の依頼《いらい》を受けて謎解《なぞと》きをしているダニエル・ホーソーンの行動を記録《きろく》している、という設定《せってい》なのです。おわかりのように名《めい》探偵《たんてい》ものの元祖《がんそ》であるホームズ&ワトスンの物語をなぞった設定《せってい》ですが、オリジナルとの違《ちが》いは、作中のホロヴィッツがホーソーンを嫌《きら》っていて、隙《すき》があったら役目を投げ出しておさらばしたいと思っていることです。その感情《かんじょう》の行き違《ちが》いが、手がかりの見落としに結《むす》びつくことも多く、なるほどよくできているな、と思わせられます。

名探偵《めいたんてい》ものはこれまでずっと書かれ、現在《げんざい》もなお書かれています。おそらくミステリという形式がある限《かぎ》り、書かれ続《つづ》けることでしょう。

# 名探偵《めいたんてい》って何？

作：川浪《かわなみ》いずみ

# キャロル・パートネル大《おお》いに憤《ふん》慨《がい》す

斜《しや》線《せん》堂《どう》有《ゆう》紀《き》

### エルキュール・ポアロ

常《つね》に意外性《いがいせい》を追及《ついきゅう》したアガサ・クリスティーは探偵《たんてい》像《ぞう》も独自《どくじ》のものを選《えら》びました。卵型《たまごがた》の頭をした小男で、鼻の下には気障《きざ》な口ひげを生やしているポアロは、第一印象《だいいちいんしょう》では単なる滑稽《こっけい》な人物《じんぶつ》です。ベルギーからの亡命者《ぼうめいしゃ》であるという外国人差別《さべつ》も一役買っているのでしょう。油断《ゆだん》した相手《あいて》はポアロに考えを見抜《みぬ》かれます。人を外見で判断《はんだん》しないこと。

元はベルギー・ブリュッセルの敏腕刑事《びんわんけいじ》でしたが、第一次世界大戦《たいせん》を避《さ》けてイギリスに移住《いじゅう》しました。初《はつ》登場作の『スタイルズ荘《そう》の怪事件《かいじけん》』(1920年)で、相棒《あいぼう》となるアーサー・ヘイスティングス大尉《たいい》と再会《さいかい》します。

整理整頓《せいりせいとん》が好《す》きなきちんとした性格《せいかく》で、事件現場《じけんげんば》などのちょっとした乱《みだ》れを見逃《みのが》しません。ご自慢《じまん》の「灰《はい》色《いろ》の脳細胞《のうさいぼう》」を駆使《くし》して事件解決《じけんかいけつ》に取り組みます。

ホームズに次いで映像化《えいぞうか》の多い探偵《たんてい》でしょう。ほとんどの登場作がデヴィッド・スーシェ主演《しゅえん》でドラマ化されています。　(杉江松恋《すぎえまつこい》)

「もう私《わたし》はこの店を畳《たた》んでやらなくっちゃあならないわ！　こんな屈辱《くつじょく》を受けて、黙《だま》っていられるものですか！」

キャロル・ハートネルはかな切り声を上げて仕込《しこ》みの手を止めてしまった。その目には涙《なみだ》が浮《う》かんでおり、ミス・モリー・ウェストマコットを大《おお》いに驚《おどろ》かせた。

「あらまあ、一体どうしてしまったの。今手を止めたら、夕食の時間までに間に合わないわ。そうしたら、お店を開けられなくなってしまうわね！」

ミス・ウェストマコットは幼子《おさなご》をたしなめるように言ったものの、キャロルは首を横にふった。

「こんな店、開けられなくなっても仕方がないわ！　ええ、もう、仕方がないのよ！」

そう言って、キャロルはいよいよ泣《な》きじゃくり始めてしまう。二人がやっているのは、〈二羽の鶯亭《うぐいすてい》〉という名前のレストランで、偏屈《へんくつ》なオールド・ミス二人が力を合わせてやっているというところも含《ふく》めて、イギリスではまるで珍《めずら》しくない店だった。元々は田舎《いなか》の貧乏令嬢《びんぼうれいじょう》だったミス・ウェストマコットが乏《とぼ》しい資産《しさん》を掻《か》き集めて、感情《かんじょう》の振《ふ》り幅《はば》が大きい友人——キャロルと始めた小さな城《しろ》である。出す料理《りょうり》はいかにも英国《えいこく》らしい古くさく伝統的《でんとうてき》で大事な料理《りょうり》だ。それに誇《ほこ》りを持ち、度重《たびかさ》なる不景気《ふけいき》にも負けず、キャロルと二人でやってきたというのに、大事な仕込《しこ》みの最中《さいちゅう》に泣《な》き言《ごと》を言うなんて！

とはいえ、キャロルがこうして店を閉《し》めると言い出すのは、初《はじ》めてではなかった。この老婦人《ろうふじん》は何かと自信《じしん》を無《な》くし、もう店をやっていくことは出来ないと言い出すからである。ミス・ウェストマコットは落ち着いて言った。

「バカなことを言うんじゃありませんよ。あなた、何度店を畳《たた》むと言い出せば気が済《す》むの」

「今度という今度は本当ですとも！　私《わたし》、あんな屈辱《くつじょく》ったら初《はじ》めてですわ！」

それを聞いただけで、ミス・ウェストマコットにはひらめくものがあった。これほどキャロルが落ち込《こ》む理由は一つしか考えられない。昨日《きのう》店に来た、あの男のことだろう。しかし、賢《かしこ》いミス・ウェストマコットはキャロルの口からその話をさせることにした。推理《すいり》が合っているにせよ間違《まちが》っているにせよ、こういうことは本人の口から話させた方がいいからだ。

「ほら、落ち着いて話してごらんなさい。そうやって泣《な》いてばかりいても仕様がないじゃない」

ミス・ウェストマコットが言うと、キャロルは涙《なみだ》を浮《う》かべたまま言った。

「あの変《へん》なひげを生やした外国人の男のことですよ！」

ほうら、とミス・ウェストマコットは心の中で呟《つぶや》いた。あの特徴的《とくちょうてき》なひげは、忘《わす》れようにも忘《わす》れられるものではなかった。

「ええ、そんなお客さんもいらっしゃったわね」

とぼけたふりをしてミス・ウェストマコットが言うと、キャロルはきびしい口調で言った。

「いらっしゃったわね？　あなた、よくもそんなのんきなことが言っていられるわね。私達《わたしたち》の大切な店を荒《あ》らした男です。私《わたし》、あの顔とあのひげが忘《わす》れられそうにないですわ」

キャロルは身震《みぶる》いをして言った。ミス・ウェストマコットも、彼《かれ》を思い出す時に一番最初《さいしょ》に浮《う》かぶのが、そのいまいましいひげだった。

男は、とても小さな男だった。五フィート六インチの背丈《せたけ》があるミス・ウェストマコットよりも、やや背《せ》が低《ひく》かったくらいだ。ミス・ウェストマコットが女性《じょせい》にしては背《せ》の高い人間であることを抜《ぬ》きにしても、小さな男だ。その小ささを服で補《おぎな》おうとでもしているかのように、彼《かれ》の衣服《いふく》は上から下までとんでもなく洒落《しゃれ》ていた。もし彼《かれ》が着ていたのでなければ、ミス・ウェストマコットは彼《かれ》を相応《そうおう》の紳士《しんし》だと見做《みな》していただろう。そしてその頭ときたら！　キャロルと一緒《いっしょ》に毎朝磨《みが》いているゆで卵《たまご》そっくりなのだった。それにあの特徴的《とくちょうてき》なひげを備《そな》えているのだから、ミス・ウェストマコットはおかしくて仕方なかった。

その小男は、連《つ》れだっている紳士《しんし》に対してフランス語混《ま》じりであれこれ話しつつ、〈二羽の鶯亭《うぐいすてい》〉のメニューを眺《なが》めていたが、不意《ふい》にキャロルのことを呼《よ》びつけると、こう聞いたのだった。

「あなた、この店で一番名物は何かね？」

その口調はいかにも紳士染《しんしじ》みていたので、この時点ではキャロルもミス・ウェストマコットも全く気を悪くしてはいなかった。にっこりとした笑顔で応対《おうたい》すると、メニューの一箇所《かしょ》を指さしてキャロルが言った。

「こちらのキドニーのプディングが自慢《じまん》でございます。ムシューのようなフランスの殿方《とのがた》にも、きっとお気に召《め》すと思いますわ」

キャロルの言葉に、小男は少しムッとした顔をした。

「申し訳《わけ》ありませんが、私《わたし》はフランス人ではなくベルギー人です」

キャロルは慌《あわ》てて謝罪《しゃざい》したものの、ミス・ウェストマコットは気の毒《どく》に思った。外国人なんて誰《だれ》も彼《かれ》も同じに見えるし、フランス語を使っているのだからフランス人だと思うのは当然《とうぜん》だろう。ベルギー人にはあまり馴染《なじ》みがなかったけれど、よっぽど嫌《いや》みな人種《じんしゅ》らしい、とミス・ウェストマコットは思った。

「おいおい、何も悪気《わるぎ》があって間違《まちが》えてるんじゃないんだから」

一緒《いっしょ》にいた紳士《しんし》がそうたしなめてくれなかったら、一体どうなっていたものかまるで見当がつかない。キャロルはその時点で、腹《はら》に据《す》えかねたような顔をしていたから。キャロルはこう見えて、結構感情的《けっこうかんじょうてき》な性質《せいしつ》なのだ。

小男と紳士《しんし》はキャロルの勧《すす》め通りキドニーのプディングを注文し、ポークソテーと共《とも》に食べることになった。そこまではまだ良《よ》かった。キャロル達《たち》はいつもの通りせっせとプディングを切り分け、そのテーブルに運んでいくだけだったから。

けれど、キャロル達《たち》が丹精込《たんせいこ》めて作り上げたプディングを食べるなり、小男は顔を顰《しか》めて言い放ったのだった。

「ひどいもの《セ・テリブル》だね！」

フランス語がよくわからなくても、彼《かれ》が何を言いたいかはわかったし、彼《かれ》はその後でご丁寧《ていねい》に「こんなにまずいプディングは生まれて初めてだ！」と、自分達《じぶんたち》にも伝わる言葉で言ったのだった。

「口当たりが悪く、腎臓《じんぞう》は生臭《なまぐさ》い。脂《あぶら》はまるで胸《むね》をむかつかせる為《ため》にわざと混《ま》ぜ込《こ》まれているかのようだ。蒸《む》し時間が長いようにも短いようにも感じる。一体これはどういったことだ?」

キャロルの顔がたちまち強《こわ》ばるのがわかった。

小男は首を傾《かし》げながらもう二、三回プディングを口に運ぶと、とうとうナイフとフォークを置《お》いてしまったのだった。そして、ナプキンで口を拭《ぬぐ》うと、大きな溜息《ためいき》を吐《は》いた。

「もういいのかい」

小男の向かいの紳士《しんし》が気遣《きづか》わしげに言ったものの、小男は断固《だんこ》として口をつけなかった。小男はむしろ紳士《しんし》をたしなめるような口調で言った。

「よろしいかね、夕食というのは一日のうちで最高《さいこう》の食事ですよ。にもかかわらず、私《わたし》の最高《さいこう》の食事は、このひどいプディングによって消費《しょうひ》されようとしているのです。こちらのポークソテーも、せっかくの肉にまずいソースがごてごてかかりすぎている」

そんなことを言われたら、たいがいの女なら参《まい》ってしまうところだ! 事実、キャロルはもう卒倒《そっとう》してしまいそうだった。ミス・ウェストマコットはこの〈二羽の鶯亭《うぐいすてい》〉をあくまで人の腹《はら》を満《み》たすためのささやかな食事どころとして捉《とら》えていたので、このいかにも気難《きむずか》しくグルメな外国人の言葉なんか、ちいとも堪《こた》えなかったのだが。

「もうだめ、モリー。私《わたし》は気が遠くなってきましたよ」

「キャロル、あなた二階に行って少し休んできたらどう? あなたときたら酷《ひど》い顔色だわ。今にも倒《たお》れてしまいそうじゃないの」

「ええ、もうこれ以上《いじょう》あの味のわからない小男の話を聞いていると、気がへんになってしまいそうですよ!」

そう言って、キャロルはよろよろと二階に上がっていき、ミス・ウェストマコットだけが彼《かれ》らの相手をすることになったのだった。キャロルはそれから、彼《かれ》らが店を後にするまで、〈二羽の鶯亭《うぐいすてい》〉には戻《もど》ってこなかったのだった。

「私《わたし》、台所に立つ度《たび》にあの男の顔を思い出すのよ。こんなので、店を続《つづ》けていくことが出来て？」

「ああ、可哀想《かわいそう》なキャロル。あなたの言い分はわかるわ。本当に酷《ひど》い出来事だったこと」

「私《わたし》の出しているキドニーのプディングは、あの男にとってはごみくずも同然《どうぜん》だったのよ。手をつけずにほとんど残《のこ》してしまって！　私《わたし》、どうしてあの男にキドニーのプディングなんか勧《すす》めてしまったんでしょう。いまいましいキドニーのプディング！」

キャロルは全く落ち着く様子を見せず、このままではプディング全般《ぜんぱん》が彼女《かのじょ》の中でいまわしいものになってしまってもおかしくないような様子だった。

一方で、ミス・ウェストマコットは〈二羽の鶯亭《うぐいすてい》〉のキドニーのプディングよりも大事なことを思い出していた。キャロルが二階にこもってしまい、ミス・ウェストマコットはあの外国人と紳士《しんし》の二人組を一人で相手することになったのだが——彼《かれ》らは、とても気になることを言っていたのだ。それこそ、キャロルが変《か》わらず店に出ていたら、二人でさっそくうわさ話の種《たね》にしていたようなことが。実のところ、ミス・ウェストマコットはその話がしたくてたまらなかったのだ。

今が、その話の出しどころである。ミス・ウェストマコットは口を開いた。

「ねえ、その外国人のことなんだけれど」

「何かありまして？　私《わたし》の哀《あわ》れなキドニーのプディングを救《すく》ってやれるような話が？」

「あなたが二階にひっこんだ後、私《わたし》は今日の仕込《しこ》みをしながら、二人の話を聞いていたのですよ。そうしたら、あの二人——何の話をしていたと思います？」

ミス・ウェストマコットが老嬢《ろうじょう》にありがちな茶目《ちゃめ》っ気《け》を含《ふく》ませて尋《たず》ねると、キャロルは彼女《かのじょ》を揺《ゆ》さぶらんばかりに言った。

「そうやってもったいぶるのはやめてちょうだいな。私《わたし》は今、本当に耐《た》え難《がた》い気持ちでいるんですからね！」

ミス・ウェストマコットは勢《いきお》いにおされ、あっさりと答えを口にした。

「あの人、殺人《さつじん》についての話をしていたのよ」

「まあ、殺人《さつじん》ですって？」

キャロルは赤い目を大きく見開いた。どんなに悲しみに暮《く》れていたとしても、こと殺人《さつじん》となれば誰《だれ》でも興味《きょうみ》を引かれずにはいられないものだ。それは勿論《もちろん》、キャロルも例外《れいがい》ではなかった。

「一体どうしてあの味のわからない、偏屈《へんくつ》な、外国人の男が殺人《さつじん》の話などしていたというの？」

「それが、あの男はね、結構《けっこう》名前の知られた探偵《たんてい》だったというの。私達《わたしたち》のような普通《ふつう》の人間には、全く知りようのない相手ですけども。あの男がわざわざこの町に来たのは、それが理由だったのよ」

「けれど、この町で殺人《さつじん》なんか起きてはいませんよ」

その通り。この町ではそんな殺人《さつじん》なんて大それたことはそうそう起きやしない。最後《さいご》に殺人《さつじん》が起こったのは、十五年前、哀《あわ》れな郵便配達人《ゆうびんはいたつにん》が物盗《ものと》りに襲《おそ》われた時のことだった。けれど、殺人《さつじん》とは思われない殺人《さつじん》なら、自分達《じぶんたち》の気づかぬ間《ま》に起こっていたということである。ミス・ウェストマコットはささやき声で言った。

「この近くで、可哀想《かわいそう》な老婦人《ろうふじん》が亡《な》くなったことがあったでしょう」

「ミセス・ラッセルよ。あの方の名前はミセス・ラッセル！」

すっかり涙《なみだ》に暮《く》れていたはずのキャロルは、ミス・ウェストマコットのぼやけた記憶《きおく》をたしなめるように言った。

「そうそう、ミセス・ラッセルのことよ。可哀想《かわいそう》に、食中毒《しょくちゅうどく》にやられたって話だった人」

「そうですよ。それで何の関係《かんけい》もないうちのお店までもが大丈夫《だいじょうぶ》かなんて噂《うわさ》されたんですもの。ああ、あれも本当にひどい災難《さいなん》だったわね」

結局《けっきょく》あの時は、家で腐《くさ》ったレバーペーストを食べるくらいなら、レストランでちゃんとした食事を取った方がいいと囁《ささや》かれるようになって、最後《さいご》には少し店が繁盛《はんじょう》したんじゃなかったかしら、とミス・ウェストマコットは思い出した。もしそんなことでお客さんが離《はな》れていたら、この店はとっくに潰《つぶ》れていておかしくないはずである。もっとも、そうして増《ふ》えた客足《きゃくあし》は今ではすっかり元通りになってしまったのだが。

「でも、あれは確《たし》か半年も前のことよ。あなた、よく名前まで覚《おぼ》えていたわね」

「この町で起こったことなら、私《わたし》はなんでも忘《わす》れませんよ。それで、ミセス・ラッセルがどうかしたの？」

「私《わたし》ね、あんまりにもあの人がうちの料理《りょうり》を悪く言うものだから、どこから来た人か気になってこっそり話を聞いていたのよ」

「おやまあ、それじゃあ盗《ぬす》み聞きじゃないの」

「うちのプディングの悪口ばかり聞かされているわけにいかないわ。それで、私《わたし》聞いちゃったのよ」

「何を？」

「ミセス・ラッセルは殺《ころ》されたって話！」

キャロルはさっきまで泣《な》いていたことをすっかり忘《わす》れてしまった様子で、ミス・ウェストマコットの方へと身を乗り出してきた。そうしてキャロルが興味《きょうみ》を持ってくれたことに、ミス・ウェストマコットの方もなんだか妙《みょう》に嬉《うれ》しくなってしまった。

「一体どうしてあのミセス・ラッセルが殺《ころ》されなくちゃならないの？　あんな老婦人《ろうふじん》を？」

「私《わたし》もそう思ったわよ。だって、ミセス・ラッセルといえば、家族は気難《きむずか》しい猫一匹《ねこいっぴき》だし、財産《ざいさん》だってそんなにあるように見えなかったわ。うちに来た時があったかしら？」

「あったわよ。ミセス・ラッセルなんかそれこそケチで、うちの料理《りょうり》が高すぎるって文句《もんく》をつけていたわ！　うちは食中毒《しょくちゅうどく》になるような食材《しょくざい》なんか一切扱《あつか》っていないし、だからそれなりのお代が必要《ひつよう》だっていうのに！」

「言われてみたらそうだったわね。なんにせよ、ケチなおばあさんであったことには違《ちが》いないわね。でも、彼女《かのじょ》は本当は大金持ちだったのよ」

「彼女《かのじょ》が大金持ちだというなら、うちだって大金持ちだわ！」とキャロルが言った。「ええ、大金持ちですとも」

「それがあのおばあさん――ミセス・ラッセルはね、私達《わたしたち》とは違《ちが》って本当の大金持ちだったのよ」

キャロルは大《おお》いに訝《いぶか》しんだ。キャロルの頭には、ミセス・ラッセルが豆の鮮度《せんど》があまりにも悪いと文句《もんく》をつけていた時のことが思い浮《う》かんでいた。あるいは、付《つ》け合わせのにんじんに対して舌《した》を出していた時のことだろうか。あるいはタラのムニエルを勧《すす》めた時に「ムニエルみたいな田舎《いなか》臭《くさ》い調理法《ちょうりほう》なんて嫌《いや》よ。私《わたし》の住んでいたところでは、燻製《くんせい》でいただいていましたのに」とどうでもいいことを話していた記憶《きおく》――。キャロルは名探偵《めいたんてい》というわけではないが、レストランにやってくる客のことは忘《わす》れなかった。

「ねえ、モリー。ミセス・ラッセルの帽子《ぼうし》を覚《おぼ》えてる？」

「ええ、本当にひどい帽子《ぼうし》だったわね。からし色の……」

「お金持ちがあんな帽子《ぼうし》を被《かぶ》るもんですか」

ミス・ウェストマコットは改《あらた》めてミセス・ラッセルの姿《すがた》を頭に思い浮《う》かべた。時代に全く合っていない野暮《やぼ》ったい服。胸《むね》のむかつくような帽子《ぼうし》。じろじろと周《まわ》りを見渡《みわた》す目。細かくて小うるさくて、いつでも文句《もんく》をつけるところを探《さが》しているようなおばあさん……。もし私《わたし》がお金持ちだったら、きっとなんとか経営《けいえい》しているような、このお店のようなところには文句《もんく》をつけたりしないだろうに……。

さておき、ミス・ウェストマコットはいよいよ種明《たねあ》かしをしてあげることにした。

「あなたも探偵小説《たんていしょうせつ》を読むのなら、少しは勘付《かんづ》くんじゃない？」

「探偵小説《たんていしょうせつ》ね！　私《わたし》はよく読むわよ。わくわくしちゃうもの」

「まあ、それなのに気づかないの？　何の変哲《へんてつ》もないおばあさんがお金持ちになる理由！」

ミス・ウェストマコットがここまでヒントを出して、ようやくキャロルもピンときたようだった。

「もしかして……遺産《いさん》が転がりこんだってこと？」

「そうよキャロル。ミセス・ラッセルは巨額《きょがく》の遺産《いさん》を相続《そうぞく》したのよ！」

まあ！　とキャロルが大きな声で言った。その声には隠《かく》しきれない好奇心《こうきしん》と喜《よろこ》びが表れている。遺言《ゆいごん》と遺産相続《いさんそうぞく》というのは、探偵小説《たんていしょうせつ》における殺人事件《さつじんじけん》の一番の動機《どうき》で花形だ。

「でも、ミセス・ラッセルはおばあさんでしょう？　老人《ろうじん》が老人《ろうじん》に遺産《いさん》を遺《のこ》すというのもおかしな話ね」

「ミセス・ラッセルだって生まれた時からおばあさんってわけじゃないもの。あの人はね……この村に来る前に、メイドとしてさるご婦人《ふじん》にお仕えしていたそうなの」

あのミセス・ラッセルが誰《だれ》かの世話が出来るほど気がついて心の優《やさ》しい人物だとは思えなかったから、キャロルは納得《なっとく》のいかなそうな顔だった。だが、この時代の女の出来る仕事といえば、まさしくその類《たぐ》いのものなのだった。

「そのご婦人《ふじん》がお金持ちだったっていうこと？」

「その通りよ」

「じゃあミセス・ラッセルは彼女《かのじょ》の遺産《いさん》をまんまと手に入れたというわけなのね」

「それが、そう簡単《かんたん》な話でもないのよ。正しくは、そのご婦人《ふじん》の娘《むすめ》さんがミセス・ラッセルに遺産《いさん》を遺《のこ》したのね」

「あらやだ、私混乱《わたしこんらん》してきたわ。お金持ちのおばあさんの、その娘《むすめ》さんが、ミセス・ラッセルにお金を遺《のこ》したということね」

「そうよ。その娘《むすめ》が、エイミー・リピンコットというんだけど――まだうんと若《わか》いっていうのに、エイミーは肺《はい》の病にかかってしまって、もう先が長くないからと遺言書《ゆいごんしょ》を作成《さくせい》したの。それで、程《ほど》なくして亡《な》くなってしまったの。ああ、可哀想《かわいそう》なエイミー！　そうしたら、その遺言書《ゆいごんしょ》には、ミセス・ラッセルに遺産《いさん》をわたすように書かれていたわけ！」

「母親のメイドにねえ」

キャロルはそこが引っかかっているようだった。たしかに、母親のメイドなんて縁《えん》が遠すぎる。

実を言うと、あの変《へん》なひげの探偵《たんてい》と一緒《いっしょ》に来ていた男も、同じように不思議《ふしぎ》がっていたのだ。「一体、どうして母親の使用人にそんなに義理《ぎり》を立てなくちゃならないんだ？」と。

「キャロル、あなたが不思議《ふしぎ》に思うのも当然《とうぜん》なのよ。ええ、普通《ふつう》はそんなことにはならないわ。けれどね、哀《あわ》れなエイミーはまだ若《わか》く、夫《おっと》も子どもも持っていなかったの。それに、エイミーの兄弟はみな先の戦争《せんそう》で亡《な》くなってしまったの。不幸《ふこう》って、本当に続《つづ》くものよね。そうしてベッドに伏《ふ》せっている時に、ミセス・ラッセルに遊んでもらった思い出が蘇《よみがえ》ってきたというの」

幼《おさな》い頃《ころ》の思い出とは、案外《あんがい》これで馬鹿《ばか》にならないものだ。ミス・ウェストマコットも幼《おさな》い頃《ころ》にあやしてもらった乳母《うば》のことを未《いま》だに懐《なつ》かしく思い出すことがある。そういった思い出は、こうしておばあさんになってからいっそう美しい思い出となって輝《かがや》いているのだった。

「それでミセス・ラッセルにねえ。こんなことを言うのもなんですけれど、若《わか》い時の奉公《ほうこう》で、あの人本当に得《とく》をしたのねえ」

「ええ、本当に。けれど、得《とく》だけじゃないんですよ。その為《ため》に哀《あわ》れな老婦人《ろうふじん》が一人、命を取られてしまったのですからね」

ミス・ウェストマコットは、あのひげの探偵《たんてい》が言っていたことを思い出す。

「よろしいかね《エ・ビアン》、ヘイスティングス。富《とみ》というものは得てして自分の思い通りにはならないものですよ。そうとも《メ・ウィ》！　ミセス・ラッセルがあんな不相応《ふそうおう》な金を手に入れてさえいなければ、彼女《かのじょ》はまだ生きていただろうに」

その言葉は、ミス・ウェストマコットの胸《むね》をなんとはなしにざわつかせたのだった。人の命よりもお金が大事だとは到底《とうてい》思えないが、お金の為《ため》に殺人《さつじん》が起こりうることについては、充分《じゅうぶん》に理解《りかい》が出来てしまったからだ。

「恐《おそ》ろしいことだけれど、それが原因《げんいん》でミセス・ラッセルは殺《ころ》されてしまったのよ。ミセス・ラッセルが体調を崩《くず》す直前に何があったか、あなた覚《おぼ》えてらして？」

「その頃《ころ》……」

「思い出してごらんなさい。仕入れで少し困《こま》ったことがあったでしょう」

「ああ、そうだわ！　パーティーがあるとかどうとかで、お肉がちっとも手に入らなかったのよ！」

どうやらキャロルの記憶《きおく》というものは、この小さな店に関《かん》することだけはちゃんと働《はたら》くようだった。ミス・ウェストマコットも同じように、酒屋がとびきり上等のお酒をミセス・ラッセルのところに卸《おろ》したと言っていたことから、そのことを思い出したのだ。

「丁度、ミセス・ラッセルのお誕生日《たんじょうび》があって、盛大《せいだい》にパーティーが行われたのよ。今まで、あのケチでつつましい生活をしているおばあさんには縁《えん》の遠いものだったはずだけれど、遺産《いさん》の相続《そうぞく》の話が出たから気分が変《か》わったのね。これから何べんだってパーティーが出来るようなお金が手に入ったんだもの。あと何回祝《いわ》えるかわからない誕生日《たんじょうび》を盛大《せいだい》にやるのは当然《とうぜん》よね」

「この小さな村でパーティーをやるっていうんなら、事前に言っといてくれなくちゃ！　おかげであの日はカツレツが作れなかったわ！」

キャロルははるか昔の怒《いか》りを新鮮《しんせん》に思い出したようで、またも大《おお》いに憤慨《ふんがい》していた。それをまたなだめつつ、ミス・ウェストマコットは続《つづ》ける。

「それで、お客さんが沢山《たくさん》あそこに集《あつ》まったのよ」

「ミセス・ラッセルに呼《よ》べるようなお客なんてあったかしら？　夫《おっと》が亡《な》くなってから、寂《さび》しく暮《く》らしていたでしょう？」

「普段《ふだん》のミセス・ラッセルだったらそうでしょうよ。けれど、あの時のミセス・ラッセルは大金持ちになったばかりだったのよ。沢山《たくさん》集まってくるわ。今まで全く家に寄《よ》りつかなかった娘《むすめ》のヒルダとその夫《おっと》のコリンに孫娘《まごむすめ》のエリノア。それに、交流のまるでなかったミセス・ラッセルの弟のデリクと、その恋人《こいびと》のイザベラ。あるいは、夫《おっと》の姉夫婦《あねふうふ》であるテリーザとアランデル。ミセス・ラッセルから分け前を取れそうなものが大勢《おおぜい》来ていたのよ」

「嫌《いや》だわ。なんていやしいの」

「けれど、みんなにとっては必死《ひっし》だったのよ。ヒルダはミセス・ラッセルを嫌《きら》って、コリンと半《なか》ば駆《か》け落ちするようにして家を出たのだけれど、娘《むすめ》のエリノアに良《よ》い教育を受けさせるために多額《たがく》の借金《しゃっきん》を負っていたの。この小さな町で暮《く》らしているとそんなことにこだわる理由がわからなくなってしまうけれど、大切なことには違《ちが》いないものね。デリクは……これがまあまるで同情《どうじょう》出来ないんだけれど……賭博《とばく》で借金《しゃっきん》を負ってしまっていたの。ただ、イザベラのお腹《なか》には子どもがいたというのよ。デリクがいくら人でなしであっても、産《う》まれてくる子どもには罪《つみ》はないもの。テリーザとアランデルは投《とう》資詐欺《しさぎ》に引っかかって、お金が払《はら》えなければアランデルが逮捕《たいほ》されるような状《じょう》況《きょう》だったのよ！　ミセス・ラッセルの件《けん》がどれだけ重要《じゅうよう》だったか、それだけでわかるでしょう？」

「私達《わたしたち》の店も、危《あぶ》ない時があったものね」

突然《とつぜん》、キャロルは納得《なっとく》したようだった。店をやっているものは誰《だれ》でも、お金のことに頭を悩《なや》ませたことがあるものだ。そういう時に、おこぼれがもらえるかもしれないチャンスがやってきたとしたら誰《だれ》だってそれに縋《すが》りたくなるものじゃないだろうか？

——。

「そうよそうよ。人間だったら誰《だれ》しも、そういう気持ちになる時があるわ。無理《むり》もないことだわ。私《わたし》、それが本当に理解《りかい》出来るわ」

キャロルがうなずくのを見て、ミス・ウェストマコットは彼女《かのじょ》がとても他人に感じ入りやすい性質《せいしつ》であることに感謝《かんしゃ》した。同じように、あのヘイスティングスとかいう紳士《しんし》の方も、そういった話を真剣《しんけん》に聞いていたものである。

「だからといって、殺《ころ》す必要《ひつよう》はないじゃない？　ミセス・ラッセルがお金持ちになったのなら、彼女《かのじょ》は困《こま》っている親族に気前よくお金をあげたのではないかしら」

「どうも、そうじゃなかったらしいのよ。あのひげの探偵《たんてい》が言うことには、ミセス・ラッセルは誰《だれ》にもお金を渡《わた》さない決断《けつだん》をしたんですって！」

「お金持ちになったっていうのにケチねえ」

「でも、これだって気持ちがわかるでしょう？　今まで散々冷《さんざんつめ》たくしていたのに、お金が出来た途端《とたん》に寄《よ》ってくるだなんて……一体、自分ってなんだったのかしら、と思うわよ」

「私《わたし》はモリーが大金持ちになったからって態度《たいど》を変《か》えたりはしないわ」

キャロルは大《おお》いに胸《むね》を張《は》って言った。

「ミセス・ラッセルにはあなたのようなお友達《ともだち》がいなかったから、意地悪になってしまったのかもしれないわね」

ミス・ウェストマコットは人間にとっての一種《いっしゅ》の真理《しんり》を言い当てていた。

「みんな、お金がもらえなかったことでミセス・ラッセルを恨《うら》んだということね。それでも、憎《にく》いからって殺《ころ》すまでいくものなのかしら」

「ただ憎《にく》いだけじゃ殺《ころ》しやしないでしょう。けれど、殺《ころ》すことで利益《りえき》があったらどう?」

ミス・ウェストマコットは口の端《はし》を上げながら言った。

「キャロル、ここからが大事なところよ。ミセス・ラッセルはね——自分の誕生日《たんじょうび》パーティーで客人《きゃくじん》達《たち》にうんざりさせられて、今に遺言書《ゆいごんしょ》を書き換《か》えて自分の遺産《いさん》は全て慈善団体《じぜんだんたい》に寄付《きふ》すると言い出したんですって!」

「まあ!」

元々、ミセス・ラッセルは順当《じゅんとう》に娘《むすめ》のヒルダと弟のデリク、そして、亡《な》き夫《おっと》の姉テリーザに遺産《いさん》の半分を譲《ゆず》るという遺言書《ゆいごんしょ》を作成していたらしい。残《のこ》りの半分はなんと、猫好《ねこず》きのミセス・ラッセルが近所の猫屋敷《ねこやしき》の主、ミス・ポーに遺《のこ》す旨《むね》が記されていたとか。親族一同がなにがなんでも書き換《か》えさせようとしていた理由もわかる。結局《けっきょく》、全てはトレイをひっくり返すような事態《じたい》になってしまったようだけど!

「勿論《もちろん》、ミセス・ラッセルが本当に世のために自分の遺産《いさん》を役立てたいと思うはずもないから、ただの嫌《いや》がらせだったのでしょう。自分のお金目当てで集まった人達《ひとたち》が目を白黒させるのは、それはそれは面白い見世物だったに違《ちが》いないわ。あのおばあさん、本当に意地が悪かったもの。当然《とうぜん》、周《まわ》りは大《おお》慌《あわ》てでミセス・ラッセルを説得《せっとく》しようとした。でも、そんなことをすればミセス・ラッセルを喜《よろこ》ばせるだけね」

そうして、ミセス・ラッセルは明日《あした》弁護士《べんごし》を呼《よ》んで正式に遺言状《ゆいごんじょう》を書き換《か》えると宣言《せんげん》してしまったのだ。ミス・ウェストマコットからすれば、そんなことはわざわざ自分から虎《とら》のいる檻《おり》に入っていくようなものでしかないのに！

「明日《あした》になったら、ミセス・ラッセルの遺産《いさん》を受け取れる見込《みこ》みは無《な》くなる。それを知ってしまったから、みんなにはもう時間が残《のこ》されていなかったの。弁護士《べんごし》を呼《よ》んで遺言書《ゆいごんしょ》を書き換《か》えられる前にミセス・ラッセルが死ななければ大変《たいへん》なことになる。ミセス・ラッセルが今死んでくれたら、少なくともヒルダとデリクとテリーザが半分は受け取れていたはずの遺産《いさん》が、明日《あす》には――」

「ああ、モリー。なんて恐《おそ》ろしいの。けれど、私《わたし》にもわかりましたよ。あのおばあさんは、自分が殺《ころ》される理由を自分で作ってしまった。そういうことでしょう？」

「そうして、本当に殺《ころ》されてしまったのよ。可哀想《かわいそう》に」

ミス・ウェストマコットは大きく首を振《ふ》った。あの名探偵《めいたんてい》がこの話をした時も、ミス・ウェストマコットは一人で深く納得《なっとく》していた。けれど、いくらなんでも殺《ころ》すというのは信《しん》じられない。

「でも、それじゃあ話は難《むずか》しくなるわね」

「あら。あなたも気づいたかしら」

「だって、どなたにもミセス・ラッセルを殺《ころ》す理由があったということでしょう？　普通《ふつう》、殺人《さつじん》といったら、殺《ころ》す理由がある人間が怪《あや》しいということになるじゃない。みんなが怪《あや》しかったら、誰《だれ》を怪《あや》しんでいいものかわかりませんわ」

「それは、あの小男も気にしていたところなのよ、キャロル。あなたもなかなかの名探偵《めいたんてい》ね。翌日《よくじつ》、あのおばあさんが死んで、みんなほっとしたんでしょうからね。おまけに、外目《そとめ》には食中毒《しょくちゅうどく》にしか見えないんですから」

「そうそう。私達《わたしたち》もミセス・ラッセルは食中毒《しょくちゅうどく》で死んだ、という話を聞いたわね」

「けれどね、食中毒《しょくちゅうどく》の症状《しょうじょう》と、食事にヒ素《そ》を混《ま》ぜられた時の症状《しょうじょう》はほとんど変《か》わらないそうなのよ。司法解剖《しほうかいぼう》なんかをすれば、ヒ素《そ》が出てくるかもしれないけれど――ミセス・ラッセルのようなおばあさんが食中毒《しょくちゅうどく》を起こしたところで、誰《だれ》も解剖《かいぼう》しようなんて思わないものね」

「私達《わたしたち》のどちらかが食中毒《しょくちゅうどく》になったとしても、そうなるでしょうからね」

キャロルはうんうんと大きく頷《うなず》いた。

「でも、そういった『ミセス・ラッセル』が今すぐ死ななければならない状況《じょうきょう》であったとしたらどう？　しかも、庭師《にわし》の証言《しょうげん》でわかったのだけれど、ネズミの駆除《くじょ》用に小屋に置《お》いてあったヒ素《そ》が、ビンの半分ほど無《な》くなっていることに後から気づいたんですって！　そのヒ素《そ》の存在《そんざい》を考えついたのも、あのひげの小男だったそうよ。本当に、言われるまで誰《だれ》も気づかないんだから恐《おそ》ろしいことね」

誰《だれ》も食中毒《しょくちゅうどく》と、ヒ素《そ》が減《へ》っていることを結《むす》びつけて考えない。おまけに、ぼんやりしている庭師《にわし》はあの男が聞くまでヒ素《そ》が減《へ》っていることにすら気づかなかったのだ！　こうして、沢山《たくさん》の事件《じけん》が見過《す》ごされているのかと思うと、ミス・ウェストマコットは身震《みぶる》いした。

「ヒ素《そ》のある小屋には誰《だれ》でも出入り出来たのかしら？」

「その通り。そして、ミセス・ラッセルは自分が殺《ころ》されるだなんて夢《ゆめ》にも思っていないから、眠《ねむ》る時に飲むワインも水差《みずさ》しもまったく気をつけていなかったのよ。恐《おそ》ろしいことだわ」

実際《じっさい》には、ヒ素《そ》はワインに混《ま》ぜられていたらしい。そうとは知らず、ミセス・ラッセルはそれをがぶがぶと飲んでしまったというわけだ。

「じゃあ、誰《だれ》がやったかはわからなかったのかしら」

「けれど、あの男はああ見えてかなり冴《さ》えていましたよ。誰《だれ》がやったかがわからないのなら、誰《だれ》がやる必要《ひつよう》があったかから考えるんですって」

「それはもうさっき話したじゃない。みんながみんな、ミセス・ラッセルが遺言状《ゆいごんじょう》を書き換《か》える前に彼女《かのじょ》を殺《ころ》したがっているという話だったわ」

「けれど、実はそうではなかったのよ」

キャロルはまた不可解《ふかかい》そうな顔をした。また混乱《こんらん》してしまったらしい。

「ここからが大事なところなのよ……。実はね、ミセス・ラッセルは、本当はミセス・ラッセルではなかったというの」

「ええ？　じゃあ、今までの話は一体なんだったというの？　私達《わたしたち》が知っていたミセス・ラッセルが、ミセス・ラッセルではないなんて！」

「ちゃんと聞いて、キャロル。エイミー・リピンコットの世話を焼《や》いたミセス・ラッセルは、本当は先の戦争《せんそう》で死んでしまっているのよ。本物のミセス・ラッセルは、お屋敷《やしき》で奉公《ほうこう》をしていた後に、哀《あわ》れ亡《な》くなってしまったというわけ。それを知ったニセモノの——私達《わたしたち》の知っているミセス・ラッセルは、彼女《かのじょ》になりすまして生きていたのよ！」

「なんとまあ、どうしてそんなことをしたのかしら」

「大方《おおかた》、お金が理由なのでしょうよ。リピンコットの家は、その当時もミセス・ラッセルに多額《たがく》のお金を渡《わた》して暇《ひま》を取らせたようだもの。それをこっそりくすねる為《ため》に、あるいは——ニセモノがミセス・ラッセルになる前にしでかしたことを、すっかり無《な》かったことにする為《ため》かもしれない」

と、あの小男の探偵《たんてい》は推理《すいり》をしていた。どちらにせよ、ここで大事なことはあのミセス・ラッセルが哀《あわ》れなニセモノだということなのだ。

それを見抜《みぬ》いた理由は、ミセス・ラッセルが口にしていたタラの調理法《ちょうりほう》だったのである。もし本物のミセス・ラッセルであれば、あの地方に生まれたミセス・ラッセルであるのならば、燻製《くんせい》なんて調理法《りほう》に親しんでいるはずがないのだという。あの男のいまいましい美食趣味《びしょくしゅみ》にも、これで役に立つ部分があったわけである。

「弟のデリクはミセス・ラッセルが本物のミセス・ラッセルでないことを知っているわけですから、彼《かれ》はわざわざミセス・ラッセルを殺《ころ》すはずがないのですよ。彼《かれ》は遺言状《ゆいごんじょう》が気に食わないなら、まず彼女《かのじょ》を殺《ころ》す前に『お前がニセモノであるとバラしてやる』と、姉を脅《おど》せばよかったのですからね。わかりますか、友《モナミ》よ。なので、デリクとその家族は抜《ぬ》いていいでしょう。デリクがその致命的《ちめいてき》な事実を、自分の家族に教えない理由がありませんからね。その事実は、頭が冷《ひ》えたニセのミセス・ラッセルへの交渉材料《こうしょうざいりょう》となったでしょう。だからまず、殺《ころ》したのはミセス・ラッセルが別人《べつじん》であると知らない人になります」

小男は、もったいぶった口調でそう言ったのだった。相手役を務《つと》めている紳士《しんし》は、背《せ》もたれに身体を預《あず》けて言った。

「ミセス・ラッセル——面倒《めんどう》だからこのまま呼《よ》び続《つづ》けるが、ミセス・ラッセルの娘《むすめ》のヒルダはどうだ？　ヒルダは自分の母親が他人の人生を乗っ取ったことを知らずにいたのかな？　もしヒルダが生まれたのが、他人がミセス・ラッセルになりすました後なら、自分がヒルダ・ラッセルであると信《しん》じ込《こ》んで生きてきたような気もするのだが」

「ヒルダの方は、たしかに複雑《ふくざつ》ですよ。けれど、冷静《れいせい》に考えたらわかることがあります。それは、あのヒルダとミセス・ラッセルは大人になってからほとんど顔を合わせていないということ。おばあさんになったミセス・ラッセルと、相応《そうおう》の歳《とし》になったヒルダ——おまけに、彼女《かのじょ》らは本当に折《お》り合《あ》いがつかなかった。それに、あのヒルダの態度《たいど》を見ましたか。彼女《かのじょ》もまた、ヒルダではなかったのですよ！」

小男の言葉に、紳士《しんし》もさすがに驚《おどろ》いているようだった。

「おいおい、どういうことだ？」

「ここにミセス・ラッセルが大金を相続《そうぞく》したと聞いた、金に困《こま》っている女がいます。実の娘《むすめ》であるヒルダはミセス・ラッセルとは仲《なか》が悪く、ほとんど交流がない。恐《おそ》らくは、ミセス・ラッセルが亡《な》くなっても葬式《そうしき》にすら顔を出さないでしょう。それならば、背格好《せいかっこう》のよく似《に》た娘《むすめ》が、二十年ぶりにミセス・ラッセルに会いに行って金の無心《むしん》をする——その挑戦自体《ちょうせんじたい》は、荒唐無稽《こうとうむけい》なことではないでしょう」

ミス・ウェストマコットの方が紳士《しんし》よりも先に納得《なっとく》がいった。店をやっていることもあって、他人間よりも物覚《ものおぼ》えは良《よ》い自信《じしん》がある。けれど、写真の一枚《いちまい》も無《な》い娘《むすめ》が二十年ぶりに訪《たず》ねてきたとあって、あの高齢《こうれい》のミセス・ラッセルが正しく判別《はんべつ》出来るかどうか。

「もしウソがバレれば、逃《に》げればいいだけです。けれど、ミセス・ラッセルは彼女《かのじょ》をヒルダとみなした上で、あえて金を渡《わた》さないと言った。ヒルダ一家は、その時点でミセス・ラッセルのところからさっさと逃《に》げだそうとしたのでしょう。しかし、殺人《さつじん》が起こってしまい、ヒルダは大変焦《たいへんあせ》ってしまった。もしミセス・ラッセルのことが詳《くわ》しく調べられれば、ヒルダが本物のヒルダでないことがバレてしまうかもしれない。彼女《かのじょ》はヒルダになりすましていましたが、本物のヒルダとして遺産《いさん》を受け取る術《すべ》は無《な》かったのですよ。従《したが》って、ヒルダもミセス・ラッセルを殺《ころ》す理由がない。今、ヒルダが行方《ゆくえ》をくらましているのが何よりの証拠《しょうこ》でしょう。彼女《かのじょ》は遺産《いさん》を受け取れる自信《じしん》が無《な》かったのです！」

「となると、テリーザとアランデルの二人が犯人《はんにん》だってことなのか？」

「ええ、そうですよ。テリーザはミセス・ラッセルの夫《おっと》の姉です。ミセス・ラッセルがニセモノであると気づく余地《よち》がない。あの二人は、ミセス・ラッセルが本物だと信《しん》じ、元々《もともと》の遺言書《ゆいごんしょ》に載《の》っている自分達《じぶんたち》の分け前を得《え》るために殺《ころ》す動機《どうき》があった二人なのです。そこに気づいてからは、証拠《しょうこ》を探《さが》すだけでした」

ミス・ウェストマコットは一連《いちれん》のことに、いたく感動した。なるほど、たしかにこの小男は本物の名探偵《めいたんてい》だ！　きっと、明日明後日《あすあさって》には、ミセス・ラッセルをめぐるこの奇妙《きみょう》な事件《じけん》は大きく知れ渡《わた》ることだろう。自分達《じぶんたち》の作ったキドニーのプディングをけなされたことなど、頭からすっかり飛《と》んで行ってしまった。

ミス・ウェストマコットはすぐにでもキャロルにこのことを教えたかったが、キャロルが落ち着くまではこれがどれだけすごいことかわからないだろうと思って黙《だま》っていたのである。そうして今日、ようやくミス・ウェストマコットは念願《ねんがん》を果《は》たしたのだった！

「ねえ、キャロル。あの人ったら、うちでキドニーのプディングを平らげる間《あいだ》に、殺人事件《さつじんじけん》を一つ解決《かいけつ》してしまったのよ！　それってすごいことじゃなくって？」

けれど、キャロルはあまり感動していないようで、ふくれっつらをしていた。そして、口をとがらせながら言う。

「平らげてはないわ！　残《のこ》したもの！」

ああ、キャロル！　とミス・ウェストマコットは呆《あき》れたように言った。

「いい？　キャロル。大事なのは、有名な探偵《たんてい》が知らず知らずの内に、うちの店でキドニーのプディングを食べたことなのよ。彼が本当に有名な探偵《たんてい》で、ミセス・ラッセルの事件《じけん》をすっかり解決《かいけつ》してしまったんだとしたら、きっとそれは新聞に載《の》るに違《ちが》いないわ。もしかすると、作家がついて本になるかもしれない！　そうしたら、うちのキドニーのプディングだって、話の中に出てくるということなのよ」

「そうしてお話の中でもう一度私《わたし》のプディングをけなすというわけ！」

キャロルは大《おお》いに憤慨《ふんがい》し、鼻を鳴らした。

「何を言っているのよ、キャロル。お話はお話よ。きっと本の中ではキドニーのプディングは大《おお》いに褒《ほ》められるに違《ちが》いないわ。だって——ほら——こういうことって、関係《かんけい》の無《な》いところは、なるべく良《よ》いように書くものじゃなくって？」

「そう上手《うま》くいくかしら」

「いくに決まってるわ。ええ、そうしたら私達《わたしたち》、あのキドニーのプディングを頭が回るようになる秘《ひ》訣《けつ》として売り出しましょう。そうしたら、あの変《へん》なひげの男にバカにされたことなんて、すっかり忘《わす》れてしまうに違《ちが》いないわ！」

そう言って、ミス・ウェストマコットはキャロルを台所に押《お》していった。

「そう上手《うま》くいくかしら」

キャロルはもう一度繰《く》り返《かえ》したけれど、ミス・ウェストマコットは自信満々《じしんまんまん》で言った。

「何を言っているのよ。どこにでもいそうな夫婦《ふうふ》が殺人《さつじん》だってやってのけるんですからね！　どこにでもいそうなおばあさん二人がキドニーのプディングを流行《はや》らせることくらい簡単《かんたん》なことでしょう！」

編《へん》著《ちょ》者《しゃ》のおすすめ本3

# 『アクロイド殺《ごろ》し』

（アガサ・クリスティー文庫）

## アガサ・クリスティー／羽田詩津子《はたしずこ》訳《やく》

最《もっと》も物議《ぶつぎ》をかもしたクリスティー作品。

それが『アクロイド殺《ごろ》し』です。常《つね》に読者を驚《おどろ》かせることを意《い》識《しき》していたクリスティーは、本作である奇手《きしゅ》を思いつきました。それはミステリの技巧《ぎこう》に新たな地平を拓《ひら》くことになりましたが、フェアプレイの精神《せいしん》に則《のっと》っていないという批判《ひはん》も招《まね》きました。あなたはどう思われるでしょうか。ぜひ実際《じっさい》に読んで判断《はんだん》してみてください。

『オリエント急行の殺人《さつじん》』も飛《と》び切りの意外な結末《けつまつ》が待ち受ける長篇《ちょうへん》です。雪で孤立《こりつ》した寝台列車《しんだいれっしゃ》の中で起きた殺人事件《さつじんじけん》が描《えが》かれ、作品に漂《ただよ》う旅情《りょじょう》も読みどころです。クリスティーはしばしば、そうした観光《かんこう》ミステリと呼《よ》びたくなる楽しい作品を書きました。

もう一つクリスティーが得意《とくい》としたのが〈記憶《きおく》の殺人《さつじん》〉です。『五匹《ひき》の子豚《こぶた》』では十六年前に殺人容疑《さつじんようぎ》で裁《さば》かれた女性《じょせい》の無実《むじつ》を証明《しょうめい》するため、ポアロが立ち上がります。人々の証明《しょうめい》から浮《う》かび上がる真実とは。　（杉江松恋《すぎえまつこい》）

# ミステリをもっと楽しむ豆知識《まめちしき》

## 外国の名前

外国の名前は苦手。

今はどうかわかりませんが、そういう理由で海外の小説《しょうせつ》は読まない、という人が以前《いぜん》は多くいらっしゃいました。馴染《なじ》みが薄《うす》いだけではなくて、愛称《あいしょう》の問題もあるからやっかいです。たとえばリチャードがなぜかディックと呼《よ》ばれる。頭文字Rでしょ、Dじゃないでしょ、と抗議《こうぎ》したくなります。

この件《けん》でミステリ作家の有栖川有栖《ありすがわありす》さんがいい知恵《ちえ》を授《さず》けてくださったことがあります。たとえばエドワードなら、エの人と憶《おぼ》えてしまう。一文字ならややこしくないでしょう。

しかしエで始まる名前にはエルヴィスもいる。エドワードとエルヴィスが二人出てきたらどうするのか。もちろんそのときは、エド、エルと憶《おぼ》えるわけです。名前記憶《きおく》問題でお困《こま》りの方、よかったらお試《ため》しを。

海外作品を読むのが何倍も楽しくなる方法《ほうほう》があります。今は、地名を入れると Google Map などのツールでその場所の地図を表示《ひょうじ》することができます。まったく行ったことがない土地でも、街路《がいろ》や建物《たてもの》の写真を見ることが可能《かのう》です。これを活用しない手はないので、ぜひ地名で検索《けんさく》しながら読んでみましょう。これは書評家《しょひょうか》の川出正樹《まさき》さん発案《はつあん》。

普段《ふだん》とは違《ちが》う世界に触《ふ》れるのは、海外作品を読む楽しみでもあります。ここことは違《ちが》うどこかで、ここと同じように誰《だれ》かが毎日生活している。そのことが実感できると、読書はさらに楽しくなります。

（杉江松恋《すぎえまつこい》）

# ガイド 第3回 トリックとは何か？

杉江松恋《すぎえまつこい》

トリックとは何でしょう。

私《わたし》たちの生活に引き寄《よ》せて言えば、それは嘘《うそ》のことです。

本当はそうでないことを、そうだと思い込《こ》ませる。

trickという単語《たんご》を辞書《じしょ》で引くと、手品の仕掛《しか》けという意味も出てきます。本当は消えていないのに、手にしていたボールが宙《ちゅう》に吸《す》い込《こ》まれたと思い込《こ》ませる。これは嘘《うそ》ですね。でも、見ている人をわくわくさせてくれる嘘《うそ》です。ミステリの嘘《うそ》であるトリックにも、わくわくさせてくれる効果《こうか》があります。

私《わたし》たちが楽しんで読む〈おはなし〉はそもそも嘘《うそ》です。実際《じっさい》には存在《そんざい》しないもの、架空《かくう》の出来事を綴《つづ》った物語が読者を楽しませてくれるのです。とすればトリックこそ〈おはなし〉の本質《ほんしつ》ではないかとも思うのです。これはミステリ好《ず》きの身びいきかもしれません。

ミステリは、そのトリックを用いる小説《しょうせつ》です。それがどういうものかを、自分の生活に近い場面を考えて分類《ぶんるい》してみたいと思います。

家族が後で食べるため、楽しみにとっておいたお菓子《かし》があるとします。あなたは欲望《よくぼう》に負けて、それを食べてしまった。もちろん、怒《おこ》られます。それを避《さ》けるために使われるのがトリックです。この場合は二つに分けて考えられるでしょう。

一つは「盗《ぬす》み食いという行為《こうい》自体を消す」。たとえば、食べてしまったお菓子《かし》をどこからか調達《ちょうたつ》してきて、元《もど》に戻してておけば食べてしまったという事実はなかったことにできます。また、家族がお菓《か》子《し》の存在《そんざい》を完全《かんぜん》に忘《わす》れ去ってしまえば、同じ結果《けっか》が期待できるでしょう。

もう一つは「盗《ぬす》み食いという行為《こうい》は消せないが、自分にはできなかったことにする」。お菓子《かし》が食べられてしまった時間に自分は家にいなかった、と主張《しゅちょう》するということが考えられます。またはお菓《か》子《し》があった場所は、鍵《かぎ》がかかった部屋の中だから自分は入れなかった、と言うこともできるでしょう。

さらに巧妙《こうみょう》な嘘《うそ》になると、お菓子《かし》を食べたのは自分ではなくて、家族の他の誰《だれ》かであるように見せかけるという手もあります。ここまで来ると悪戯《いたずら》では済《す》まされないですね。絶対《ぜったい》にやらないように。

今の分類《ぶんるい》を、ミステリの中で最《もっと》も多く描《えが》かれる犯罪《はんざい》・殺人《さつじん》に当てはめてみましょう。

まず「殺人《さつじん》の事実自体を消す」というトリックです。殺人罪《さつじんざい》が成立《せいりつ》するためには、死体の存在《そんざい》が前提《ぜん》《てい》となります。殺《ころ》された人がいなければ、罪《つみ》も発生しないというわけです。

このテーマで有名なのがロード・ダンセイニ「二壜《ふたびん》の調味料《ちょうみりょう》」（ハヤカワ・ミステリ文庫同題短篇《どうだいたんぺん》集所収《しょしゅう》）です。悪い評判《ひょうばん》のあるスティーガーという男が女性《じょせい》と一緒《いっしょ》に暮《く》らし始めます。しばらくするとその女性《じょせい》がいなくなり、スティーガーが殺《ころ》したのではないかと疑《うたが》われる。だが、彼《かれ》は終始監視《しゅうしかんし》の下に置《お》かれていて、どこかに死体を隠《かく》すことはできなかったはずです。ではいったい女性《じょせい》はどこへ、というのが本篇《ほんぺん》の謎《なぞ》です。数ある死体消失《しょうしつ》トリックの中でも印象《いんしょう》が強烈《きょうれつ》で、一度読んだら忘《わす》れられなくなります。

死体そのものではないけれど犯行手段《はんこうしゅだん》を消してしまうというトリックもあります。これも有名な短《たん》篇《ぺん》でロアルド・ダール「おとなしい凶器《きょうき》」（『あなたに似《に》た人』ハヤカワ・ミステリ文庫所収《しょしゅう》）を挙《あ》げておきましょう。ある男性《だんせい》が撲殺《ぼくさつ》され、警察官《けいさつかん》が犯行現場《はんこうげんば》となった家にやってきますが、肝腎《かんじん》の凶器《きょうき》がどうしても発見できない。ではどうやって殺《ころ》されたのだろうか、という謎《なぞ》です。実は犯人《はんにん》は男の妻《つま》であるメアリであるということが、話の前半で明かされています。夫《おっと》を殺《ころ》した凶器《きょうき》を消してしまったので彼女《かのじょ》は嫌疑《けんぎ》外《がい》に逃《のが》れることができたというわけです。これも「殺人《さつじん》の事実自体を消す」トリックのバリエーションに入れましょう。

　では「殺人《さつじん》の事実自体は消せないが、自分にはできなかったことにする」トリックにはどういうものがあるでしょうか。

　アリバイ、という言葉は一般的《いっぱんてき》になって、最近《さいきん》はミステリと関係《かんけい》ない場所でも使われるようになりました。「他の場所に」という意味のラテン語が元で、「他の場所にいたから自分にはできなかった」。現場《げんば》不在証明《ふざいしょうめい》という訳語《やくご》が当てられることもあります。

　アリバイがない、つまり現場《げんば》にいられた者には犯行機会《はんこうきかい》があることになります。ミステリに出てくる犯人《はんにん》はみな、このアリバイを作ることに懸命《けんめい》になります。アリバイの作り方は基本的《きほんてき》にどれも同じで、犯行《はんこう》が起きた時間帯《じかんたい》に自分が現場《げんば》近くにいなかったように見せればそれでいいのです。たとえば、はるか遠くにいて現場《げんば》までの往復《おうふく》が不可能《ふかのう》なように見せかけ、実は意外な手段《しゅだん》によってそれを成《な》し遂《と》げるとか。または、犯行《はんこう》時間をずらして、自分が現場《げんば》にいられなかった時間に殺《ころ》されたように見せるとか。

　後のほうは少し想像《そうぞう》しにくいかもしれません。たとえば、人を撃《う》ち殺《ころ》す前に空砲《くうほう》が鳴るような仕掛《しか》けを作っておいて、犯行時刻《はんこうじこく》を実際《じっさい》よりも早く思わせる。あるいは、実際《じっさい》に殺《ころ》した後で、録音《ろくおん》しておいたその人の声を流し、まだ生きているように偽装《ぎそう》する。そういった作為《さくい》のことを言っています。
具体名を挙《あ》げるといっぺんでネタばらしになってしまいますので、こういうものがある、とアリバイ作りの実例《じつれい》を挙《あ》げることは遠慮《えんりょ》します。代わりに、まったく関係《かんけい》ないように見えるトリックの例《れい》を一つ紹介《しょうかい》しましょう。

エドワード・デンティンジャー・ホックに「長い墜落《ついらく》」という短篇《たんぺん》があります。舞台《ぶたい》は、ある高層《こうそう》ビルです。ビリーという男が窓《まど》から飛《と》び下りるという衝撃的《しょうげきてき》な出来事があり、同僚《どうりょう》たちは慌《あわ》てて地上を見ますが、そこに死体はありませんでした。この事件《じけん》は意外な結末《けつまつ》を迎《むか》えます。飛《と》び下りから三時間四十五分後、地上にビリーが落下してくるのです。二十一階から、あまりにも時間のかかった墜落《ついらく》でした。「長い墜落《ついらく》」という題名はここから来ています。

本篇《ほんぺん》はハンス・ステファン・サッテッスン編《へん》『密室殺人傑作選《みっしつさつじんけっさくせん》』（ハヤカワ・ミステリ文庫）に収録《しゅうろく》されています。飛《と》び下りの直後、ビリーのいた部屋に同僚《どうりょう》たちが駆《か》け付《つ》けたところ誰《だれ》の姿《すがた》もありませんでした。地上に落下したのでなければ、他に行き場所のないはずの部屋からビリーは消えてしまったということになります。だから「密室殺人《みっしつさつじん》」なのです。

賢明《けんめい》なあなたは、なぜこの作品に言及《げんきゅう》したか、もうおわかりでしょう。「長い墜落《ついらく》」は、ビルから飛《と》び下りた男が三時間四十五分後に地面に衝突《しょうとつ》した、という魅力的《みりょくてき》な謎《なぞ》が描《えが》かれます。重要《じゅうよう》なのは三時間四十五分というあまりにも長いタイムラグです。なんらかのトリックがあることは間違《まちが》いないでしょう。先に挙《あ》げたアリバイについての考え方は、実はトリック全般《ぜんぱん》に応用可能《おうようかのう》なものなのです。ミステリの謎《なぞ》において最《もっと》も重要《じゅうよう》なものは、アリバイ・トリックだと言っていいかもしれません。

今紹介《しょうかい》した『密室殺人傑作選《みっしつさつじんけっさくせん》』は、題名通り密室《みっしつ》もののミステリ短篇《たんぺん》を集めたアンソロジーです。

密室《みっしつ》とはlocked room、つまり鍵《かぎ》のかかった部屋で、ドアからも窓《まど》からも出入りできないはずなのに、その中から人が消える、あるいは死体が転がっていてどうやって殺《ころ》されたかわからない、そういった不可能状況《ふかのうじょうきょう》が描《えが》かれます。こうした、常識《じょうしき》ではありえないように感じられる事件《じけん》を描《えが》いた作品を不可《ふか》能犯罪《のうはんざい》ミステリと呼《よ》ぶことがありますが、その中でも一番人気は密室《みっしつ》トリックを用いたものでしょう。

ジョン・ディクスン・カーは、カーター・ディクスンの筆名も使ってこの不可能犯罪《ふかのうはんざい》ミステリを書き続《つづ》けた作家でした。そのトリック創出量《そうしゅつりょう》は群《ぐん》を抜《ぬ》いています。

カーの長篇《ちょうへん》『三つの棺《ひつぎ》』（ハヤカワ・ミステリ文庫）は、密室《みっしつ》ミステリについて深く知りたい人にとっては必読《ひつどく》の一冊《いっさつ》です。物語そのものの謎《なぞ》はもちろん、本作には探偵《たんてい》役のギディオン・フェル博士《はかせ》がこのトリックを分類《ぶんるい》して解説《かいせつ》する「密室講義《みっしつこうぎ》」という章が含《ふく》まれているのです。その中でフェル博《はか》士《せ》は密室殺人《みっしつさつじん》の分類《ぶんるい》を七つ示《しめ》しています。私《わたし》なりにそれらを要約《ようやく》すると、「偶然《ぐうぜん》の重なりによって殺《さつ》人《じん》ではない死がそう見えるもの」「実は自殺《じさつ》や事故《じこ》であるもの」「部屋にあらかじめ持ち込《こ》まれていた仕掛《しか》けで犠牲者《ぎせいしゃ》が死ぬもの」「自殺《じさつ》だが殺人《さつじん》のように見せかけられるもの」「犯行時刻《はんこうじこく》が実際《じっさい》より後であるように偽装《ぎそう》されるもの」「部屋の外にいた犯人《はんにん》が中の犠牲者《ぎせいしゃ》を殺《ころ》すもの」「犯行時刻《はんこうじこく》が実際《じっさい》より前であるかのように偽装《ぎそう》されるもの」です。こうした分類《ぶんるい》は探究心《たんきゅうしん》を刺激《しげき》するものらしく、他にもたくさん類似《るいじ》の試《こころ》みがあります。

鍵《かぎ》のかかった部屋と言うものの、厳密《げんみつ》に建物《たてもの》の中だけが犯行現場《はんこうげんば》になるわけではなく、応用篇《おうようへん》が多数書かれています。その一つが〈視線《しせん》の密室《みっしつ》〉と呼《よ》ばれるもので、ある場所が周囲《しゅうい》からずっと監視《かんし》された状態《じょうたい》にある。にもかかわらず犯人《はんにん》が出入りして、殺人《さつじん》が行われるというものです。出入りが不可《ふか》能《のう》という点では密室《みっしつ》と見なしていいでしょう。

　このタイプで私《わたし》が大好《だいす》きなのが、マージェリー・アリンガム「ボーダーライン事件《じけん》」（江戸川乱歩《えどがわらんぽ》編《へん》『世界推理短編傑作集《せかいすいりたんぺんけっさくしゅう》5』創元推理文庫所収《そうげんすいりぶんこしょしゅう》）です。複数《ふくすう》の人間が監視《かんし》している通りで人が撃《う》ち殺《ころ》されます。犯人《はんにん》はすぐ特定《とくてい》できたのですが、彼《かれ》がどこでどうやって銃《じゅう》を撃《う》ったのかがわからない。この視線《しせん》の密室状態《みっしつじょうたい》が、あることが判明《はんめい》してみるとするすると解決《かいけつ》します。わかってしまえばなんだ、と言われそうなトリックですが、物語の形で読むと納得《なっとく》させられてしまう。第1回で取り上げた「密《みっ》室《しつ》の行者《ぎょうしゃ》」と同じで、これはクイズではなく小説《しょうせつ》で読まなければいけないミステリなのです。

　ミステリの花形である密室《みっしつ》も含《ふく》め、犯人《はんにん》が自分に犯行機会《はんこうきかい》がなかったように装《よそお》うトリックを紹介《しょうかい》してきました。最初《さいしょ》のお菓子盗《かしぬす》み食いの例《れい》で書いたように、自分ではないように見せかける、の後に、誰《だれ》か他の人に罪《つみ》をなすりつける、という偽装《ぎそう》が控《ひか》えています。ただ、これは後の回にとっておきましょう。推理《すいり》の章でもう一度このトリックに言及《げんきゅう》します。

　私《わたし》はこの章の終わりに、これまで見てきたものとは性質《せいしつ》が違《ちが》うトリックを紹介《しょうかい》するつもりです。今までのものを〈犯人《はんにん》のトリック〉と呼《よ》びましょう。性質《せいしつ》が違《ちが》うものとは、〈作者のトリック〉です。その違《ちが》いについて書く前に、二つの中間といいますか、どちらの性質《せいしつ》も備《そな》えたトリックについて紹介《しょうかい》しなければなりません。これも第1回で採《と》り上げた〈意外な犯人《はんにん》〉です。

　初期《しょき》のミステリは、犯人《はんにん》は誰《だれ》かという関心《かんしん》が先行する形で発展《はってん》したと前に書きました。ミステリの元祖《がんそ》と言われるエドガー・アラン・ポー「モルグ街《がい》の殺人《さつじん》」にしても最大《さいだい》の驚《おどろ》きは犯人《はんにん》の意外さです。「意外な犯人《はんにん》」のミステリを最《もっと》も多く、かつ大胆《だいたん》なやり方で書いた作家はアガサ・クリスティーです。あまりにも意外すぎて、推理《すいり》のための手がかりが十分ではない、アンフェアだという批判《ひはん》を浴《あ》びた作品も存在《そんざい》するほどでした。

ここで触《ふ》れたいのは『ナイルに死す』（クリスティー文庫）という長篇《ちょうへん》です。クリスティーの〈意外な犯人《はんにん》〉ものは他に有名作品がたくさんありますが、あえて言及《げんきゅう》するのはこの作品に使われているトリックが、小説《しょうせつ》として書かれることで初《はじ》めて効果《こうか》が上がるものだからです。本作の面白さは、小説《しょうせつ》を読まないと伝《つた》わりません。犯人《はんにん》の正体だけを説明《せつめい》しても、何が意外なのかわからないのです。犯人《はんにん》はある工作を行います。それは物語の中に溶《と》け合った形で描《えが》かれるため、読者はその意図にはまり、容疑者《ようぎしゃ》リストから外してしまうのでしょう。

その人物に嫌疑《けんぎ》が向かないようにする工作によって〈意外な犯人《はんにん》〉は出来上がります。ここで考えたいのは、このトリックを使ったのは誰《だれ》か、ということです。

『ナイルに死す』の犯人《はんにん》は、明らかに自分で「意外な犯人《はんにん》」のトリックを使っています。他の登場人物はまんまとそれに引っかかってしまいました。しかし、『ナイルに死す』がそうした犯人《はんにん》による工作を含《ふく》まない小説《しょうせつ》だったとしても、読者は登場人物たちと一緒《いっしょ》にトリックに引っかかってしまっていた可能性《かのうせい》があります。なぜならば作者であるクリスティーは、明らかに犯人側《はんにんがわ》の味方で、その意図に沿《そ》った形で小説《しょうせつ》を書いているからです。読者が間違《まちが》えやすい方向に物語を進め、真相から目を逸《そ》らす。前にも言及《げんきゅう》した〈ミスリード〉、クリスティーはその技法《ぎほう》の天才です。

〈ミスリード〉の技法《ぎほう》が行き着くとどうなるでしょうか。そこには犯人不在《はんにんふざい》のトリックが出来上がります。つまり、犯人《はんにん》が探偵《たんてい》など他の登場人物に対して工作を仕掛《しか》けるのではなく、作者が読者を騙《だま》すために物語を書くのです。この状態《じょうたい》で用いられるものが〈作者のトリック〉です。対探偵《たんてい》ではなく対読者なので、先ほどは性質《せいしつ》が違《ちが》うという言い方をしました。

〈作者のトリック〉は広い言い方で、その中に含《ふく》まれるものに〈叙述《じょじゅつ》トリック〉があります。現在《げんざい》では犯人《はんにん》の正体を隠《かく》すだけではなく、さまざまな応用形《おうようけい》が用いられるようになりました。事件《じけん》が起きたのが現代《げんだい》だと思っていたら実はずっと昔だったとか、語り手を人間だと思わせておいて実は別《べつ》の生物だったとか。そうした騙《だま》しを含《ふく》む作品がたくさんあります。

ミステリという小説《しょうせつ》形式には、わからなかったことがだんだん解《と》けていくという要素《ようそ》があります。そのために最初《さいしょ》から全体を見渡《みわた》せるのではなく、小さな窓《まど》から世界を覗《のぞ》いて少しずつ情報《じょうほう》を集めていくような書き方がされることが多いのです。こうした語りの物語で、窓《まど》の部分に仕掛《しか》けが施《ほどこ》されていたら、どうなるか。

読者は、本当はそうではないことを、そうだと思い込《こ》まされるでしょう。叙述《じょじゅつ》トリックが使われた作品は、題名を挙《あ》げるだけで真相につながる情報《じょうほう》を与《あた》えてしまうことになります。だから紹介《しょうかい》が難《むずか》しいのですが、関心《かんしん》を持った方のために一冊《いっさつ》だけ、アイラ・レヴィン『死の接吻《せっぷん》』（ハヤカワ・ミステリ文庫）をお薦《すす》めしておきます。『死の接吻《せっぷん》』は〈彼《かれ》〉としか呼《よ》ばれない謎《なぞ》の人物が、その資産《しさん》を狙《ねら》って富豪《ふごう》キングシップ家の女性《じょせい》たちに近づいていくという物語です。言うまでもなく〈彼《かれ》〉の正体こそが最大《さいだい》の謎《なぞ》なのですが、そこに近づいていく書きぶりに叙述《じょじゅつ》トリックにも通じる味があります。叙述《じょじゅつ》トリックのみに寄《よ》りかかったわけではなく、青春物語風の苦みと甘《あま》さを含《ふく》んだ話運びのためにぐいぐいと読まされてしまいます。こうやって物語は読者を引き込《こ》むのか、そこにミステリ的《てき》な仕掛《しか》けがあるとこんなにも面白いものか、と感心させられます。ミステリの技《ぎ》法《ほう》を使うと小説《しょうせつ》は無限《むげん》の広がりを持つことができるのです。

# トリックって何？

常識《じょうしき》で考えれば絶対不可能《ぜったいふかのう》なことを可能《かのう》にしてしまう それがトリックだ
なるほどっ
たとえばこの家が内側《うちがわ》から鍵《かぎ》のかかった完全《かんぜん》な密室《みっしつ》だとする そこから脱出《だっしゅつ》してしまうのがトリックだ
読んだことあります 糸と氷でどーとか
われわれも画期的《かっきてき》なトリックを考えてみよう この家でトリックを考えるのだ
はいっ
スポッ

作：川浪《かわなみ》いずみ

# 一つの石で二羽の鳥を殺《ころ》す

## ― To kill two birds with one stone.

水《みず》生《き》大海《ひろみ》

ミス・ジェーン・マープル

アガサ・クリスティーが自分の祖母《そぼ》をモデルにしたと言われる老婦人《ろうふじん》で、セント・メアリ・ミードという村に住んでいます。

安楽椅子《あんらくいす》に座《すわ》って編《あ》み物をしているのが好《す》き、というこの老婦人《ろうふじん》を警戒《けいかい》する者はいませんが、実は鋭《するど》い推《すい》理力《りりよく》の持ち主なのです。

1927年から始まった「火曜クラブ」（書籍化《しよせきか》は1932年）の連載《れんさい》で初登場《はつとうじよう》、マープルが事件《じけん》の話を聞いただけで謎《なぞ》を解《と》いてしまう、〈安楽椅子探偵《あんらくいすたんてい》〉ものの連作《れんさく》です。1930年に長篇《ちようへん》『牧師館《ぼくしかん》の殺人《さつじん》』が刊行《かんこう》されたので、最初《さいしよ》の本はそちらになります。

ガイドの第2回でも書いたようにマープルの武器《ぶき》は人間に関《かん》する深い洞察《どうさつ》です。事件《じけん》の関係者《かんけいしや》をかつて自分が出会った人との体験《たいけん》に突《つ》き合せてその行動を分析《ぶんせき》するなど、人生の経験値《けいけんち》をデータベースとして活かすような推理《すいり》を得意《とくい》とします。穏《おだ》やかな風貌《ふうぼう》ですが正義《せいぎ》心《しん》は強く、卑劣《ひれつ》な犯罪者《はんざいしや》を決して許《ゆる》さないところから、マープルを〈復讐《ふくしゆう》の女神《めがみ》〉と呼《よ》んだ人もいました。

（杉江松恋《すぎえまつこい》）

とても頼《たよ》りになる方なんです、とメイドのカーラに勧《すす》められて訪問《ほうもん》を受け入れたのは、青い瞳《ひとみ》を持ちバラ色の頬《ほお》をした白髪《はくはつ》の女性《じょせい》だった。お歳《とし》を召《め》しているとは聞いていたが、予想よりもおばあさんで、第二次世界大戦《たいせん》の最中《さなか》に病死した母が生きていたらこんな老嬢《ろうじょう》になっていたかも、とケイトは感じた。

とっておきの紅茶《こうちゃ》に焼き菓子《やがし》を添《そ》えて、応接室《おうせつしつ》で向かい合う。

「お越《こ》しいただきありがとうございます。わたしからおうかがいすべきところ、いつ夫《おっと》が警察《けいさつ》に連《つ》れていかれるか心配で、家を空《あ》けられずにおります」

そう言うと、老嬢《ろうじょう》はケイトの手を取ってきた。

「お父さまのこと、心よりお悔《く》やみを申しあげます。アンドリュース大佐《たいさ》の大きくてご立派《りっぱ》なお館が焼《や》けてしまったこと、私の村でも皆《みな》が残念《ざんねん》がっていますのよ」

老嬢《ろうじょう》の言葉に、ケイトは内心で苦笑《くしょう》した。カーラによると、老嬢《ろうじょう》が住んでいるのは父親の館——ケイトの実家でもあるその場所から、森を隔《へだ》てた隣《となり》の村だそうだ。田舎《いなか》のあたりは刺激《しげき》が少ないため、みんな噂《うわさばなし》話が好《す》きで、なにか起これば村中が知ることになる。同じ村なら遠慮《えんりょ》もあろうが、隣村《となりむら》にある財産家《ざいさんか》のスキャンダルなど、ティータイムの恰好《かっこう》の話題だ。

ケイトはそういう空気が嫌《いや》で家を離《はな》れ、今は結婚《けっこん》してロンドン郊外《こうがい》に住んでいる。ふたりの子供《こども》は寄宿学校《きしゅく》にいて、貿易《ぼうえき》会社を興《おこ》した夫《おっと》、デビットと、住みこみのメイド、カーラの三人暮《ぐ》らしだ。

「では事件《じけん》のことは、すでにご存《ぞん》じですのね。もうイギリス中に知られているのかしら」

「あらごめんなさい。私《わたし》のようなおばあさんが、好《す》きに噂《うわさ》をしているとお感じになりますわね。実はアンドリュース大佐《たいさ》のお館のお庭がとても素敵《すてき》だと、ずっと評判《ひょうばん》だったのですよ。つてをたどって拝《はい》見《けん》できないかしらと、お友達《ともだち》とお話ししていたの。まさか私《わたし》に、つてがあっただなんてね」

老嬢《ろうじょう》がカーラに目を移《うつ》した。

老嬢《ろうじょう》は、昔雇《やと》っていたメイドの居場所《いばしょ》を知らなかったのだろう。一方カーラは、亡《な》くなっていなければ老嬢《ろうじょう》は同じ村にいるはずだと、ケイトのために行動してくれた。多少抜《ぬ》けてはいるが心遣《こころづか》いのあるメイドで、彼女《かのじょ》を仕込《しこ》んだ人物ならばと、ケイトも相談する気になったのだ。とはいえ、どこにでもいる老嬢《ろうじょう》にしか見えない。

「そうでしたか。昔からいた庭師《にわし》が高齢《こうれい》で引退《いんたい》してから荒《あ》れてしまったのですが、戦争《せんそう》後の混乱《こんらん》が過《す》ぎたあと、二年ほど前から新しい庭師《にわし》を雇《やと》って、きれいになりました。とはいえ今は冬ですし、その庭師《にわし》もいなくなったので、春を迎《むか》えてもどうなることかしら」

庭どころか、半焼《はんしょう》となってレンガの壁《かべ》がむき出しの館をどうすべきなのか。いや、事件《じけん》が解決《かいけつ》しなければ、それどころではない。

ケイトの憂鬱《ゆううつ》な気持ちが伝《つた》わったのか、老嬢《ろうじょう》は、小さく咳《せき》ばらいをした。

「詳《くわ》しいお話を教えていただけるかしら」

ケイトはうなずいた。話しはじめる。


二週間前の夜のことでした。

突然《とつぜん》、父から電話がかかってきたのです。受けたカーラに、父はこう言ったそうです。

——ダイアナを殴《なぐ》ったら死んでしまった。家の名を汚《けが》して、生きていくわけにはいかない。申《もう》し訳《わけ》ないと、ケイトに伝《つた》えてくれ。

ダイアナというのは、三年前に父の後妻《ごさい》になったルイーズの姉です。

父は泣《な》き声だったそうで、急いでわたしが呼《よ》ばれました。でも電話を代わったときにはすでに切れていて、かけ直しても父は取ってくれません。そこでわたしは、父の住む村の警察《けいさつ》に電話をして、ようすを見にいってほしいと頼《たの》みました。

ご存《ぞん》じのとおり、父の館は村の中心から遠く、森の入り口にあります。警察《けいさつ》がついたときにはもう、火が出ていたそうです。

警察《けいさつ》の話では、父は一階にある書斎《しょさい》で見つかり、身体《からだ》から銃《じゅう》の弾《たま》が二つ出てきたそうです。ピストル自殺《じさつ》を図《はか》ったけれど、心臓《しんぞう》を外《はず》してしまったのか、のたうち回り、次の一発でこときれ、暖炉《だんろ》に倒《たお》れこんだと思われる、と言われました。そのときに火が服に移《うつ》り、さらに書類《しょるい》や本、絵画やカーテンへと燃《も》え広がっていったのではないか、ということでした。

ルイーズはその日、父が寄付《きふ》をしている孤児院《こじいん》に代理で出かけて宿泊《しゅくはく》し、難《なん》を逃《のが》れました。けれど電話のとおり、姉のダイアナが父と同じ書斎《しょさい》で見つかりました。頭に、ひどく殴《なぐ》られた痕《あと》があったそうです。まだ二十八歳《さい》だったのに、かわいそうでなりません。

ふたりのこと、そして家族のことをお話ししますね。彼女《かのじょ》たちは母方の親戚《しんせき》なのです。戦争《せんそう》の直後に、両親を亡《な》くしました。結婚《けっこん》した姉のダイアナがイギリスにいなかったため、生活に困《こま》ったルイーズが、父に職《しょく》の紹介《しょうかい》を頼《たの》んできたのです。彼女《かのじょ》はわたしの母に似《に》ていて、髪《かみ》は豊《ゆた》かなブロンドです。父も、唯一《ゆいいつ》の息子──わたしにとっては弟が、戦死《せんし》したこともあり、気弱になっていたのかもしれません。慰《なぐさ》め合ううちに、お互《たが》い惹《ひ》かれあっていったのか、父はルイーズと再婚《さいこん》しました。一方ダイアナは、半年前に夫《おっと》を病気で亡《な》くして帰国し、父たちを頼《たよ》って、以前にもやっていた家庭教師《きょうし》の職《しょく》を得《え》ました。その後、事件《じけん》の三週間前のことですが、体調を崩《くず》したルイーズが、ダイアナにお願《ねが》いして父の館に移《うつ》り住んでもらっていました。

わたしも夫《おっと》も、父の再婚《さいこん》に賛成《さんせい》していました。本当です。ルイーズは若《わか》い割《わり》には落ち着いていて、父によく尽《つ》くしてくれました。本音を言えば、老《お》いていく父を任《まか》せられるならありがたいと、そんな気持ちもありました。

父たちは幸せに暮《く》らしていました。荒《あ》れていた庭に手を入れたのも、ルイーズを喜《よろこ》ばせるためでしょう。なじみの宝石商《ほうせきしょう》を呼《よ》んでプレゼントもしていました。母が遺《のこ》した宝石類《ほうせきるい》を作り直したりもしたようです。

ところが最近《さいきん》、父は怒《おこ》りっぽくなっていたそうです。わずかなことで憤慨《ふんがい》し、殴《なぐ》ったりものを投げつけたりしてきたのだとか。ダイアナを館に呼《よ》んだのは、本当は、父の暴力《ぼうりょく》から少しでも逃《のが》れたかったためだと、ルイーズは告白《こくはく》しました。実際《じっさい》、燃《も》えなかった物置《ものおき》小屋に、父が壊《こわ》したという家具や調度品がいくつも置《お》かれていました。また、ルイーズと一緒《いっしょ》に教会のバザーに出た人が、ルイーズの腕《うで》に大きな痣《あざ》を見た、どうしたのと訊《き》くとルイーズは涙《なみだ》を浮《う》かべたが、なんでもないと言い張《は》っていたと、火事のあと警察《けいさつ》に証言《しょうげん》したそうです。お医者様によると、老人《ろうじん》によってはままあることで、一種《いっしゅ》の病気とか。その末《すえ》に、あの夜のできごとが起こったのです。ルイーズがいなかったこともあり、ダイアナに当たったのでしょう。

彼女《かのじょ》たちには申《もう》し訳《わけ》ないことをしました。わたしがもっと父を気にかけていればよかったのです。後妻《ごさい》という立場から、ルイーズは遠慮《えんりょ》していたのでしょう。ルイーズは今、別荘地《べっそうち》のホテルで静養《せいよう》しています。

人を死なせた父がショックで自殺《じさつ》し、失火《しっか》した。事件《じけん》はそういう形で終わるはずでした。ですがその後、火事が出たと思われる時刻《じこく》に、館近くから走り去る車があったと、そんな目撃証言《もくげきしょうげん》が出てきたのです。

夫《おっと》のデビットが疑《うたが》われました。

あの夜、わたしが父の元に行けなかったのは、デビットが車で出かけていたからでした。夫《おっと》は、新しい取引先から呼《よ》びだされたけれど向こうが来なかったのだと言います。けれどそれらしき相手は見つからず、警察《けいさつ》は夫《おっと》の嘘《うそ》だと思っているようです。夫《おっと》には、いわゆるアリバイがないのです。

動機《どうき》もあります。遺産《いさん》です。父の遺産《いさん》の受取人は、わたしと、妻《つま》のルイーズと、そして寄付《きふ》をしている孤児院《こじいん》でした。ですが父は、戦争《せんそう》で親を亡《な》くした子供《こども》たちに心を寄《よ》せていて、孤児院《こじいん》への寄付《きふ》を増《ふ》やしたいと思っていました。父はもとから、大人は自分の力で生活をしなさい、未来《みらい》を担《にな》う子供《こども》にこそお金を与えるべきだ、と考える人でした。

警察《けいさつ》は、それを不満《ふまん》に思ったわたしたち……実行者としてデビットが、父を殺《ころ》したと考えたようで

ないからと。やがてルイーズに子供《こども》ができたら、庇護《ひご》がなくても生きていけるわたしの分を、なくすかもしれ

ないからと。

ええ、ルイーズは生きています。けれどダイアナは髪《かみ》の色も同じだし、顔立ちもよく似《に》ているので、デビットが、彼女《かのじょ》をルイーズと見間違《みまちが》えたのではと言うのです。ダイアナが父の館に住んでほんの三週間ですし、彼女《かのじょ》がいることを知らなかったのでは、とも。

そんなことはありません。ダイアナが館にいることは聞いていました。そう訴《うった》えましたが、警察《けいさつ》は聞く耳を持ってくれないのです。

「いくつか質問《しつもん》があるのだけど、よろしいかしら」

老嬢《ろうじょう》の問いかけに、ケイトはうなずく。

「アンドリュース大佐《たいさ》のお館に、メイドはいなかったの？　お話の登場人物は、大佐《たいさ》とルイーズ、ダイアナの三人ですけど」

「昼間の通いの方だけです。実は少し前に、住みこみのメイド、ヘスターが辞《や》めていて」

「あら、どうして」

「結婚《けっこん》したんです、庭師《にわし》の青年と。サイモンという名です。いい条件《じょうけん》を出してくれる仕事が見つかったと、事件《じけん》の一ヵ月ほど前にヘスターを連《つ》れて別《べつ》の土地に行きました。新しいメイドを雇《やと》いたいけれど、最近《さいきん》はなり手不足《てぶそく》で。だから近所の方に通いでお願《ねが》いしていました。お料理《りょうり》も作ってくださいます」

「サイモンが、素敵《すてき》なお庭を手掛《てが》けた方なんですね」

「ええ。彼《かれ》は見栄《みば》えのする青年で、村の女の子に人気があり、ヘスターもそのひとりだったのでプロポーズに大喜《おおよろこ》びでした。彼女《かのじょ》にいいお相手がいないかしら、探《さが》してあげたほうがいいかしらと思っていたので、わたしたちもほっとしました」

「それはよかったですね。うちの村にいたソフィを思いだしましたわ。あの子も見かけのいい男性《だんせい》ばかりに惹《ひ》かれて、なかなか相手が決まらないから母親がやきもきしていたんですよ。でもなんとかお相手が見つかりました。しかも裕福《ゆうふく》な方でしたの。一方で、あの子の姉は早くに結婚《けっこん》しましてね。ただそちらは夫《おっと》が亡《な》くなって、得意《とくい》なお裁縫《さいほう》でなんとか——」

老嬢《ろうじょう》が、ソフィなる女性《じょせい》とその姉の話をはじめる。ケイトは相槌《あいづち》を打つべきか、止めるべきか、迷《まよ》った。老嬢《ろうじょう》たちのおしゃべりは、往々《おうおう》にして脇道《わきみち》にそれる癖《くせ》がある。

「そういうわけで、住みこみのメイドがいなくなったこともあり、ルイーズはダイアナを館に呼《よ》んだのです。……でもこんなことになるなんて。わたしがもっと早く、父の状況《じょうきょう》に気づけていれば」

ケイトは後悔《こうかい》の言葉とともに、話を戻《もど》した。

「こぼしたミルクを嘆《なげ》いても仕方がありませんわよ」

老嬢《ろうじょう》が諭《さと》してくる。あなたがずらした話を修正《しゅうせい》したのにと、ケイトは少し呆《あき》れた。

「ところで大佐《たいさ》が使ったピストルは、大佐《たいさ》ご自身のものですか？」

「はい。書斎《しょさい》の机《つくえ》の引き出しの奥《おく》に、隠《かく》して持っておりました。黒焦《くろこ》げでしたが、父のものです」

「頭ではなく心臓《しんぞう》に向けて撃《う》った。それを一度外してしまい、二度目で暖炉《だんろ》に倒《たお》れこんだ。なんだか、都合よく火が出ている気がしますけれど」

「車の目撃情報《もくげきじょうほう》が出たあとで、警察《けいさつ》も同じ疑問《ぎもん》を抱《いだ》いたようです。夫《おっと》が父を殺《ころ》して火がついたように装《よそお》い、わたしたちも電話を受けたと嘘《うそ》を言ったのではと。でも、電話の記録《きろく》が残《のこ》っています。それに夫《おっと》の会社は順調《じゅんちょう》で、父のお金がなくてもだいじょうぶなんですよ」

「多額《たがく》のお金は人を変《か》えます。警察《けいさつ》が疑《うたが》いをかけるのは自然《しぜん》なことでしょう。私《わたし》も、そんな例《れい》を山ほど見てきました」

老嬢《ろうじょう》がしみじみと言う。失礼《しつれい》な。

「理屈《りくつ》はわかりますが、夫《おっと》はそんな人ではありません」

「大佐《たいさ》は、大人は自分の力で生活を、未来《みらい》を担《にな》う子供《こども》にお金を、とおっしゃっていたとのこと。また、孤児院《こじいん》への寄付《きふ》で財産《ざいさん》は減《へ》っていきますよね。あなたはそのことに、本当に納得《なっとく》していたのですか？」

ケイトの目の奥《おく》を、老嬢《ろうじょう》が覗《のぞ》きこんでくる。

「まとまったお金はすでにもらっていましたから。結婚《けっこん》したときです。投資《とうし》をして、自分で増《ふ》やすよう言われました」

「あら」

「実は、夫《おっと》とは駆《か》け落《お》ちのようなものだったのです。母はわたしを、もっと階級の高い人と結婚《けっこん》させたがっていました。でも父は黙認《もくにん》し、お金を出してくれました。増《ふ》やし方の指南もです。そのお金でわたしは株《かぶ》を買い、増《ふ》やし、夫《おっと》の貿易《ぼうえき》会社の元手《もとで》にしました。父は今も投資《とうし》を続けていて、寄付《きふ》の一助としています。戦争《せんそう》で犠牲《ぎせい》になった子供《こども》を大切にする父を、わたしは尊敬《そんけい》していますわ」

ケイトはつい、父を生きているかのように語ってしまったが、老嬢《ろうじょう》は口を挟《はさ》まなかった。納得《なっとく》がいったのか、軽くほほえんでいる。

「疑問《ぎもん》がもう一つ解消《かいしょう》されましたわ。お母さまの持っていた宝石類《ほうせきるい》が、あなたではなくルイーズに渡《わた》っていたのが不思議《ふしぎ》だったのです」

「ええ。母はわたしの結婚《けっこん》に怒《おこ》っていたので、わたしに遺《のこ》さないままでした。アンドリュース家の持つ品物として、弟の妻《つま》に譲《ゆず》るつもりだったのでしょう。弟は結婚《けっこん》することなく他界しましたが、母は息子の死を知らないまま逝《い》けて、幸せだったと思います」

ケイトはわずかな寂《さび》しさを感じる。戦争《せんそう》さえなければ、弟は生きていたはずだ。

老嬢《ろうじょう》がいたわりの表情《ひょうじょう》を浮《う》かべる。

「走り去る車を目撃《もくげき》したのはどなたですの」

「不動産屋《ふどうさんや》です。土地の人じゃありませんの。森に迷《まよ》いこんで夜になってしまったという話ですけど、開発業者かもしれません。父の館や森の入り口あたりを新興住宅地《しんこうじゅうたくち》にしたいのではと、夫《おっと》とも話していました」

カーラが「あ」と声を上げた。

「その不動産屋《ふどうさんや》が殺《ころ》したんじゃありません？　館が燃《も》えれば、手放す気持ちに傾《かたむ》きますし」

「まあ、カーラったら。だったらこちらのおうちに電話なんてかけないし、車を目撃《もくげき》したという証言《しょうげん》もしないでしょ」

老嬢《ろうじょう》がくすくすと笑《わら》う。

「そうですけど、館からなくなっているものもあるんだし、不動産屋《ふどうさんや》という名目で泥棒《どろぼう》をしているのかもしれませんよ」

カーラが不服《ふふく》そうに口を尖《とが》らせた。老嬢《ろうじょう》が質問《しつもん》する。

「なくなっているものって？」

「確証《かくしょう》はありませんが、宝石類《ほうせきるい》がないのです。ただし残《のこ》っていても、火事で焼《や》かれて価値《かち》はなくなっているでしょう」

ケイトは答える。もう少し詳《くわ》しく、とばかりの老嬢《ろうじょう》の視線《しせん》にうながされ、話を続《つづ》けた。

「戦時中《せんじちゅう》、ドイツ軍《ぐん》の空襲《くうしゅう》でロンドンが被害《ひがい》を受けましたよね。田舎《いなか》もいつなんどきと思った父は、部屋の壁《かべ》にくっつけるような形で、レンガ造《づく》りの物入れをこしらえたのです。そこに貴重品《きちょうひん》を入れておけば、多少なりとも被害《ひがい》を免《まぬが》れると思ったのでしょう。戦後《せんご》もそのままにして、そのアイディアを誰彼《だれかれ》となく自慢《じまん》していました。書斎《しょさい》や父の寝室《しんしつ》のほか、隣《となり》の母の寝室《しんしつ》――今はルイーズの使う寝室《しんしつ》にもあり、彼女《かのじょ》は、宝石箱《ほうせきばこ》はそこに入れていた、でも当日は急いで出かけたので放りだしたままかもしれない、と言っています。物入れに、容器《ようき》の溶《と》けた跡《あと》はありませんでした。それもあって、夫《おっと》のほかにも犯人候補《はんにんこうほ》がいます」

少し考えたあとで、老嬢《ろうじょう》は言う。

「なじみだという宝石商《ほうせきしょう》ですね」

「ええ。モーガンというのですが、彼《かれ》にもアリバイはないそうです。宝石類《ほうせきるい》がどこにあるかも想像《そうぞう》がつくでしょう。父自身が貴重品《きちょうひん》の置《お》き場所をしゃべっているのだから」

ケイトの気持ちが伝染《でんせん》したかのように、カーラも難《むずか》しい表情《ひょうじょう》だ。

「その宝石商《ほうせきしょう》は、こちらとのお付《つ》き合《あ》いはございますの？」

老嬢《ろうじょう》が問いを重ねる。

「昔、一度、用立てていただいたくらいです。セールスにいらしたこともあるけれど、贅沢《ぜいたく》な品物は必要《ひつよう》ございませんし」

「付《つ》き合《あ》いはないけれど、向こうはこちらをご存《ぞん》じということですね。カーラ、あなたはもしもその宝石商《ほうせきしょう》が、大佐《たいさ》のふりをして電話をかけてきたら気づけます？」

カーラは目をぱちくりさせて、首を横に振《ふ》る。

「無理《むり》です。会ったことのない方ですし」

「そう。カーラは大佐《たいさ》のお館に行ったことはあるの？」

「奥様《おくさま》たちはたびたびうかがっていましたが、あたしがついていくことはありませんでした。でも、大佐《たいさ》とルイーズ奥様《おくさま》がこちらにいらしたことはあります。一度目はローストビーフを褒《ほ》めてくださいました。二度目はダイアナさまもご一緒《いっしょ》で、ミートパイをお出ししました」

「カーラから見たご夫婦《ふうふ》の印象《いんしょう》は、どんな感じかしら」

「そうですね、大佐《たいさ》はお痩《や》せになっていますが、充分《じゅうぶん》にお元気そうでした。ルイーズ奥様《おくさま》は優《やさ》しくておきれいな方です。おふたりの仲《なか》は良《よ》いように見受けられました」

「ではお姉さんのダイアナは？」

「家庭教師《きょうし》をなさっているだけあって、厳《きび》しげな方です。ルイーズ奥様《おくさま》に対しても、子供《こども》を叱《しか》るようにはっきりとした話し方を。……あ、そういえばあたし以前《いぜん》、こんな物語を読んだんです。双子《ふたご》の一方がもう一方を殺《ころ》して身代わりを演《えん》じて財産《ざいさん》を得《え》るという。そうだわ、そうよ。もしかして、殺されたのは本当は！」

話しながら興奮《こうふん》していくカーラに、ケイトは呆《あき》れた顔を向ける。

「見間違《みまちが》える程度《ていど》には似《に》てるけれど、双子《ふたご》ほどそっくりではないし、わたしは事件《じけん》のあとに会っているのよ。あれはたしかにルイーズです」

「では、入《い》れ替《か》わりの可《か》能《のう》性《せい》はないのね。……なんだか思いだすわ。郵《ゆう》便《びん》局《きょく》の近くに住んでいたグレアムのことを。若《わか》い妻《つま》と再《さい》婚《こん》したグレアムよ。あの人も投《とう》資《し》が巧《うま》かったわね。結《けっ》構《こう》な財《ざい》産《さん》を作ったはずよ。妻《つま》の名はなんていったかしら。カーラは覚《おぼ》えていない？」

老《ろう》嬢《じょう》が、また知らない人の名前を出してくる。

「あの、グレアムさんという方のお話は置《お》いておいてくださいな。どうすれば夫《おっと》の嫌《けん》疑《ぎ》を晴らすことができるのか、わたし、そのご相談をしてますのよ」

だからこそ、ここまで話をしたのにと、ケイトは不《ふ》満《まん》を募《つの》らせる。これでは、老《ろう》嬢《じょう》やその友人たちに噂《うわさばなし》話を提《てい》供《きょう》しただけではないか。やはり探《たん》偵《てい》でも警《けい》察《さつ》でもない人間ではなにもできない。見当はずれな誰《だれ》かの話ばかりで、この小《こ》柄《がら》な老《ろう》嬢《じょう》が頼《たよ》りになるとは思えない。

そのときチャイムが鳴った。

カーラが玄《げん》関《かん》に向かう。すぐさま騒《さわ》がしい足音が、波のように押《お》し寄《よ》せてきた。スーツを着た何人もの男《だん》性《せい》が応《おう》接《せつ》室《しつ》に入ってくる。

「デビットはどこだ。姿《すがた》がない」

よれた服の男《だん》性《せい》が、凄《すご》みをきかせた。

「今《け》朝《さ》からグラスゴーにまいりました」

「遠くにいかないよう、言ってあったはずだが」

「仕事ですのよ。失《しつ》礼《れい》ではないですか」

「訊《き》きたい話があるのに会社にいなかったのです。いつ帰ってくるのか答えてください」

丁寧《ていねい》な口調《くちょう》ながら、強引《ごういん》さを崩《くず》さない別《べつ》の男性《だんせい》が訊《たず》ねてきた。ひとりだけ上質《じょうしつ》な生地《きじ》の服を着ている。顔立ちも涼《すず》やかだ。

「あらまあ。こんなところで警部《けいぶ》とお会いするなんて」

老嬢《ろうじょう》が突然《とつぜん》言った。ケイトも驚《おどろ》いたが、相手の男性《だんせい》も目を丸くしている。

「……な、なぜあなたが。いえ。私《わたし》はアンドリュース大佐《たいさ》の事件《じけん》の担当《たんとう》なので、ここにいて当然《とうぜん》なのです」

「そう。でもレディたちに乱暴《らんぼう》な真似《まね》はおよしなさいな。それでなにを訊《き》きたいの？」

少しためらってから、警部《けいぶ》と呼《よ》ばれた男性が口を開く。

「ガソリンの給油記録《きゅうゆきろく》です。事件《じけん》のあった夜、デビットはロンドン市内で人を待っていたと言った。しかし大佐《たいさ》の館に行ったなら、それなりのガソリンが使用されます」

「地道に捜査《そうさ》をしているのね」

なにをこいつは、と言わんばかりに、よれた服の男性《だんせい》が老嬢《ろうじょう》に一歩近寄《ちかよ》った。警部《けいぶ》が止めている。

「こちらのご家族とお知り合いだったのですね。では事件《じけん》の話も聞いたのでしょう。我々《われわれ》が、デビットの行動を把握《はあく》したい理由もご理解《りかい》いただけますよね」

警部《けいぶ》が老嬢《ろうじょう》に訊《たず》ねる。

「逃《に》げられては困《こま》るからですね。でも最初《さいしょ》は、大佐《たいさ》は妻《つま》の姉を殺《ころ》して自殺《じさつ》したと考えていたのでしょう？　車が目撃《もくげき》されたので、警察《けいさつ》はデビットに疑《うたが》いをかけた。その車と事件《じけん》とは関係《かんけい》がない、ということもあるのでは」

「その可能性《かのうせい》も、考えてはいます。けれど夜に、村の中心部から離《はな》れた森の入り口にある館近くで、関係《かんけい》のない車がふらふらしているでしょうか」

「車を目撃《もくげき》したという不動産屋《ふどうさんや》も、ふらふらしていたのでしょう?」

老嬢《ろうじょう》が、いたずらっぽい言い方をした。

「不動産屋《ふどうさんや》が犯人《はんにん》だと?」

「いいえ。その説《せつ》はここにいるメイドのカーラが唱《とな》えたけれど、こちらの家に電話で報《しら》せるはずはないと否定《ひてい》しました」

「でしょうね。なにより動機《どうき》が薄《うす》い。そう、デビットには、いえ、こちらのご家族には動機《どうき》がある。大佐《たいさ》の遺産《いさん》という動機《どうき》がね」

警部《けいぶ》が毅然《きぜん》とした態度《たいど》で告《つ》げた。

「それなら別《べつ》の殺《ころ》し方をします」

老嬢《ろうじょう》がにこやかに言い放った。

部屋の空気が、一瞬《いっしゅん》で凍《こお》りつく。

「別《べつ》?」

「事故《じこ》に見せかけるほうがいいじゃないですか。相手は痩《や》せた老人《ろうじん》ですよ。ピクニックとでも称《しょう》して森に連《つ》れていき、崖《がけ》から落としてはどうでしょう。そのほうが怪《あや》しまれないわ。ねえ警部《けいぶ》、館に火をつける必要《ひつよう》は、なぜあるのだと思います?」

「証拠《しょうこ》を消すためでしょう」

「そうですね。本来そこにあるはずのないもの、たとえば指紋《しもん》や髪《かみ》の毛が見つかっては困《こま》る人が火をつけるんです。でもデビットは、何度も大佐《たいさ》の館にうかがっています。財産《ざいさん》を受け取りたいというだけの動機《どうき》なら、火はつけないでしょう。美しい調度品や絵画など、価値《かち》のあるものが燃《も》えてしまう。証券類《しょうけんるい》は銀行に預《あず》けているのでしょうか。もしも室内に残《のこ》されていたら、と不安《ふあん》になりませんか。焼《や》けた館の後始末《あとしまつ》だって、めんどうでしょう」

虚《きょ》をつかれた表情《ひょうじょう》の警部《けいぶ》だったが、対抗《たいこう》するかのように声を上げた。

「大佐《たいさ》は本当に自殺《じさつ》だったと？」

「いいえ。自殺《じさつ》するなら暖炉《だんろ》の火は消しておきます。電話も不自然《ふしぜん》です。誰《だれ》かの手で殺害《さつがい》されたと思っています」

「こちらのお宅《たく》にかかってきた、ダイアナを死なせたから自殺《じさつ》するという電話ですか？」

「そうですとも。私《わたし》の最《もっと》も近しい身内は甥《おい》ですが、もしも同じことをするなら、最後《さいご》の言葉は甥《おい》本人に伝《つた》えます。甥《おい》の妻《つま》や、メイドへの伝言《でんごん》では気持ちの整理がつきませんでしょ」

息を呑《の》む声が、そこここから聞こえた。

「……そうね、わたしが電話に出たときには切れていたの」

ケイトのつぶやきに、老嬢《ろうじょう》がうなずいて、言った。

「電話をかけてきたのは犯人《はんにん》でしょう。さきほどメイドのカーラに、もしも宝石商《ほうせきしょう》が大佐《たいさ》のふりをして電話をかけてきたら気づけるかと訊《たず》ねたら、無理《むり》だと答えました。それは電話越《ご》しでは、大佐《たいさ》の声もわからないということです。でも実の娘《むすめ》ならわかるはずです。だから用件《ようけん》だけ述《の》べて切ったのです」

警部《けいぶ》が考えこむ。

「すると、宝石商《ほうせきしょう》のモーガンが？　盗《ぬす》みに入ったところを見つかり、殺《ころ》し、自殺《じさつ》を装《よそお》う電話をして、証拠隠滅《しょうこいんめつ》のために火をつけたのですか」

「それならば、宝石商《ほうせきしょう》がそのとき手に持っていたなにか、または、近くにあった調度品などで殴《なぐ》って殺《ころ》すでしょう。たしかにダイアナは殴《なぐ》り殺《ころ》された。けれど大佐《たいさ》はピストルで殺《ころ》された。書斎《しょさい》の机《つくえ》の引き出しの奥《おく》に、隠《かく》してあったピストルでね」

老嬢《ろうじょう》の説明《せつめい》に、警部《けいぶ》が頭を抱《かか》えてしまった。

「じゃあ、いったい誰《だれ》が」

「ピストルのある場所も宝石《ほうせき》の置《お》き場所も知っている人が、もうひとりいますよね」

ケイトが小さな悲鳴を上げた。

「ルイーズ？　彼女《かのじょ》は孤児院《こじいん》にいたのですよ。しかも電話が――」

「そうですとも。電話をかけてきたのは男ですわ。たしかに大佐《たいさ》とほかの人の声は区別《くべつ》できないけど、男か女かくらいわかります」

カーラが続《つづ》きを引き取る。

「だから、男。ルイーズには男がいるんですよ。生活のために、自分の父親よりも年上の男と結婚《けっこん》する若《わか》い女は、ままいます。でもつながりが愛情《あいじょう》ではなかったせいで、ときには別《べつ》の男に惹《ひ》かれてしまう。年齢《ねんれい》の釣《つ》り合《あ》う若《わか》い男、けれど貧乏《びんぼう》な男とね。昔から、そういう悲劇《ひげき》はあるんですよ。カーラ、グレアムのことを覚《おぼ》えている？　あの人も投資《とうし》で財産《ざいさん》を築《きず》き、老人《ろうじん》になってから若《わか》い妻《つま》を迎《むか》えたけれど、その妻《つま》は、同い年の男に惹《ひ》かれてグレアムに毒《どく》を盛《も》った。すぐにその男と一緒《いっしょ》になったせいで、バレてしまったけれどね」

「誰《だれ》ですか、その男って。いや、グレアムとかいう人のことじゃありませんよ」

警部《けいぶ》が勢《いきお》いこんで訊《たず》ねる。

「ルイーズがグレアムの妻《つま》より賢《かしこ》いのは、その男に別《べつ》の相手がいると思わせたことね。しかも事件《じけん》が起こるころには近くにいない。さらに、大佐《たいさ》が怒《おこ》りっぽく、人を殴《なぐ》る人物だと周囲《しゅうい》に匂《にお》わせてもいた。だってそう言ったのはルイーズ本人よ。腕《うで》の痣《あざ》を教会のバザーの際《さい》に見せたそうだけど、インクやお化粧品《けしょうひん》でなんとでもなります。物置小屋《ものおきごや》にあった家具も調度品も、いつ壊《こわ》れたかはわからないわ」

「だから男の名は」

警部《けいぶ》の質問《しつもん》に、老嬢《ろうじょう》が険《けわ》しい目をした。

「サイモン。庭師《にわし》のサイモンです。事件《じけん》の一ヵ月ほどまえにヘスターという女性《じょせい》を連《つ》れ、別《べつ》の土地での仕事に就《つ》きました。ヘスターは大佐《たいさ》の館のメイドでした。男女関係《かんけい》の目くらましのため、そして事件《じけん》の日に大《たい》佐《さ》とダイアナしか館にいないようにするた

**ポアロやマープル以外《いがい》のクリスティーおすすめ**

クリスティーはポアロやミス・マープルもの以外《いがい》にも多数の傑作《けつさく》を書いています。探偵《たんてい》で他に人気があるのが、トミーとタペンスのカップルです。短篇集《たんぺんしゅう》『おしどり探偵《たんてい》』（1929年）からどうぞ。謎《なぞ》の人物ハーリ・クィンが登場する『謎《なぞ》のクィン氏《し》』（1930年）もお薦《すす》めの連作《れんさく》です。幻想的《げんそうてき》な雰囲気《ふんいき》が素晴《すば》らしい。

シリーズ作品以外《いがい》で絶対《ぜったい》読み逃《のが》せないのが、『そして誰《だれ》もいなくなった』（1930年）と『終りなき夜に生れつく』（1967年）でしょう。前者は、孤島《ことう》に集められた客が次々に殺《ころ》されていくという物語です。本作から〈孤島《ことう》ミステリ〉という類型《るいけい》が生まれました。後者は切ない恋愛小説《れんあいしょうせつ》なのに、読み終えるとミステリだとわかる作品で、これがいちばん好《す》きというファンも多いのです。

クリスティーには多数の戯曲《ぎきょく》作品もあります。映画化《えいがか》もされて有名な『検察側《けんさつがわ》の証人《しょうにん》』（1953年）をまずお試《ため》しを。　（杉江松恋《すぎえまつこい》）

め、その二つの目的《もくてき》で、ヘスターを連《つ》れていったのです。目的《もくてき》が達成《たっせい》された以上《いじょう》、サイモンは、ヘスターをどこかで捨《す》てるか、殺《ころ》すかするでしょうね」

全員の視線《しせん》が、老嬢《ろうじょう》に集まった。

「サイモンが大佐《たいさ》たちを手にかけ、証拠隠滅《しょうこいんめつ》を図って、大佐《たいさ》のいまわの行動によって火がついたように見せかけたのです。ルイーズが疑《うたが》われることのないよう、決行は彼女《かのじょ》が孤児院《こじいん》にいる日にしました。夜、目撃《もくげき》された車に乗っていたのはサイモンです。宝石《ほうせき》など、価値《かち》のあるものはルイーズがまとめておき、彼《かれ》に持ち出してもらったのでしょう」

「待って。……ちょっと待って。だとするとルイーズは、実の姉のダイアナまでも」

ケイトは気を失《うしな》いそうになった。カーラが椅子《いす》のうしろで支《ささ》えている。

「ソフィのお話をしましたよね。望《のぞ》んでいた見かけのいい男性《だんせい》と、しかも裕福《ゆうふく》な方と、結婚《けっこん》した娘《むすめ》です。彼女《かのじょ》には夫《おっと》を亡《な》くした姉がいました。お裁縫《さいほう》で食《た》べていたけれど、やがてお金のある妹に頼《たよ》って暮《く》らすことに慣《な》れてしまったの。妹夫婦《ふうふ》の蓄《たくわ》えは減《へ》っていき、遂《つい》には姉を疎《うと》ましく感じて、川に突《つ》き落としたのです」

あの話はそう続《つづ》いていたのか、とケイトは驚《おどろ》きのあまり言葉がでない。

「多額《たがく》のお金は人を変《か》えます。ルイーズは、大佐《たいさ》の死後、自分に遺産《いさん》が入ることを知っています。一方ダイアナは、裕福《ゆうふく》に暮《く》らしているのだからと妹を頼《たよ》ってくる。自分を子供《こども》のように叱《しか》りながらも寄生《きせい》してくる姉のダイアナを、ルイーズは迷惑《めいわく》に感じていたでしょうね。そしてその邪魔者《じゃまもの》を、大佐《たいさ》の自殺《じさつ》の理由に利用《りよう》しようと考えて、体調を崩《くず》したから来てほしいと館に誘《さそ》った。ダイアナは妹の提案《ていあん》を、疑《うたが》いもせず受け入れたでしょう。だってそのほうが楽ですもの。こちらも二つの目的《もくてき》——一つの石で二羽の鳥を殺《ころ》したのです」

「じゃああの日、デビットを、夫《おっと》を呼《よ》びだしたのは」

力ない声でケイトが問う。

「ルイーズたちのしわざでしょう。大佐《たいさ》の自殺《じさつ》で片《かた》づかない場合は、デビットに罪《つみ》をなすりつけようと、保険《ほけん》をかけておいたんじゃないかしら」

「サイモンは、どこで仕事をすると言っていましたか？」

警部《けいぶ》が訊《たず》ねてきたが、ケイトは行き先を聞いていなかった。首を横に振《ふ》るしかない。

「サイモンは、別荘地《べっそうち》のホテルにいるルイーズを迎《むか》えにくるころじゃないかしら。デビットがなかなか逮捕《たいほ》されないので、焦《あせ》って国外に逃《に》げるかもしれませんよ」

老嬢《ろうじょう》が言った。警部《けいぶ》が声を上げる。

「よし、行こう」


サイモンとルイーズの逮捕《たいほ》の報《ほう》がケイトにもたらされたのは、翌々日《よくよくじつ》のことだった。ヘスターもなんとか無事《ぶじ》だった。

やっとほっとしたとばかりにスコッチを楽しむデビットが、しみじみとケイトに言う。

「カーラはすごい人を紹介《しょうかい》してくれたんだね。ここにきた警部《けいぶ》が、彼女《かのじょ》を頼《たよ》りにしているようだったというのは本当かい？」

「そのとおりよ。名前はミス・……」

　

## 編《へん》著《ちょ》者《しゃ》のおすすめ本 4

# 『火曜クラブ』

（アガサ・クリスティー文庫）

**アガサ・クリスティー／中村妙子《なかむらたえこ》訳《やく》**

最《もっと》も探偵《たんてい》らしくない人が探偵《たんてい》。

未解決《みかいけつ》の謎《なぞ》について話し合うため、毎週火曜日の夜に集まりが持たれるようになる。しろうと探偵《たんてい》たちが持論《じろん》を開陳《かいちん》するが、いつも正解《せいかい》に辿《たど》り着くのは、作家レイモンド・ウェストの伯母《おば》、ジェーン・マープルだった——。

可愛《かわい》いおばあさまが、実は天才探偵《たんてい》であるという驚《おどろ》きを描《えが》いたのがマープルものの第一短篇集《たんぺんしゅう》『火曜クラブ』でした。

ミス・マープルはクリスティーのお気に入りで、次第に登場回数が増《ふ》えていきます。中期の代表作は『ポケットにライ麦を』。クリスティーには、童謡《どうよう》を事件《じけん》に織《お》り込《こ》んだ〈マザー・グースの殺人《さつじん》〉ものも多いですが、これもその一篇《いっぺん》です。可愛《かわい》らしい歌詞《かし》と残酷《ざんこく》な殺人《さつじん》の取り合わせが目を引きます。

映画化《えいがか》もされた『鏡《かがみ》は横にひび割《わ》れて』は動機探《どうきさが》しの物語として秀逸《しゅういつ》です。ある一事のために殺人《さつじん》が起きてしまうという悲劇《ひげき》の形は他でなかなか見られないものです。（杉江松恋《すぎえまつこい》）

# ミステリをもっと楽しむ豆知識《まめちしき》

## ユーモア・ミステリ

殺人《さつじん》とユーモアは相性《あいしよう》がいい。

そんなこと、絶対《ぜつたい》に現実《げんじつ》世界では言えませんが、ミステリの中では違《ちが》います。

ユーモア・ミステリと言われて真っ先に思い出すのが、クレイグ・ライス『スイート・ホーム殺人事件《さつじんじけん》』（ハヤカワ・ミステリ文庫）です。シングルマザーのミステリ作家マリアン・カーステアズと三人のこどもたちが主人公。ある日隣家《りんか》で殺人事件《さつじんじけん》が発生し、警察《けいさつ》がやってきます。ママが鮮《あざ》やかに事件《じけん》を解決《かいけつ》すれば、独身《どくしん》の警部《けいぶ》の目を引いてくっつけることができるかもしれない。そう考えたこどもたちが奮闘《ふんとう》するという物語です。

まったくタイプは違《ちが》いますが、ジョイス・ポーターにドーヴァー警部《けいぶ》シリーズという作品があります。このドーヴァー、まったくの無能《むのう》な上に品性下劣《ひんせいげれつ》、部下もうんざりしているのです。でも彼《かれ》が猪突猛進《ちよとつもうしん》すると、なぜか事件《じけん》が解決《かいけつ》してしまう。そういう皮肉ななりゆきを笑《わら》いでくるんだ小説《しようせつ》です。

ロバート・L・フィッシュ『懐《なつ》かしい殺人《さつじん》』（ハヤカワ・ミステリ文庫）の主人公は売れない三人のミステリ作家です。彼《かれ》らは有り余《あま》るトリックの在庫《ざいこ》を使って殺《ころ》し屋稼業《かぎよう》をすることを思いつきます。でも世の中は広くて、より上の悪人に目をつけられてしまうのでした。これもまた殺人《さつじん》を笑《わら》いのめした一作。

もちろん殺人《さつじん》は忌《い》むべきことで、絶対《ぜつたい》に起きてもらいたくありません。物語の中で楽しむだけにしたいですね。　（杉江松恋《すぎえまつこい》）

## ガイド 第4回 推理《すいり》とは何か？

杉江《すぎえ》松恋《まつこい》

推理《すいり》とは何でしょうか。

ミステリの訳語《やくご》は第二次世界大戦後《だいにじせかいたいせんご》に探偵小説《たんていしょうせつ》から推理小説《すいりしょうせつ》に変わりました。辞書《じしょ》で推理《すいり》を引くと、「ある事実を基《もと》にして、まだ知られていない事柄《ことがら》を推《お》し量《はか》ること」というような意味が出てきます。推理《すいり》のためには何か前提《ぜんてい》がないといけないということがわかります。それが考えるための手がかりであり、論《ろん》を立てた後でそれを支《ささ》えてくれる証拠《しょうこ》です。

手がかりや証拠《しょうこ》がないときに突然《とつぜん》ひらめきが降《ふ》ってきて、得《え》られた結論《けつろん》が事実と照《て》らし合わせて正しかったとしても、推理《すいり》が行われたとは言えません。それは単《たん》なる思いつきでしょう。一人だけの世界で完結《かんけつ》するものは推理《すいり》とは認《みと》められません。同じ手がかりが与《あた》えられれば、考える人が代わっても同じ結論《けつろん》に到達《とうたつ》できる。そういうものが推理《すいり》です。

探偵《たんてい》についての章で、事件現場《じけんげんば》に行かずに謎《なぞ》を解《と》く、安楽椅子探偵《あんらくいすたんてい》のことを書きました。安楽椅子《あんらくいす》探偵《たんてい》が存在《そんざい》しうるのは、推理《すいり》が手がかりと証拠《しょうこ》を前提《ぜんてい》にしているからです。それを与《あた》えられれば誰《だれ》でも同じ結論《けつろん》に到達《とうたつ》しうる。だから現場《げんば》に行かなくてもいいわけですね。

オーガスタス・S・F・X・ヴァン・ドゥーゼン教授《きょうじゅ》は、アメリカ作家ジャック・フットレルが創《そう》造した探偵《たんてい》です。少し手ほどきを受けただけで現役《げんえき》のチェス世界選手権者《せんしゅけんしゃ》を打ち負かすという離《はな》れ業をやってのける知能《ちのう》の持ち主で、〈思考機械《きかい》〉の異名《いみょう》を持ちます。彼《かれ》の推理《すいり》を奇跡《きせき》だと言って誉《ほ》めそやす相手に〈思考機械《きかい》〉は、「二プラス二は四であること――ときどきそうなるのではなくて、いつもかならず、同じ結果《けっか》をもたらす」ことをあなたも知っているはずだ、と冷《ひ》ややかに言い放ちます。

ただし現実《げんじつ》には、二プラス二は四だと自信をもって言い切れないこともあります。さまざまな事情《じじょう》が重なって、もしかすると違《ちが》う答えが出るかもしれないからです。ミステリ＝推理《すいり》小説《しょうせつ》の中では、その「さまざまな事情《じじょう》」を考えなくていいようにあらかじめ条件《じょうけん》が絞《しぼ》られています。読者は、物語の中で目にすることだけを気にしていればいいのです。物語で語られたことは事実ですし、語られなかったことは無《な》かったのです。これは科学の実験《じっけん》に似《に》ています。実験《じっけん》においては、あらかじめ条件《じょうけん》が定められます。ミステリの中では記述《きじゅつ》こそがその条件《じょうけん》であり、あらゆる手がかりや証拠《しょうこ》はその中に含《ふく》まれることが必要《ひつよう》です。記述《きじゅつ》の中には読者を混乱《こんらん》させる偽《にせ》の手がかりが作者によって紛《まぎ》れ込《こ》むこともあります。「レッド・ヘリング」と呼《よ》ばれるもので、気を付《つ》けて読まなければなりません。

以前《いぜん》に、クイズと小説《しょうせつ》の違《ちが》いは、文章を読む必要《ひつよう》があるかどうかだと書きました。同じことの裏返《うらがえ》しになりますが、ミステリ小説《しょうせつ》における文章は、推理《すいり》が成立《せいりつ》するための条件《じょうけん》であるわけです。これが漫画《まんが》や映像《えいぞう》であっても同じことでしょう。条件《じょうけん》が表現《ひょうげん》として示《しめ》されるというのがミステリ作品における推理《すいり》の基本《きほん》です。

シャーロック・ホームズの助手であるジョン・ワトスンは、名探偵《めいたんてい》が推理《すいり》を披露《ひろう》するといつもびっくりします。同じものを見ていたはずなのに、種明《たねあ》かしをしてもらうまで自分はわからなかったと言って。それに対してホームズは言い返します。「きみの場合は、見るだけで、観察《かんさつ》しないんだ」と（「ボヘミアの醜聞《しゅうぶん》」）。

これは読者に向けて言っているのと同じことです。ミステリの読者は作中の探偵《たんてい》と同じ条件《じょうけん》で事件《じけん》を見ています。つまり、小説《しょうせつ》を読んでいます。にもかかわらず真相を見抜《みぬ》けないので、ワトスンと同じように推理《すいり》を聞かされて驚《おどろ》くわけです。逆《ぎゃく》に言えば、種《たね》明かし前に手がかりや証拠《しょうこ》が出されていなければ驚《おどろ》きもないということです。

ホームズの物語は名探偵《めいたんてい》が登場《とうじょう》するミステリの定型《ていけい》を作り上げました。同時に、探偵《たんてい》が行う推理《すいり》についても、興味《きょうみ》深い名言をいくつも残《のこ》しています。たとえば長篇《ちょうへん》『四つの署名《しょめい》』（光文社文庫）には、頭の硬《かた》いワトスンに向かってホームズがこんなことを言います。

「いままで何度も言ってきたじゃないか。ありえないものをひとつひとつ消していけば、残《のこ》ったものが、どんなにありそうなことでなくても、真実であるはずだって」

この見方は非常《ひじょう》にスリリングです。日常《にちじょう》を送っているとき私《わたし》たちは、見聞きした物事についてつい「ありそうなこと」を当てはめて判断《はんだん》しているのではないでしょうか。そうした見方をしていると、考えは自分の外に出ていきません。見るべき手がかりや証拠《しょうこ》はあちこちに転がっているのに「ありそう」という壁《かべ》に阻《はば》まれるので、それを拾い集められないのです。ホームズの言葉はそうした不自由《ふじゆう》さを阻《はば》むものと言えます。「ありえないものを消していく」作業は消去法《しょうきょほう》と呼《よ》ばれるもので、推理《すいり》の際《さい》に用いる重要《じゅうよう》な武器《ぶき》の一つです。

ホームズは自分の先輩《せんぱい》にあたるオーギュスト・デュパンがあまり好《す》きではありません。デュパンはエドガー・アラン・ポーが短篇《たんぺん》「モルグ街《がい》の殺人《さつじん》」で初登場《とうじょう》させた探偵《たんてい》です。実はこの短篇《たんぺん》は、ホームズの言う消去法《しょうきょほう》を彼以《かれい》前《ぜん》に、もっと魅力的《みりょくてき》な形でやっている作品でもあるのです。「モルグ街《がい》の殺《さつ》人《じん》」では、パリのアパルトマンで起きた多重殺人事《たじゅうさつじんじ》件《けん》について複数《ふくすう》の証言《しょうげん》が寄《よ》せられます。彼《かれ》らは犯《はん》人《にん》の声を聞いたというのですが、証言《しょうげん》が食い違《ちが》っていて、まったく一致《いっち》しません。役に立たない手がかりなのかと言えばそうではない。デュパンはばらばらの中にある共通項《きょうつうこう》を見出し、そこから犯人像《はんにんぞう》を突《つ》き止めるのです。これはまさしく、ありえないものを消していって残《のこ》った真実でしょう。この真相は有名なものですが、ミステリの推理《すいり》が時折《ときおり》見せてくれる非日常的《ひにちじょうてき》な驚《おどろ》きに満《み》ちています。

ミステリは謎《なぞ》を扱《あつか》う小説《しょうせつ》ですから、それがどのような形で解《と》かれるかということが最大《さいだい》の関心事《かんしんじ》です。それが推理《すいり》です。推理《すいり》はホームズやデュパンのような決まった名探偵《めいたんてい》によって行われる場合があれば、その小説《しょうせつ》一作きりの登場《とうじょう》人物に任《まか》せられることもあります。警察捜査《けいさつそうさ》の経過《けいか》が書かれるなど、探偵《たんてい》役を使わずに謎《なぞ》が解《と》かれることもあるでしょう。しかしいずれの場合においても、手がかりと証《しょう》拠《こ》によって論理的《ろんりてき》に解答《かいとう》が導《みちび》かれるという手順《てじゅん》は同じです。そうではないものは、ミステリ要素《ようそ》が弱いということになります。

推理《すいり》によって解《と》かれる謎《なぞ》にはさまざまなものがあります。トリックの章で書いたように、ミステリで扱《あつか》われるものの種類《しゅるい》には移《うつ》り変《か》わりがありました。たとえば、その犯罪《はんざい》がどのように行われたかわからないという場合、導《みちび》くべき謎《なぞ》は「how（どうやって）」だということになります。「不可能犯罪《ふかのうはんざい》の巨匠《きょしょう》」と呼《よ》ばれるジョン・ディクスン・カーをはじめ、さまざまな作家がこの謎《なぞ》に挑戦《ちょうせん》してきました。

どんな謎《なぞ》も合理的《ごうりてき》に解《と》かれることになりますが、思考を働《はたら》かせる前は不可能《ふかのう》なものに見えます。不《ふ》可能《かのう》から可能《かのう》への橋渡《はしわた》しをするのがトリックです。トリックと言うと何か手品のような細工が必要《ひつよう》なイメージがありますが、必《かなら》ずしもそうではありません。トリックとは以前《いぜん》にも書いたように嘘《うそ》のことですから、現実《げんじつ》を偽《いつわ》る手順《てじゅん》さえあれば、たとえば細かい嘘《うそ》の積《つ》み重ねがあるだけでも、成立《せいりつ》するものなのです。

前の章で現場《げんば》不在証明《ふざいしょうめい》、つまりアリバイについて触《ふ》れました。ミステリにおいては、このアリバイを偽装《ぎそう》することが犯人《はんにん》にとって最大《さいだい》の防御策《ぼうぎょさく》となるので、謎解《なぞと》きの過程《かてい》では犯行時刻《はんこうじこく》と場所が確定《かくてい》されたら次に必《かなら》ず関係者《かんけいしゃ》のアリバイ調査《ちょうさ》が行われます。

かつて日本では、時刻表《じこくひょう》トリックがアリバイ工作の代名詞《だいめいし》だった時期があります。鉄道や航空便《こうくうびん》を利用《りよう》して普通《ふつう》は思いつかないような移動《いどう》をし、アリバイを作るというものです。乗り換《か》えアプリケーションなどが普及《ふきゅう》した現在《げんざい》ではほとんど見られなくなりましたが、代わりに携帯電話《けいたいでんわ》の基地局記録《きちきょくきろく》が移動《いどう》の証拠《しょうこ》になるなど、形を変《か》えてアリバイトリックは残《のこ》っています。

イギリスの作家フリーマン・ウィルス・クロフツは、『クロイドン発12時30分』（ハヤカワ・ミステリ文庫）という鉄道トリックの名作があるため、アリバイものの名手だと思われていた時期がありました。しかしそれは広い作風の一部にすぎません。クロフツは鉄道技師《てつどうぎし》出身《しゅっしん》で、実業界の話題や当時の工業技術《ぎじゅつ》など、現実感《げんじつかん》のある設定《せってい》を作品に盛《も》り込《こ》むことの多い作家でした。そのうちの一つが鉄道を利用《りよう》したアリバイものだったのです。クロフツ作品の多くにはジョセフ・フレンチという刑事《けいじ》が探偵役《たんていやく》として登場《とうじょう》し、容疑者《ようぎしゃ》を絞《しぼ》り込《こ》んで追いつめていきます。フレンチは、目にした手がかりをすべて読者の前に晒《さら》し、それが何を意味するのかを一緒《いっしょ》に考えてくれます。彼《かれ》と思考過程《しこうかてい》を共《とも》にすることができるのが楽しいのです。その中には「how」を問う作品も多く、たとえば初期作品《しょきさくひん》の『英仏海《えいふっかい》峡《きょう》の謎《なぞ》』（創元推理《そうげんすいり》文庫）では、拾《ひろ》い集めた手がかりから最終的《さいしゅうてき》には奇抜《きばつ》なアリバイトリックを示してくれました。

クロフツで最《もっと》も有名な作品は、フレンチの登場《とうじょう》しない長篇《ちょうへん》『樽《たる》』（創元推理《そうげんすいり》文庫）です。これは港《みなと》で荷下ろしの作業中に死体を入れた樽《たる》が発見されることから始まる物語で、荷物の送り主探《さが》しをとっかかりに推理《すいり》は進んでいきます。もちろん犯人《はんにん》による作為《さくい》はあるのですが、それよりも重要《じゅうよう》なのは、樽《たる》がどのような経路《けいろ》を進んできたか、あるいは来なかったかという場合分けの思考です。樽《たる》の不在証明《ふざいしょうめい》をしているようなもので、この小説《しょうせつ》を読むとアリバイもののエッセンスが理解《りかい》しやすくなります。謎《なぞ》を不可解《ふかかい》にし、魅力的《みりょくてき》にもしているものはトリックだけではなく、本来の姿《すがた》を見えないようにしているさまざまな隠蔽物《いんぺいぶつ》なのです。そうした判断《はんだん》を誤《あやま》らせるものを取り除《のぞ》いていき、可能《かのう》な限《かぎ》り起きたことに近い状態《じょうたい》を再現《さいげん》するのが推理《すいり》を行う際《さい》の第一段階《だいいちだんかい》でしょう。

ミステリで最《もっと》も歴史《れきし》が古く、最《もっと》も重要視《じゅうようし》される謎《なぞ》が「who（誰《だれ》が）」、つまり、犯人《はんにん》当ての要素《ようそ》です。謎《なぞ》を複雑化《ふくざつか》する要素《ようそ》には、アリバイ工作のような犯人《はんにん》が故意《こい》に行ったものもあればそうではなく、第三者が無作為《むさくい》にしたことが原因《げんいん》のものもあります。後者を書く名人だったのが、このコラムでもたびたび名前の挙《あ》がるアガサ・クリスティーでした。クリスティーは事件《じけん》の関係者《かんけいしゃ》がほぼ全員なんらかの理由で嘘《うそ》を吐《つ》いているという状況《じょうきょう》を書きます。その嘘《うそ》は、事件《じけん》と関係《かんけい》のない事柄《ことがら》に関《かん》するものであることも多いのですが、それがあるために真相につながる道が塞《ふさ》がれてしまうのです。多すぎる嘘《うそ》を取り除《のぞ》いた後にようやく、推理《すいり》のために必要《ひつよう》な「基《もと》にすべき事実」が見えてきます。

では、犯人《はんにん》当てはどのように行われるか。これも他のミステリ技巧《ぎこう》と同様、さまざまな変遷《へんせん》を経《へ》て進化してきました。たとえば事件《じけん》に関《かん》して、当事者しか知り得《え》たはずのないことを犯人《はんにん》が漏《も》らしてしまう、というものがあります。犯行《はんこう》当時、その部屋からは表につるしてあった密造酒《みつぞうしゅ》を醸《かも》すための壜《びん》が見えた。犯人はうっかりそのことを口にしてしまいますが、実はその壜《びん》が吊《つ》るしてあったのは犯行《はんこう》時刻周辺《じこくしゅうへん》だけで、その時間に問題の部屋に入らなければ見ることはできなかったはずなのでした。

犯人《はんにん》にしかできなかった／わからなかったことが小説《しょうせつ》の中に言動として書かれているというタイプの証拠提示《しょうこていじ》はよく使われる手の一つです。これのみで犯人《はんにん》の指摘《してき》を行う作品もありますが、ミステリが質《しつ》・量《りょう》ともに増大《ぞうだい》した現在《げんざい》では、単独《たんどく》で使われるとやや弱い気もします。読者がその台詞《せりふ》なり行動なりを記憶《きおく》に留《とど》めていてくれないと、真相を明かしても驚《おどろ》いてくれそうにないからです。

読者を驚《おどろ》かせることに熱意《ねつい》を燃《も》やす現代《げんだい》のミステリ作家は、覚《おぼ》えてくれているかどうかあやふやな手がかりにはそれほど頼《たよ》りません。複数《ふくすう》の証拠《しょうこ》を提示《ていじ》し、そこから消去法《しょうきょほう》を繰《く》り返して容疑者《ようぎしゃ》を絞《しぼ》り込《こ》んでいくというのが、犯人《はんにん》当てとしてよく見る光景《こうけい》です。

この章ではたびたび消去法《しょうきょほう》についての言及《げんきゅう》があるので、エラリイ・クイーン『Ｚの悲劇《ひげき》』について触《ふ》れておきましょう。クイーンが別名義《べつめいぎ》のバーナビー・ロスとして発表した四部作の第三長篇《ちょうへん》にあたる作品です。先行する『Ｘの悲劇《ひげき》』『Ｙの悲劇《ひげき》』に知名度においては劣《おと》るものの、ミステリの推理《すいり》に注目する読者にとっては絶対《ぜったい》に無視《むし》できない作品です。最後《さいご》に探偵役《たんていやく》のドルリイ・レーンは四つの証《しょう》拠《こ》を示《しめ》して消去法《しょうきょほう》を行い、犯人候補《はんにんこうほ》をたった一人に絞《しぼ》り込《こ》みます。有無《うむ》を言わせぬ迫力《はくりょく》のある推理《すいり》です。

クイーンは、説得力《せっとくりょく》のある証拠《しょうこ》を示す天才でした。実際《じっさい》そこにある物証《ぶっしょう》をクイーンはしばしば取り上げます。現場《げんば》の遺留品《いりゅうひん》がなぜそういう状態《じょうたい》になったか、ということから推理《すいり》を組み立てる名手だったのです。クイーンは作者と同じ名前の探偵《たんてい》クイーンを登場《とうじょう》させた国名シリーズの作品群《さくひんぐん》でこの技巧《ぎこう》を確立《かくりつ》しました。感動的《かんどうてき》なのは第三長篇《ちょうへん》『オランダ靴《ぐつ》の秘密《ひみつ》』（角川《かどかわ》文庫）で、探偵《たんてい》クイーンはズボンとデッキシューズという二つの物証《ぶっしょう》から犯人《はんにん》を指摘《してき》してしまいます。

クイーンの推理《すいり》の根底《こんてい》には心理分析《しんりぶんせき》があります。これを得意《とくい》とするミステリ作家は多いですが、クイーンのそれは他の書き手と少し様子が違《ちが》います。たとえばアガサ・クリスティーの探偵《たんてい》たち、エルキュール・ポアロやミス・マープルが採《と》っているのは、容疑者《ようぎしゃ》たちを人物類型《じんぶつるいけい》にそれぞれ当てはめ、そうした人間が取りそうな行動はどうかという思考方式のように見えます。それに対してクイーンの推理《すいり》では、現場《げんば》に残《のこ》された証拠《しょうこ》に意識《いしき》を集中させ、犯人《はんにん》がどういう行動をとったのか、それはなぜかを再現《さいげん》することに重点がありました。かつてホームズは『緋色《ひいろ》の研究』（光文社文庫）で「結果《けっか》を聞かされて、その結果《けっか》が出るまでにどんな段階《だんかい》を経《へ》てきたかを論理的《ろんりてき》に推理《すいり》する」「あと戻《もど》りの推理《すいり》」を実践《じっせん》していると語りました。これを完成《かんせい》させたのが、クイーンの心理分析《ぶんせき》であると思われます。

たとえば国名シリーズ第七長篇《ちょうへん》『シャム双子《ふたご》の秘密《ひみつ》』（角川《かどかわ》文庫）では、探偵《たんてい》も犯人《はんにん》も限界《げんかい》まで追いつめられた状態《じょうたい》で心の読み合いが行われます。また『Yの悲劇《ひげき》』においてドルリイ・レーンが描《か》いてみせた犯人像《はんにんぞう》は、同じ地上のものとは思えないほどに奇矯《ききょう》なものです。

こうした傑作群《けっさくぐん》の一つに国名シリーズ第四長篇《ちょうへん》である『ギリシャ棺《ひつぎ》の秘密《ひみつ》』（ハヤカワ・ミステリ文庫他）があります。この作品においては、犯人《はんにん》はただ探偵《たんてい》に狩《か》られるのを待つだけの存在《そんざい》ではなく、自身に続《つづ》く手がかりを消して、時には偽造《ぎぞう》までしかねない強敵《きょうてき》でした。先に書いたように、推理《すいり》のためには「基《もと》になる事実」を確定《かくてい》させることが必要《ひつよう》なのですが、『ギリシャ棺《ひつぎ》の秘密《ひみつ》』でクイーンは、犯人《はんにん》が残《のこ》した証拠《しょうこ》、事件《じけん》とは関係《かんけい》ない隠蔽物《いんぺいぶつ》に加《くわ》えて、探偵《たんてい》を誤《あやま》らせるために撒《ま》かれた偽《にせ》の手がかりもある状態《じょうたい》を作り出しました。トリックの章で触《ふ》れた、他人に罪をなすりつけるトリックの完成形《かんせいけい》と言えます。ゲームとしてのミステリはそれによって大いに魅力《みりょく》を増《ま》したのです。

# 推理《すいり》って何？

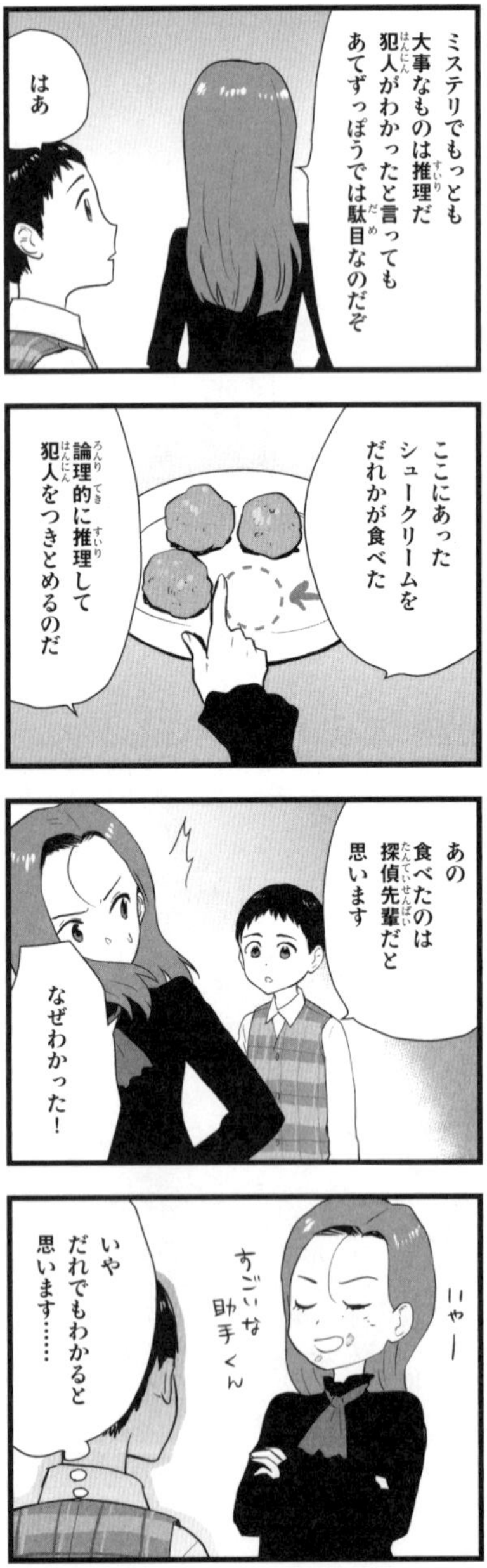


作：川浪《かわなみ》いずみ

シチリアオレンジジュースの謎《なぞ》
青《あお》崎《さき》有《ゆう》吾《ご》

## エラリイ・クイーン

フレデリック・ダネイとマンフレッド・リーのいとこ同士《どうし》がエラリイ・クイーンの筆名で発表した作品に登場する、同じくエラリイ・クイーンの名を持つ探偵《たんてい》です。『ローマ帽子《ぼうし》の秘密《ひみつ》』（1929年）で初《はじ》めて読者の前に姿《すがた》を現《あらわ》しました。同作に続《つづ》く〈国名〉シリーズが初期《しょき》の代表作で、『災厄《さいやく》の町』（1942年）に始まる、架空《かくう》の町ライツヴィルを舞台《ぶたい》にした連作《れんさく》も人気があります。

父リチャードはニューヨーク市警《しけい》の犯罪捜査《はんざいそうさ》に携《たずさ》わる人物で、後に警視《けいし》まで昇格《しょうかく》しました。彼《かれ》からの相談で事件《じけん》に関《かか》わる、というのが物語の基本形《きほんけい》です。本業は作家で、映画《えいが》の仕事をしていたこともあります。

証拠《しょうこ》について徹底的《てっていてき》な思考を重ねるのがクイーンの特徴《とくちょう》で、わずかな手がかりを元に驚《おどろ》くような推理《すいり》を組み立てていきます。日本では特《とく》にファンが多く、鮎川《あゆかわ》哲也《てつや》、山口雅也《やまぐちまさや》、法月綸太郎《のりづきりんたろう》、有栖川有栖《ありすがわありす》など、多くの日本人作家にも影響《えいきょう》を与《あた》えています。（杉江松恋《すぎえまつこい》）

「わしと出かける気はないか？　エラリイ」

蒸《む》し暑い八月の夜。エラリイがリビングでくつろいでいると、父親が声をかけてきた。

「事件《じけん》ですか？　お父さん」

「実はそうなんだ。男がひとり、殺《ころ》されたらしい」

父の職業《しょくぎょう》はニューヨーク市警《しけい》の警視《けいし》だ。市内で事件《じけん》が起きるたび、現場《げんば》へ行って捜査《そうさ》の指揮《しき》をとる。小説家《しょうせつか》が本業のエラリイも、ときどき父に協力《きょうりょく》し、その鋭《するど》い頭脳《ずのう》を犯人逮捕《はんにんたいほ》に役立てている。

だが今夜は、探偵《たんてい》のマネをするつもりはなかった。

「残念《ざんねん》ですが、ぼくはいまから部屋にこもって、書きかけの原稿《げんこう》と取っ組み合おうと思っているんです。ついさっき、劇場街《ブロードウェイ》で演劇《えんげき》を見てきましてね。すばらしい劇《げき》だったので、創作意欲《そうさくいよく》に火がついたんです」

「なんという劇《げき》だね？」

「〈海ガメと船長〉。海賊《かいぞく》の冒険物語《ぼうけんものがたり》です。特《とく》によかったのが、主演《しゅえん》のマリオ・ファルコ！　七十歳《ななじっさい》とは思えない、たくましい声！　リアルな演技《えんぎ》！　本物の海賊《かいぞく》が目の前にいるみたいでした。ぼくはしばらくこの感動にひたっていたいんです。というわけで、今夜は犯罪者《はんざいしゃ》の相手はごめんですね」

「そんなにすごいのかい、そのファルコという役者は」

「天才俳優《てんさいはいゆう》ですよ。お父さんも今度見にいきませんか？」

「無理《むり》だろうな」

警視《けいし》はネクタイを結《むす》びながら、言った。

「被害者《ひがいしゃ》はそのマリオ・ファルコだ。今夜の公演《こうえん》のあと、楽屋《がくや》で何者かに殺《ころ》された。さあエラリイ、わしを手伝《てつだ》っておくれ」


劇場《げきじょう》の入口では、〈海ガメと船長〉の看板《かんばん》がライトに照《て》らされていた。描《えが》かれているのは、海賊《かいぞく》に扮《ふん》したマリオ・ファルコだ。頭にはドクロマークのキャプテン帽子《ぼうし》。肩《かた》に羽織《はお》った金ボタンつきのフロックコート。はでな赤のシャツと、黒いズボン。海賊刀《カトラス》を片手《かたて》に持ち、いさましいポーズをとっている。エラリイが舞台《ぶたい》で見たのとおなじ姿《すがた》だった。

「彼《かれ》が殺《ころ》されたなんて、信《しん》じられないなあ」

「ニューヨークでは信《しん》じられないことばかり起こるのさ。裏口《うらぐち》から入ろう、エラリイ」

警視《けいし》は見張《みは》りの巡査《じゅんさ》にあいさつし、劇場《げきじょう》へ入っていく。エラリイもあとにつづく。

ステージのすぐ裏《うら》の小さな部屋が、ファルコの楽屋《がくや》だった。窓《まど》はなく、メイク用の机《つくえ》と鏡《かがみ》がおかれ、服をしまう戸棚《とだな》と、休憩用《きゅうけいよう》のソファーがあった。死体は、そのソファーに横たわっていた。

おだやかな死に顔だが、よく見ると、頭から出血している。服は海賊《かいぞく》の衣装《いしょう》から、地味なスーツに着替《きが》えている。メイクもおとしていて、顔にシワが目立っていた。スポットライトを浴《あ》びていない俳《はい》優《ゆう》は、ごくふつうの老人《ろうじん》と変《か》わらなかった。

先に現場《げんば》に来ていた部長刑事《ぶちょうけいじ》が、警視《けいし》に報告《ほうこく》をする。

「後頭部を一発なぐられてますね。出血は少ないですが、その傷《きず》が死因《しいん》でしょう。凶器《きょうき》はこの小道具のようです」

部長刑事《ぶちょうけいじ》は海賊刀《カトラス》を持ち上げた。模造品《もぞうひん》なので人を斬《き》ることはできないが、強くふる鈍器《どんき》にはなる。刃《は》の先に、絵の具ではない本物の血がついていた。

「よし、死体は検死《けんし》にまわせ。今夜の公演《こうえん》のあと、ファルコはずっとこの楽屋《がくや》にいたのか？」

「廊下《ろうか》の警備員《けいびいん》が人の行き来をおぼえていました。ファルコは舞台《ぶたい》からこの楽屋《がくや》へもどったきり、一度も出てこなかったそうです」

「ファルコ以外《いがい》で、この楽屋《がくや》に出入りした人間は？」

「三人います。みんな劇場《げきじょう》の関係者《かんけいしゃ》です」

「順番《じゅんばん》にここに呼《よ》んでくれ」

ひとり目は、ファルコのマネージャーのゲイツという男だった。青白い顔をした若者《わかもの》で、せわしなく目を泳がせている。警視《けいし》が質問《しつもん》を始めた。

「いつこの楽屋《がくや》に入ったんですか？」

「公演《こうえん》が終わって十分後です。オレンジジュースのグラスを持っていきました」

「オレンジジュース？」

「ファルコさんの故郷《こきょう》、イタリアのシチリア産《さん》のオレンジを使った、果汁《かじゅう》１００％《パーセント》のジュースです。近くの喫茶店《きっさてん》で売っていて、ファルコさんはいつもそれを飲みたがるので、ぼくが事前に用意しておくんです。店からテイクアウトしたものを冷蔵庫《れいぞうこ》で冷《ひ》やしておき、ファルコさんが公演《こうえん》を終えたら、ぼくがそれを楽屋《がくや》に運びます」

「ほう、うまそうですな」

グラスにそそがれた冷《つめ》たいジュースを想像《そうぞう》し、警視《けいし》はツバを飲んだ。

「で、ジュースを運んだとき、ファルコさんはどんなようすでした？」

「もう衣装《いしょう》から普段着《ふだんぎ》に着替《きが》えていて、ソファーに横になられていました。邪魔《じゃま》しちゃ悪いので、メイク机《づくえ》の上にグラスをおいて、すぐに楽屋《がくや》を出ました。ぼくはそのあと、スタッフと演出《えんしゅつ》などの相談を……」

エラリイは父親の後ろに立ち、じっとそのやりとりを聞いていた。

ふたり目は、劇場《げきじょう》オーナーのレニーという男だった。ヒゲをはやした太り気味の男で、顔は不機嫌《ふきげん》そうだった。

「家で夕飯《ゆうはん》を食べていたんだが……急に呼《よ》びもどすなんて、警察《けいさつ》はひどいな」

「急な出勤《しゅっきん》はおたがいさまですよ。この楽屋《がくや》に入ったのはいつですか」

「公演《こうえん》が終わって三十分後くらいだ。私《わたし》は隣《となり》のビルにオフィスを持っているんだが、そこから家に帰るついでに、ファルコと話そうと思い、立ち寄《よ》った。大切な契約書《けいやくしょ》にサインをもらいたかったんだ。べつに怪《あや》しい書類《しょるい》じゃないぞ、好《す》きなだけ確認《かくにん》してくれ」

レニーはスーツのポケットから、折《お》りたたんだ書類《しょるい》を出し、警視《けいし》にわたした。さらに証言《しょうげん》をつづける。

「だが、ファルコはソファーで眠《ねむ》っているように見えたので、サインは明日《あす》もらうことにした。私《わたし》はこの楽屋《がくや》を出て、そのまま家に帰った」

「ファルコさんに声をかけたりは？」

「しなかった。……いま思うと、眠《ねむ》っていたのではなく、死んでいたのかもしれないな」

三人目は、清掃員《せいそういん》のハンナという女性《じょせい》だった。前髪《まえがみ》を長く伸《の》ばした内気そうな女性《じょせい》で、色あせたエプロンをつけていた。

「こ、この楽屋《がくや》に入ったのは、公演《こうえん》が終わってから一時間後です。オレンジジュースのグラスを、片《かた》づけるために入りました」

「いつも君が片《かた》づけるのかね？」

「そ、そうです。ファルコさんは、ソファーで寝《ね》てらっしゃいました。メイク机《づくえ》の上に空《から》のグラスがあったので、それを給湯室《きゅうとうしつ》に持っていって、洗《あら》いました。で、でも、そのあとで変《へん》に思えてきたんです……ファルコさんがまだ楽屋《がくや》にいるなんて珍《めずら》しいし、それに、寝息《ねいき》が聞こえなかった気がして……。楽屋《がくや》にもどって、ファルコさんを揺《ゆ》すったら、頭から血が流れているのに気づきました。わ、わたしはあわてて警察《けいさつ》を呼《よ》びました」

「かくして事件発覚《じけんはっかく》、というわけだ。ありがとう、もどってください」

立ち去るハンナを見つめながら、劇場《げきじょう》というのは俳優《はいゆう》だけでなく、スタッフたちの地道な努力《どりょく》で成《な》り立っているのだなと、エラリイは思った。

警視《けいし》が立ちあがり、情報《じょうほう》をまとめる。

「よし。ファルコは公演終了《こうえんしゅうりょう》から一時間の間に殺《ころ》された。時間は絞《しぼ》りきれんが、楽屋《がくや》に出入りした三人のうちのだれかが犯人《はんにん》だ」

「まだわかりませんよ、お父さん。事故死《じこし》かもしれない。ファルコはこけて剣《けん》に頭をぶつけ、ソファーで休んでいるうちに死んでしまった、とか」

「どう育ったらそんなひねくれ息子になるんだ？　まあいい、検死報告《けんしほうこく》を待とう」

それを待つ間、エラリイは狭《せま》い楽屋《がくや》を調べてまわった。その気楽な足どりは、探偵《たんてい》というよりも、見学ツアーに参加《さんか》した観光客《かんこうきゃく》のようだった。

楽屋《がくや》の隅《すみ》に、ファルコの持ち物らしきバッグがおかれている。中身は台本とサイフだけだった。メイク机《づくえ》の引き出しを開けると、白粉《おしろい》や香水《こうすい》がきれいに並《なら》んでいた。壁《かべ》には〈海ガメと船長〉のポスターが一枚《いちまい》。ゴミ箱には丸めたティッシュがいくつか。メイクをおとすのに使ったらしい。ソファーの下を見てみたが、何もなかった。最後《さいご》に戸棚《とだな》を開くと、キャプテン帽子《ぼうし》がひとつと、革靴《かわぐつ》が一組しまわれていた。

エラリイは楽屋《がくや》から出ると、舞台裏《ぶたいうら》を見てまわった。廊下《ろうか》の端《はし》の目立たない場所に給湯室《きゅうとうしつ》があり、流し台と冷蔵庫《れいぞうこ》がおかれていた。オレンジジュースはこの冷蔵庫《れいぞうこ》で冷《ひ》やされ、グラスはこの流しで洗《あら》われたのだろう。シンクに水滴《すいてき》のついたグラスが残《のこ》っていたので、手にとってみる。ガラスの表面にはオレンジのマークが彫《ほ》られていた。

エラリイは給湯室《きゅうとうしつ》を出て、廊下《ろうか》に立っていた警備員《けいびいん》に話しかけた。

「ゲイツとハンナについて思い出してほしいことがある。彼《かれ》らがファルコさんの楽屋《がくや》から出てくるとき、手には何か持っていたかい？」

「ゲイツさんは手ぶらでした。ハンナさんは、空《から》のグラスを持っていましたね」

「ああ、それはわかってる。オレンジジュースのグラスだね。ほかには何か持っていた？」

「いいえ、何も」

「ありがとう」

　エラリイは楽屋《がくや》にもどると、ついさっきまで死体が寝《ね》ていたソファーにすわり、じっと考えこんだ。父親は壁《かべ》にもたれ、手で顔をあおいでいた。舞台裏《ぶたいうら》は蒸《む》し暑い。オレンジジュースを飲みたがる老俳《ろうはい》優《ゆう》の気持ちもよくわかった。

　しばらくしてから、部長刑事《ぶちょうけいじ》がもどってきて報告《ほうこく》をした。

「ボス、検死《けんし》が終わりました。死因《しいん》は脳挫傷《のうざしょう》。頭の傷《きず》はなぐられたもので間違《まちが》いないです」

「やはり殺《ころ》しだな。病死や中毒死《ちゅうどくし》の可能性《かのうせい》はないだろうな？」

「ありませんね。ファルコには持病もなく、胃《い》も空《から》っぽだったそうなので」

　それを聞いたエラリイは、はっとして顔をあげた。

　刑事《けいじ》たちは会話をつづける。

「それと、凶器《きょうき》から指紋《しもん》が検出《けんしゅつ》されました。マネージャーの、ゲイツの指紋《しもん》です」

「決まりだ！　ゲイツを連行《れんこう》しろ！　簡単《かんたん》な事件《じけん》だったな、帰ろうかエラリイ」

　胸《むね》をなでおろす警視《けいし》と反対に、どういうわけか、エラリイは深刻《しんこく》な顔をしていた。

「いいえ、お父さん。大きな謎《なぞ》が残《のこ》っています」

「なんだ？」

「オレンジジュースは、だれが飲んだんでしょう？」

翌日《よくじつ》になってもエラリイはリビングを歩きまわり、ぶつぶつとつぶやきつづけていた。息子の奇妙《きみょう》なこだわりぶりを見て、警視《けいし》はため息をついた。

「何を悩《なや》んどるんだ？　取り調べをしたら、ゲイツは犯行《はんこう》を認《みと》めたぞ。ファルコは舞台裏《ぶたいうら》では乱暴《らんぼう》な性格《せいかく》で、スタッフにきつくあたっていたようだ。昨日《きのう》も、オレンジジュースを運んできたゲイツに『遅《おそ》いぞ、役立たず』と暴言《ぼうげん》をはいた。我慢《がまん》の限界《げんかい》に達《たっ》したゲイツが小道具でなぐると、ファルコはソファーにたおれたまま動かなくなってしまった。こわくなった彼《かれ》は楽屋《がくや》を出て、そのまだまっていたそうだ。事件《じけん》は解決《かいけつ》だよ。いつものおまえ風に言えば、〈証明終了《Q・E・D》〉さ」

警視《けいし》は息子の口癖《くちぐせ》を引用《いんよう》した。数学などの論証《ろんしょう》の最後《さいご》に記されるこの言葉を、エラリイは好《この》んで使うのだ。

エラリイが何よりも重視《じゅうし》するのは、ものごとの論理性《ろんりせい》だ。理屈《りくつ》に合わない謎《なぞ》に出くわすと、いつまでも考えてしまう性格《せいかく》なのだった。

「でもお父さん、おかしいじゃないですか。ゲイツはオレンジジュースが入ったグラスを楽屋《がくや》に運んだ。一時間後に清掃員《せいそういん》が見たとき、そのグラスは空《から》になっていた。そして被害者《ひがいしゃ》の胃《い》も空《から》っぽだった。では、ジュースの中身はどこへ？」

「だれかが勝手に飲んだのさ。昨日《きのう》は暑かったからな」

「あの楽屋《がくや》に入った者は三人だけですよ」

「じゃあ、三人の中のだれかだ。殺人《さつじん》を犯《おか》したゲイツが、気をおちつけるために飲んだのかもしれん。

オーナーのレニーか、清掃員《せいそういん》のハンナが、つい盗《ぬす》み飲みをしたのかも」

「それを特定《とくてい》しないかぎり、ぼくは眠《ねむ》れそうにないですよ。……実をいうと、ほかにも気になることがあって、ある人物に目をつけているんです。しかし、オレンジジュースとのつながりが見えない」

「目をつけている、だって？　犯人《はんにん》はゲイツじゃないのか？　真犯人《しんはんにん》がいるのか？」

「そうではありませんが……。ちょっと出かけてきます」

父親はやれやれと首をふり、玄関《げんかん》から出ていく息子にさけんだ。

「オレンジジュースを飲んだからって犯罪《はんざい》にはならんぞ！」


エラリイの足は、自然《しぜん》と劇場《げきじょう》へ向かった。

海賊衣装《かいぞくいしょう》のマリオ・ファルコはまだ入口をかざっていたが、「舞台裏《ぶたいうら》では乱暴《らんぼう》な性格《せいかく》だった」と聞いたあとでは、勇姿《ゆうし》もどこかむなしく思えた。ファルコは役に没頭《ぼっとう》しすぎて、海賊《かいぞく》のような性格《せいかく》になってしまったのだろうか？　それとも、もともと乱暴者《らんぼうもの》だったので海賊《かいぞく》がハマリ役となったのだろうか？

蒸《む》し暑さはつづいており、歩きまわるうちに汗《あせ》だくになった。

道の先にある、小さな喫茶店《きっさてん》が目にとまった。店名は〈シチリアの風〉。看板《かんばん》には、ふたつに切ったみずみずしいオレンジのイラストが描《えが》いてある。

エラリイは店に入り、席《せき》にすわった。イタリア人の店長がやってきて、「ご注文は？」と聞く。

「シチリアオレンジジュースはあるかい？」

「うちの名物ですよ。少々お待ちを」

運ばれてきたのは。濃厚《のうこう》なオレンジ色をしたジュースだった。手に持つと、氷がカランと音をたて、さわやかな柑橘《かんきつ》の香《かお》りがのぼる。ごくりと一口飲めば、舌《した》の上で酸味《さんみ》と甘《あま》みがはじけ、のどを心地よい冷《つめ》たさが通りすぎていった。エラリィは店長に笑《わら》いかけた。

「うまいね。シチリアの風を感じるよ」

「シチリアに行かれたことが？」

「ないけど、想像《そうぞう》するのがとくいなんだ」

グラスの表面には、オレンジのマークが彫《ほ》られていた。どこかで見おぼえがある……。そう、劇場《げきじょう》の給湯室《きゅうとうしつ》の流しに残《のこ》されていたグラスだ。

「ゲイツという男が、毎晩《まいばん》ジュースをテイクアウトするかい？」

「ええ。おとくいさまです」

「これとおなじグラスにそそいで、わたすのかい？」

「ええ。でも、いちいち返してもらうのは大変《たいへん》なので、ゲイツさんにはうちのグラスをひとつお貸《か》ししているんです。いつもそれを持ってきてもらいます」

エラリィはデータをひとつ修正《しゅうせい》した。わたされるオレンジジュースはビンや紙パックに入っているのだと、てっきり思いこんでいた。ゲイツはそれをグラスに移《うつ》しかえて、楽屋《がくや》に運ぶのだろうと。だが、ちがった。オレンジジュースは最初《さいしょ》からグラスに入っていたのだ。ゲイツはそのグラスを、そのまま冷蔵庫《れいぞうこ》に入れて冷《ひ》やす……。

何かわかりそうな気がした。集中するために、エラリィはハンカチで額《ひたい》の汗《あせ》をぬぐった。それから、なんとなく、手の中の濡《ぬ》れたハンカチを見つめた。

彼《かれ》はとつぜん、立ちあがった。

「あ、そうか！」

店を飛《と》び出すと、エラリイはいくつかの用事をこなした。まず古着屋に入り、ちょっとした買い物をすませた。次に、劇場街《げきじょうがい》に並《なら》ぶビルのひとつに入り、十分ほどたってから再《ふたた》び出てきた。最後《さいご》に公《こう》衆電話《しゅうでんわ》を探《さが》して、電話を一本かけた。

「もしもし、お父さん？　部下を集めてすぐに来てください。この事件《じけん》には、もうひとり殺人犯《さつじんはん》がいたんです」


駆《か》けつけた警視《けいし》は、〈シチリアの風〉の店内に入り、息子とおなじ席《せき》にすわった。

エラリイは謎解《なぞと》きを始めた。

「昨日現場《きのうげんば》を見てまわったとき、奇妙《きみょう》なことに気づいたんです。ファルコの海賊衣装が消えていたんですよ」

エラリイは窓《まど》の外に見える劇場《げきじょう》の看板《かんばん》をゆびさした。いさましい船長姿《せんちょうすがた》のファルコ。フロックコートと、赤いシャツと、黒いズボン。

「楽屋《がくや》には小道具の剣《けん》があり、戸棚《とだな》の中には帽子《ぼうし》と靴《くつ》もしまわれていました。でも、ファルコが舞台《ぶたい》で着ていたはずのシャツ、ズボン、コートは見あたらなかった。だれかが持ち去っていたんです」

「なぜわしに教えなかった？」

「ひねくれ息子だと思われたくなかったのでね」

父親は、やりこめられたように苦笑《くしょう》した。

「つづけてくれ」

「その後、もうひとつの謎《なぞ》が生まれました。オレンジジュースのゆくえです。殺《ころ》された男の楽屋《がくや》から消えたものが、ふたつ。衣装《いしょう》と、ジュース。偶然《ぐうぜん》が重なったとは思えません。何か関連《かんれん》があるはずです。しかしぼくには、その関連《かんれん》がわかりませんでした」

エラリイは水を入れたグラスを手前にひきよせる。

「ひらめいたのはついさっきです。衣装とジュースだと考えるから、だめだったんです。布と液体だと考えるんですよ。つまり……こうです」

エラリイはテーブルにわざと水をこぼし、その上にハンカチをのせた。少し待って、ハンカチを持ち上げる。布《ぬの》が水を吸《す》い、テーブルの上からは水分が消えていた。

「シャツとズボンにオレンジジュースをたっぷり染《し》みこませ、それをぶ厚《あつ》いコートでくるむ。そうすれば、液体をカバンなどにしまうことができます。だれにもばれずにジュースを持ち出すことができるんです」

「ジュースを持ち出すために衣装《いしょう》を利用《りよう》した、ということか？」

「そうです。その人物には、ある事情《じじょう》から、どうしてもオレンジジュースを捨《す》てる必要《ひつよう》があったのです。しかしあの楽屋《がくや》には窓《まど》も排水口《はいすいこう》もなく、ジュースを捨《す》てることができなかった。手でグラスを持って出たら警備員《けいびいん》に見られてしまいますしね。方法《ほうほう》はこれしかなかったんです」

警視《けいし》は眉《まゆ》をよせ、考える。

「オレンジジュースが邪魔《じゃま》なら、その場で飲みほしてしまえばいいじゃないか。なぜ、手のこんだ方法《ほうほう》で持ち出す必要《ひつよう》があるんだ？」
「ファルコは舞台裏《ぶたいうら》ではきらわれ者でした。そしてオレンジジュースは、グラスのまま、冷蔵庫《れいぞうこ》で冷《ひ》やされていた。フタなどはついていません。劇場《げきじょう》の関係者《かんけいしゃ》なら、だれでもジュースに細工することができた」
「まさか――」
「そう、昨日《きのう》のオレンジジュースは毒入りだったんです。その人物はファルコを殺《ころ》すつもりだったんですよ。自分のワナより先にターゲットが殺《ころ》されてしまった、と気づいたとき、そいつは困《こま》ったでしょうね。オレンジジュースは殺人計画《さつじんけいかく》の証拠品《しょうこひん》。処分《しょぶん》しないといけない。でも、毒入《どくい》りジュースを飲むわけにはいかないんですから」
「で、その人物というのは？」

**共作作家《きょうさくさっか》いろいろ**

ダネイとリーのクイーン・コンビは、バーナビー・ロスという筆名でも活動し、元俳優《はいゆう》のドルリー・レーンを主人公とする長篇《ちょうへん》を書いています。クイーンとロスが同一人物であることは、初《はじ》め伏《ふ》せられていました。彼《かれ》らは特殊《とくしゅ》ですが、合作作家は意外に多いのです。

フランスではピエール・ボアロー＆トーマ・ナルスジャックというコンビが長く活躍《かつやく》しました。怪奇小説風《かいきしょうせつふう》の味わいがあるスリラーから、知的《ちてき》な謎解《なぞと》き小説《しょうせつ》まで、多彩《たさい》な作品を書いています。

アメリカのビル・プロンジーニは合作が大好《だいす》きで、いろいろな相手と作品を残《のこ》しています。夫人《ふじん》であるマーシャ・マラーと書いた『ダブル』（1984年）など多数の作品を著しています。

最重要合作《さいじゅうようがっさく》コンビはマイ・シューヴァル＆ペール・ヴァールーでしょう。〈マルティン・ベック〉シリーズを一年に一作ずつ発表し、十冊《じゅっさつ》でスウェーデンの十年間を描《えが》く試《こころ》みに挑戦《ちょうせん》しました。

（杉江松恋《すぎえまつこい》）

警視《けいし》が聞いたとたん、道の向こうで悲鳴があがった。

劇場《げきじょう》の隣《となり》のビルから、劇場《げきじょう》オーナーのレニーが飛《と》び出してくる。あわてふためく男を、待ち受けていた刑事《けいじ》たちが取りおさえた。急な逮捕《たいほ》のようすを、エラリイだけがのんきな顔で見つめていた。

「何か仕組んだのか？　エラリイ」

「レニーがトイレに行っている間に、オフィスにしのびこんで、カバンの中にフロックコートを入れておいたんですよ。古着屋で買った、ファルコの衣装《いしょう》とよく似《に》たやつをね」

警視《けいし》はにやりと笑《わら》った。

「自慢《じまん》のひねくれ息子だよ、おまえは。しかし、なぜレニーだとわかったんだ？」

「簡単《かんたん》な消去法《しょうきょほう》です。まず、衣装《いしょう》を持ち去った人物から考えましょう。ゲイツとハンナさんは、楽屋《がくや》から出るとき荷物を持っていませんでした。なので、衣装《いしょう》を持ち出すことはできません。では、レニーは？　ビジネスマンの彼《かれ》は、隣《となり》のビルにオフィスがあり、『家に帰るついでに楽屋《がくや》に立ち寄《よ》った』と言っていましたね。つまり、カバンを持っていいたはずです。なら、そこに衣装《いしょう》を隠《かく》すことができます」

「そういえば……レニーが契約書《けいやくしょ》を見せたとき、変《へん》だと思ったな。大切な契約書《けいやくしょ》ならふつうカバンにしまうだろうに、ポケットにたたんで入れとるなんて」

「カバンの内側《うちがわ》がジュースで濡《ぬ》れてしまったので、ポケットに入れざるをえなかったのでしょうね」

窓《まど》の外では、レニーを乗せたパトカーが走り去っていく。エラリイは解説《かいせつ》をつづける。

「次に、オレンジジュースを持ち出す必要《ひつよう》のあった人物を考えましょう。ゲイツでは絶対《ぜったい》にないですね。彼《かれ》が毒殺《どくさつ》をくわだてていたなら、わざわざファルコをなぐるわけがない。ハンナさんもちがう。

彼女《かのじょ》はグラスを洗《あら》う係をしていたんですから、オレンジジュースを処分《しょぶん》したいなら、堂々《どうどう》と持ち出せばいいのです。〝ファルコさんが飲み残《のこ》した〟というフリをしてね。したがって、ジュースをこっそり持ち出す必要《ひつよう》があったのもレニーだけ。以上《いじょう》ふたつの論理《ろんり》から、ぼくは、彼《かれ》が毒殺未遂犯《どくさつみすいはん》だと結論《けつろん》づけたのです」

「レニーは公演後《こうえんご》、三十分待ってから楽屋《がくや》を訪《たず》ねた……。ファルコが毒入《どくい》りジュースで死んだかどうか、確《たし》かめようとしたんだな。ところが、べつの殺《ころ》され方をしていて、ジュースは丸ごと残《のこ》っていた。あせったレニーは衣装《いしょう》にひたすことでジュースを持ち出し、家に帰ってからそれを処分《しょぶん》した……」

「そういうことです」

エラリイは地中海《ちちゅうかい》のビーチにでも来たように、ゆったりと足を組んだ。

「証明終了《Q・E・D》。さあお父さん、オレンジジュースを注文してあります。一緒《いっしょ》に乾杯《かんぱい》しましょう」

 

## 編《へん》著《ちょ》者《しゃ》のおすすめ本5

# 『災厄《さいやく》の町〔新訳版《しんやくばん》〕』

（ハヤカワ・ミステリ文庫）

**エラリイ・クイーン／越前敏弥《えちぜんとしや》 訳《やく》**

推理《すいり》で奇跡《きせき》が起きるのを見た。

〈国名〉シリーズ第三作の『オランダ靴《ぐつ》の秘密《ひみつ》』を初《はじ》めて読んだときは、本気でそう思ったものです。病院の手術台《しゅじゅつだい》で、絞殺《こうさつ》された患者《かんじゃ》の死体が発見されるという衝撃的《しょうげきてき》な場面から始まるこの小説《しょうせつ》では、最後《さいご》にクイーンがわずかな手がかりから壮大《そうだい》な推理《すいり》を組み立てます。読者がクイーン父子と一緒《いっしょ》になってそれまでの捜査《そうさ》を振《ふ》り返ることができる「間奏曲《かんそうきょく》」の章が置《お》かれているなど、フェアプレイに徹《てつ》した構造《こうぞう》になっている一冊《いっさつ》です。

同じ〈国名〉シリーズでも『シャム双生児《そうせいじ》の秘密《ひみつ》』は、クイーン父子が山火事の只中《ただなか》に取り残《のこ》された状態《じょうたい》で殺人事件《さつじんじけん》の謎《なぞ》を解《と》くという物語で、ただならぬスリルの盛《も》り上がりがあります。これも手がかりの出し方が見事。

『災厄《さいやく》の町』は殺人事件《さつじんじけん》の顛末《てんまつ》だけではなく、関係者《かんけいしや》の悲喜劇《ひきげき》をも描《えが》き出した読み応《ごた》えある作品で、ここからクイーンは架空《かくう》の町ライツヴィルへの傾倒《けいとう》を始めました。　（杉江松恋《すぎえまつこい》）

# ミステリをもっと楽しむ豆知識《まめちしき》

## 読者への挑戦《ちょうせん》

小説《しょうせつ》の中に入ってくる異質《いしつ》なもの。

物語の進行中に、ふっとそれが途切《とぎ》れて何か違《ちが》うものが挿入《そうにゅう》されることがあります。最《もっと》も楽しい中断《ちゅうだん》は、エラリイ・クイーンが始めた〈読者への挑戦《ちょうせん》〉でしょう。

物語が大詰《おおづ》めを迎《むか》えたところで突如《とつじょ》それは行われます。〈国名〉シリーズ第一作『ローマ帽子《ぼうし》の秘密《ひみつ》』（ハヤカワ・ミステリ文庫）の「幕間《まくあい》」でクイーンは宣言《せんげん》します。「鋭敏《えいびん》な頭脳《ずのう》に恵《めぐ》まれた推理《すいり》小説《しょうせつ》の愛好家《あいこうか》諸氏《しょし》は、本篇《ほんぺん》の謎《なぞ》の解明《かいめい》に必要《ひつよう》な一切の事実を知らされた」、だから頭を使って考えてごらん、と。

これとは少し違《ちが》いますが、突然《とつぜん》登場人物が読者の方を向いてしゃべり始めることがあります。ジョン・ディクスン・カー『三つの棺《ひつぎ》』（ハヤカワ・ミステリ文庫）には前にも書いたとおり「密室講義《みっしつこうぎ》」という章があります。この中でギディオン・フェル博士《はかせ》は、自分が探偵小説《たんていしょうせつ》を論《ろん》じるのは「われわれは探偵小説《たんていしょうせつ》の中にいるから」だと断言《だんげん》します。読んでいる最中《さいちゅう》は小説《しょうせつ》内の世界こそが現実《げんじつ》ですが、そうではなくてこっちは虚構《きょこう》なんだぞ、と突然《とつぜん》告《つ》げられるのです。新鮮《しんせん》な体験《たいけん》でした。

異質《いしつ》なものと言えば、フリーマン・ウィルス・クロフツ『ホッグス・バックの怪事件《かいじけん》』（創元推理《そうげんすいり》文庫）も忘《わす》れられません。この小説《しょうせつ》では解決篇《かいけつへん》で六十四もの手がかりがあったことが明らかにされ、それがどのページに置《お》かれていたかがすべて註　釈《ちゅうしやく》で示《しめ》されるのです。まるでテストの答え合わせのよう。　（杉江松恋《すぎえまつこい》）

## ガイド 第5回 どんでん返しとは何でしょうか。

杉江《すぎえ》松恋《まつこい》

この言葉自体は、芝居《しばい》の歌舞伎《かぶき》から来ています。舞台《ぶたい》を別《べつ》の情景《じょうけい》に早変《はやが》わりさせるために、そこにあるものを回したり、ひっくり返したりする仕掛《しか》けのことです。世界が一変《いっぺん》して見えるための装置《そうち》と定義《ていぎ》しておきましょうか。

何度も繰《く》り返しているように、謎《なぞ》の興味《きょうみ》で読者を引き付《つ》けていくものがミステリの物語です。物語を構成《こうせい》する骨組《ほねぐ》み、あるいは設計図《せっけいず》のようなものをプロットと呼《よ》びます。ミステリにもプロット類型《るいけい》がいくつか存在《そんざい》しますが、それらを簡略化《かんりゃくか》するとこうなります。

「AかとおもったらBだった」

Aは思い込《こ》みや印象《いんしょう》、つまり物語の表面に現《あらわ》れた情報《じょうほう》だけを元に判断《はんだん》したものです。話が進行していくにしたがって情報《じょうほう》は深化《しんか》、あるいは虚偽《きょぎ》が判明《はんめい》して隠《かく》されていたことが明らかになっていきます。その結果《けっか》判明《はんめい》した事実がB、真相です。

最後《さいご》に真相が明らかになるというだけでしたら、ほとんどの物語がそうだと言えます。人生の真理、歴史上《れきしじょう》の事件《じけん》が起きた原因《げんいん》、恋愛《れんあい》の相手が本当に好《す》きだった人は誰《だれ》か、そういったものが明らかになって物語の幕《まく》が下りるという形は一般的《いっぱんてき》です。

しかしミステリには推理《すいり》という無視《むし》できない要素《ようそ》があります。真相はただ明らかになるのではなくて、推理《すいり》によって導《みちび》かれるのです。探偵役《たんていやく》が不在《ふざい》のミステリでも、何が原因《げんいん》でそういう結果《けっか》になったか、ということは明らかにされることが普通《ふつう》です。AではなくてBでした、と言われたとき読者が納《なっ》得《とく》できることがミステリにおいては重要《じゅうよう》だからです。

クイズとミステリの物語との違《ちが》いについて何回か触《ふ》れています。最大《さいだい》の違《ちが》いは、ミステリの物語は、読む、という行為《こうい》があって初《はじ》めて成立《せいりつ》するということでした。「Aかと思ったら、Bだった」、というプロットはまさにそのことを表しています。ここで大事なのは「かと思ったら」の部分です。「A」という思い込《こ》みを作らせるためには、納得《なっとく》のいく書き方でそれを刷《す》り込《こ》まなければなりません。物語の仕込《しこ》み、つまり伏線《ふくせん》がミステリのプロットには重要《じゅうよう》な意味を持つということです。

〈最後の一撃《フィニッシング・ストローク》〉という言葉があります。文字通り最後《さいご》、小説《しょうせつ》で言えば最後《さいご》の一行にそれまでの物語をひっくり返してしまうようなことが書かれているのです。そこで物語は終わってしまいますから、いつまでも消えない印象《いんしょう》が読者の中には残《のこ》ります。Aかと思っていた物語がBになった瞬間《しゅんかん》に世界は終わるのです。

この〈最後《さいご》の一撃《いちげき》〉ミステリとしてよく言及《げんきゅう》されるのが、ビル・S・バリンジャー『赤毛の男の妻《つま》』（創元推理文庫《そうげんすいりぶんこ》）という作品です。バリンジャーは「Aかと思ったら、Bだった」の図式を効果《こうか》的《てき》に用いる作家ですが、読んでみるとこの作品にはそれほど際立《きわだ》った驚《おどろ》きがないように感じます。逃《とう》亡《ぼう》する殺人犯《さつじんはん》とそれを追う刑事《けいじ》、二つの視点《してん》が交互《こうご》に書かれる形で物語は進んでいきます。どこかで二つの線は交差《こうさ》するでしょうから、緊迫感《きんぱくかん》は高まっていくのですが、スリラーの手法《しゅほう》としてはごくありきたりなものです。

物語の、真のクライマックスは意外極《きわ》まりない時点で訪《おとず》れます。事件《じけん》が解決《かいけつ》し、すべてが収《おさ》まるところに収《おさ》まったように見えたとき、登場人物《とうじょうじんぶつ》の一人が自分へのある問いに答えて言葉を発します。幕《まく》切《ぎ》れの一言です。あまりにも無造作《むぞうさ》に、さらりと書かれているので読み飛《と》ばしてしまいそうになりますが、これは非常《ひじょう》に重い一言です。それまでの物語の見え方が、がらりと変わってしまうのですから。反転の意味を受け止め損《そこ》なう読者も出てくると思いますが、刺《さ》さる人には刺《さ》さる。そういう種類《しゅるい》のどんでん返し小説《しょうせつ》でしょう。

一般的《いっぱんてき》に、引っくり返しは最後《さいご》の方にあればあるほど珍重《ちんちょう》される傾向《けいこう》にあります。残《のこ》りページが少なくなったときにそれが起きる方が、切れ味鮮《あざ》やかな印象《いんしょう》があるからでしょう。ただ、後であればいいというものでもないと思います。

私《わたし》がこれまで読んでもっとも感銘《かんめい》を受けたどんでん返しは、ニック・ハーカウェイ『世界が終わってしまったあとの世界で』（ハヤカワ文庫NV）で訪《おとず》れました。

これはSFミステリに分類《ぶんるい》される作品で、最終戦争《さいしゅうせんそう》が起きて人類《じんるい》の文明がほぼ崩壊《ほうかい》してしまった後の世界が舞台《ぶたい》です。主人公の〈ぼく〉は親友と共《とも》にトラブルシューターのようなことをしています。ある日彼《かれ》らは危険《きけん》な仕事を請け負《う》います。結果《けっか》次第では残《のこ》された人類《じんるい》が危機《きき》に瀕《ひん》するほどに重要《じゅうよう》で、かつ死と隣《とな》り合わせの困難《こんなん》なものです。この任務《にんむ》が無事《ぶじ》に済《す》むかどうかという冒険小説《ぼうけんしょうせつ》かと思いきや、物語の中間点くらいで「AかとB思ったらB」の瞬間《しゅんかん》が訪《おとず》れるのです。

その箇所《かしょ》を最初《さいしょ》に読んだとき、何が起きたのかが一瞬理解《いっしゅんりかい》できませんでした。〈ぼく〉も同様で、何かの間違《まちが》いではないかと現実《げんじつ》を拒否《きょひ》し続《つづ》けます。しかし、どのようにありそうになくても他の解《かい》を排除《はいじょ》すれば真相はそれしかないのだ、と物語は最終宣告《さいしゅうせんこく》を突《つ》きつけてきます。もう、受け入れるしかない。

この小説《しょうせつ》のすごいところは、この時点でまだ物語の中間点であることです。「AではなくてB」になってしまった後の世界をどう生きればいいのか。その問いに〈ぼく〉は長い長い時間をかけて答えを出します。だからこそ待ち受ける大団円《だいだんえん》が盛《も》り上がるのです。

このように「AではなくてB」のプロットがどのように用いられているかということに注目していくことで、ミステリをさらに楽しむことができます。ここまで見てきたミステリの定型《ていけい》は、事件《じけん》が起き、それを探偵《たんてい》が推理《すいり》して、真相を解《と》き明かす、というものでした。実は、その順番《じゅんばん》で書かれていないミステリはたくさんあります。探偵《たんてい》が推理《すいり》するという形式のミステリは、多くの読者に好《この》まれる類型《るいけい》ですが作品の一部のパターンに過《す》ぎないのです。

前章で言及《げんきゅう》したフリーマン・ウィルス・クロフツの『クロイドン発12時30分』という長篇《ちょうへん》は、〈倒叙《とうじょ》〉ミステリの名作としても知られます。〈倒叙《とうじょ》〉という言葉は一般的《いっぱんてき》な辞書《じしょ》には載《の》っていないミステリ用語です。叙述《じょじゅつ》が倒《たお》れている、つまり探偵《たんてい》が犯人《はんにん》を探《さが》し当てることがミステリの一般的《いっぱんてき》な形だとすれば、逆《ぎゃく》に犯人《はんにん》が最初《さいしょ》からわかっていて探偵《たんてい》からいかに逃《のが》れるかが主な関心《かんしん》となる作品ということです。発案者《はつあんしゃ》と言われるのはR・オースティン・フリーマンで、ソーンダイク博士《はかせ》という探偵《たんてい》を主人公にした連作短篇集《れんさくたんぺんしゅう》『歌う白骨《はっこつ》』（嶋中《しまなか》文庫他）所収《しょしゅう》の各篇《かくへん》で、この技法《ぎほう》を初《はじ》めて用いました。

犯人《はんにん》たちは、天才的《てき》な計画を立てて実行します。その推移《すいい》を描《えが》くのが前半部、後半にソーンダイク博士《はかせ》が登場《とうじょう》し、トリックを見抜《ぬ》いて犯人《はんにん》を突《つ》き止めるという展開《てんかい》です。ここでも「AではなくてB」の公式が使われています。犯人《はんにん》たちの計画は完璧《かんぺき》「かと思ったら」探偵《たんてい》がそれを崩《くず》してしまった、というわけです。前半に書かれた犯行計画《はんこうけいかく》が緻密《ちみつ》であればあるほど、後半の驚《おどろ》きは大きくなるという仕《し》掛《か》けです。

フリーマン以降《いこう》、現代《げんだい》に至《いた》るまで多数の倒叙《とうじょ》ミステリが書かれています。犯罪者《はんざいしゃ》が主人公となる、一般的《いっぱんてき》な犯罪小説《はんざいしょうせつ》と倒叙《とうじょ》ミステリが一線を画すのは、犯行計画《はんこうけいかく》が崩《くず》されていく過程《かてい》を論理的《ろんりてき》に示《しめ》すという、探偵《たんてい》の推理《すいり》に当たる箇所《かしょ》が含《ふく》まれていることです。逆《ぎゃく》に言えば、その要素《ようそ》があれば一見ミステリ要素《ようそ》が薄《うす》いように思える作品でも謎《なぞ》解き小説《しょうせつ》に通じるような味が期待できる、ということになります。

リチャード・ハルというイギリス作家に『伯母《おば》殺《ごろ》し』（ハヤカワ・ミステリ文庫他）という長篇《ちょうへん》があります。伯母《おば》の遺産《いさん》を狙《ねら》って甥《おい》が彼女《かのじょ》の殺害《さつがい》計画を立てるが、なかなか上手くいかずに何度も失敗《しっぱい》し、という倒叙《とうじょ》ミステリです。まったく外見が違《ちが》うのが、SF・ファンタジー作家でもあるジャック・フィニイの『五人対賭博場《とばくじょう》』（ハヤカワ・ミステリ文庫）で、普通《ふつう》は倒叙《とうじょ》ミステリと呼《よ》ばれることはなく、犯罪小説《はんざいしょうせつ》に分類《ぶんるい》されます。五人の大学生がカジノを襲撃《しゅうげき》して売上金を奪《うば》おうとする話で、犯《はん》行計画《こうけいかく》が銃撃《じゅうげき》などの暴力《ぼうりょく》ではなく、できるだけ死者の出ないような知的《ちてき》な手段《しゅだん》で考えられている点に特色《とくしょく》があります。『伯母《おば》殺《ごろ》し』の甥《おい》による殺人《さつじん》と、『五人対賭博場《とばくじょう》』のカジノ襲撃《しゅうげき》、まったく毛色が違《ちが》うのに、その構造《こうぞう》には共通項《きょうつうこう》があります。彼《かれ》らの計画が成功《せいこう》するにせよ失敗《しっぱい》するにせよ、それは結《けつ》末《まつ》でいきなり決まるのではなく、序盤《じょばん》からそこまでの展開《てんかい》の中に伏線《ふくせん》がすべて埋《う》め込《こ》まれているという点です。倒叙《とうじょ》ものに通じる興趣《きょうしゅ》が、いわゆる犯罪小説《はんざいしょうせつ》でも感じられることがあるのです。

もう少し倒叙《とうじょ》ミステリの話を続《つづ》けます。さまざまな作品の中でもっとも有名なものは、実は小説《しょうせつ》ではなくテレビドラマでした。ピーター・フォーク演《えん》じるロサンゼルス市警《しけい》の冴《さ》えない中年男の刑事《けいじ》を主人公とする〈刑事《けいじ》コロンボ〉シリーズです。リチャード・レビンソンとウィリアム・リンクという二人の脚本家《きゃくほんか》が手掛《てが》け、長年続《つづ》く人気作品に育て上げました。三谷幸喜《みたにこうき》がコロンボのキャラクターを意識《いしき》した〈古畑任三郎《ふるはたにんざぶろう》〉シリーズを書くなど、影響《えいきょう》を受けた作品が多数あります。

コロンボの特徴《とくちょう》は一見すると知性《ちせい》のかけらもない男に見えることです。毎回登場《とうじょう》する犯人《はんにん》たちはエリート揃《そろ》いで、そんなコロンボを見下します。ですが、実はコロンボの中には見かけによらない知性《ちせい》が隠《かく》されており、そうした相手の油断《ゆだん》を衝《つ》いて真相を暴《あば》き出すのです。ここでもまた「AではなくてB」の図式。コロンボは愚《おろ》か者「かと思ったら」実は天才的《てんさいてき》な探偵《たんてい》だった、というわけですね。それが倒叙《とうじょ》形式の謎解《なぞと》きとうまく組み合わせられています。

テレビシリーズなので回によって出来不出来《できふでき》の違《ちが》いもありますが、どれか一つを、ということになったら多くのファンが挙《あ》げるのが「二枚《にまい》のドガの絵」でしょう。倒叙《とうじょ》ものであると同時に〈最後《さいご》の一《いち》撃《げき》〉ミステリでもあって痺《しび》れる名作です。

ミステリの語りにはまだまだ多様なものがあります。その一つが法廷《ほうてい》ミステリです。法律《ほうりつ》に則《のっと》って人を裁《さば》く場所が法廷《ほうてい》です。法廷《ほうてい》では、謎《なぞ》が解《と》かれるだけではありません。提出《ていしゅつ》された証拠《しょうこ》に基《もと》づいてそれが真実かどうかという判断《はんだん》が下されるのです。探偵《たんてい》の推理《すいり》がいかに真実に近く見えても、証拠《しょうこ》が伴《ともな》わなければ却下《きゃっか》されます。逆《ぎゃく》に、絶対犯人《ぜったいはんにん》にしか見えない人物であっても、証拠《しょうこ》がなければ無罪《むざい》とされるのです。

この厳格《げんかく》さが法廷《ほうてい》ミステリの真価《しんか》です。真相を示《しめ》して正しい、というだけではなく、法廷《ほうてい》では、探《たん》偵《てい》以外《いがい》の人間を同意させられるだけの説得力《せっとくりょく》が必要《ひつよう》になります。法廷《ほうてい》までも視野《しや》に入れた探偵《たんてい》は、どうすれば謎《なぞ》を解《と》けるか、ということだけではなく、いかに証拠《しょうこ》を揃《そろ》えられるか、という点にも注意しなければなりません。苦労《くろう》の分だけ、物語も充実《じゅうじつ》します。

不可能犯罪《ふかのうはんざい》の帝王《ていおう》と呼《よ》ばれるジョン・ディクスン・カーに、カーター・ディクスン名義《めいぎ》で書かれた

『ユダの窓《まど》』（ハヤカワ・ミステリ文庫）という長篇《ちょうへん》があります。ある青年が殺人事件《さつじんじけん》の被告《ひこく》として裁《さば》かれることから始まる作品です。彼《かれ》はある日、訪問先《ほうもんさき》の家で睡眠薬《すいみんやく》を盛《も》られて眠《ねむ》ってしまい、目覚《めざ》めて自分のそばに矢で殺《ころ》された男の死体があることに気づきました。部屋は内側《うちがわ》から施錠《せじょう》された密室《みっしつ》状態《じょうたい》で、部屋には死体と自分だけしかいない。どう見ても彼《かれ》が犯人《はんにん》としか思えない絶体絶命《ぜったいぜつめい》の状況《じょうきょう》です。

名探偵《めいたんてい》のヘンリ・メルヴェール卿《きょう》が青年の弁護《べんご》を引き受け、物語はほぼ法廷《ほうてい》内で展開《てんかい》していきます。密室《みっしつ》トリックももちろん優《すぐ》れているのですが、本作最大《さいだい》の特長《とくちょう》は緊迫《きんぱく》した法廷《ほうてい》場面にあります。次々に話される証言《しょうげん》や出される証拠《しょうこ》は、青年にとって不利《ふり》なものばかりのように見えます。法廷《ほうてい》という場なので、すべての証拠《しょうこ》はわかりやすい形で提示《ていじ》され、しかも反対尋問《はんたいじんもん》の形であらゆる可能性《かのうせい》が突《つ》き詰められます。そうした形で開陳《かいちん》された情報《じょうほう》のすべてが青年にとって不利《ふり》「かと思ったら」実は、という逆転《ぎゃくてん》が小説《しょうせつ》のクライマックスには準備《じゅんび》されています。法廷《ほうてい》ミステリという形式を十二分に生かした語りで、本作をカー＝ディクスンの最高傑作《さいこうけっさく》に挙《あ》げる人が多いのも当然のことでしょう。

もう一つ、ミステリならではのおもしろい小説《しょうせつ》形式を紹介《しょうかい》しましょう。イギリスのアントニー・バークリーは、知的《ちてき》な企《たくら》みに満《み》ちた作品を多く手掛《てが》けた書き手で、多くのファンがいます。そのバークリーの数ある代表作の一つが、長篇《ちょうへん》『毒入《どくい》りチョコレート事件《じけん》』（創元推理《そうげんすいり》文庫他）です。

題名通り、毒殺事件《どくさつじけん》を扱《あつか》った物語で、製菓《せいか》会社からある男に試供品《しきょうひん》のチョコレートが送られてくることから話は始まります。それを箱ごともらった男が妻《つま》と一緒《いっしょ》に食べたところ、中に毒《どく》が仕込《しこ》まれていました。妻《つま》は死亡《しぼう》、男の方は一命《いちめい》をとりとめます。

この事件《じけん》に興味《きょうみ》を持ったのがしろうと探偵《たんてい》のロジャー・シェリンガムでした。彼《かれ》は事件《じけん》を種《たね》に知的《ちてき》競技《きょうぎ》をしようと考えます。シェリンガムは同じしろうと探偵仲間《たんていなかま》と〈犯罪研究会《はんざい》〉という集まりを持っているのですが、メンバーがそれぞれ推理《すいり》を働《はたら》かせ、真相を解《と》き明かそうということになるのです。当然《とうぜん》ですが、探偵《たんてい》が複数《ふくすう》いますから推理《すいり》も複数披露《ふくすうひろう》されます。前の推理《すいり》を後の探偵《たんてい》は否定《ひてい》して自説《じせつ》を述《の》べますから、そのたびごとに逆転《ぎゃくてん》が起きるということになります。この長篇《ちょうへん》には「偶然《ぐうぜん》の審判《しんぱん》」という短篇《たんぺん》バージョンもありますが（『世界短編推理傑作集《せかいたんぺんすいりけっさくしゅう》3』創元推理《そうげんすいり》文庫他）、両作で結末《けつまつ》が違《ちが》います。つまり複数《ふくすう》の推理《すいり》のどれが正しいか、という点が異《こと》なるのです。

バークリーが始祖《しそ》と言ってもいい、こうした逆転《ぎゃくてん》形式のものを〈多重解決《たじゅうかいけつ》ミステリ〉と呼《よ》んでいます。多重解決《たじゅうかいけつ》ものの魅力《みりょく》は、次々に推理《すいり》が覆《くつがえ》されていき、真相とされる結論《けつろん》に行き着くまで議論《ぎろん》が研《と》ぎ澄《す》まされていく点にあります。ですが、プロットとしての面白さはやはり「Aかと思ったらB」、つまり前の推理《すいり》ではAだと解釈《かいしゃく》されていた証拠《しょうこ》が、次にはBだと言われる、その逆転《ぎゃくてん》が繰《く》り返される点にあると言えます。推理《すいり》は、ひっくり返されるからこそ楽しい。

何度も言うようにミステリのプロットとは「AではなくてB」ですから、どんでん返しがあることは当たり前のことです。そこで驚《おどろ》くだけではもったいない。どんでん返しをいかに作者が仕掛《しか》けたか。つまり「B」ではなくて「Aかと思ったら」の部分がどのように作られているかに注目すると、ミステリはもっともっと楽しめるのです。素敵《すてき》な逆転《ぎゃくてん》を。

# どんでん返しって何？

作：川浪《かわなみ》いずみ

ミステリのどんでん返しは
単《たん》にひっくり返せばいい
というものではない
はいっ
ぼくどんでん返しは
得意《とくい》です
ほう
ではやってみたまえ
ゴロン！
はい
こうですかっ
こうですかっ
ゴロゴロゴロ
こうですかっ
助手よ　それは
でんぐり返しだ……
こうですか〜

オムレツは知っていた
阿《あ》津《つ》川《かわ》辰《たつ》海《み》

### ネロ・ウルフ

ネロ・ウルフは、変人型探偵《へんじんがたたんてい》の代表です。出身はヨーロッパのモンテネグロで、体重が約《やく》七分の一トンもあります。そのためか不要《ふよう》な外出を拒《こば》み、ニューヨークのマンハッタン西35丁目にある住居兼事務所《じゆうきよけんじむしよ》の、褐色砂岩《かつしよくさがん》の建物《たてもの》に閉《と》じこもっています。警察《けいさつ》の呼《よ》び出しにも応《おう》じないほどの徹底《てつてい》ぶり。外での調査《ちようさ》は、助手であるアーチー・グッドウィンが引き受けるのです。徹底《てつてい》した〈安楽椅子探偵《あんらくいすたんてい》〉かつ、権力《けんりよく》に従《したが》うことを何より嫌《きら》う自由人です。

ウルフは徹底《てつてい》した美食家で、どんな難事件《なんじけん》に関《かか》わっているときでも食事をおろそかにすることはありません。フリッツ・ブレナーという一流の料理人《りようりにん》を雇《やと》っており、彼《かれ》が作る料理《りようり》を食べることが何より大事なのです。建物《たてもの》の屋上には膨大《ぼうだい》な品種《ひんしゆ》の蘭《らん》を栽培《さいばい》する温室があり、セオドア・ホルストマンという専属《せんぞく》の庭師《にわし》がその世話をしています。

産《う》みの親はレックス・スタウト。『毒蛇《どくへび》』（1934年）で初登場《はつとうじよう》しました。　（杉江松恋《すぎえまつこい》）

# 0

われらが名探偵《めいたんてい》と同じく、ぼくは金にならないことはしたくない。原稿《げんこう》に関《かん》しても同じことだ。この事件《じけん》については、出版《しゅっぱん》出来る見込《みこ》みもないから、今まで書いてこなかった。

この事件《じけん》には三人のコックが関《かか》わっている。名前を聞けば、読者もすぐに分かるであろう、有名な人も含《ふく》まれる（出版《しゅっぱん》される見込《みこ》みもないんだから、この「読者」という呼《よ》びかけは虚《むな》しいかもしれないけれど）。

その人にぼくは命じられたのだ。この事件《じけん》は、いつものお前の記録《きろく》のように、表に出さないようにって。ぼくとしても、変《へん》な訴訟《そしょう》なんて起こされたくなかったし、労働《ろうどう》に対しては既《すで》に充分《じゅうぶん》な依頼料《いらいりょう》を受け取っているので、別《べつ》に、書こうとも思わなかった。

でも、考えてみれば、あれは結構面白《けっこうおもしろ》い事件《じけん》だった。われらが名探偵《めいたんてい》は、完全《かんぜん》に趣味《しゅみ》の延長線上《えんちょうせんじょう》で、犯人《はんにん》を見破《みやぶ》ってしまったのだから。

そこで、あの事件《じけん》について、簡単《かんたん》な草稿《そうこう》を残《のこ》しておこうと思う。ぼくや名探偵《めいたんてい》、そしてお抱《かか》えコックの名前を出さずに、かつ、三人のコックの名前を仮《かり》の名前にしてあるのは、万が一この草稿《そうこう》が見つかってしまっても、訴訟《そしょう》を起こされないようにするためだ。

# 1

「本気なんですか？　それって」

探偵事務所《たんていじむしょ》お抱《かか》えのコックは、目を丸くして言った。

「事務所《じむしょ》を開いてからこの方、あの人が本気じゃなかったことなんて一度もないよ」

ぼくは苦渋《くじゅう》の思いでそう告《つ》げざるを得《え》なかった。第一、冗談《じょうだん》ならばどんなにいいか、なんてことは、ぼくだって百回は考えたのだ。

ただ、ぼくらの名探偵《めいたんてい》は、一度言い出したら聞かないのだ。多くの奇癖《きへき》を持ち、傲慢《ごうまん》で、自信《じしん》に満《み》ちている。しかし、推理《すいり》の力は抜群《ばつぐん》だ。探偵《たんてい》として問題があるとすれば、よほどのことがない限《かぎ》り、一歩も部屋から出たがらないことだが（フラワーショーだとか、名料理長《めいりょうりちょう》たちの料理《りょうり》を食べに行くためだとか、「よほどのこと」があれば外出はする）、そこはぼくがカバーしている。名探偵《めいたんてい》の目の前に証人《しょうにん》を連《つ》れてきたり、ぼくが証人《しょうにん》の方へ出向けばいい、というわけだ。

そう、料理《りょうり》を食べに行く——ということはある。これまでもあった。

ただ、事務所《じむしょ》に他のコックを引《ひ》き込《こ》もうなんてことは、考えられなかった。

「私《わたし》の料理《りょうり》のせいなんですか？」コックの鼻の頭にギュッとしわが寄《よ》った。「怒《おこ》らせるようなことをしたつもりはないんだが」

前に一度、「あの人」の命令《めいれい》に背《そむ》いて料理《りょうり》をアレンジし、こっぴどく叱《しか》られたことがある。そのことを言っているのだろう。

「ううん、違《ちが》うんだ。今回のことは、君は一切悪くない」

「じゃあ、なんだっていうんです!」コックは机《つくえ》をバン、と叩《たた》いた。「どうして、このキッチンを他のコックに使わせなきゃいけないんだ!」

「犯人《はんにん》を見つけ出すためなんだよ」ぼくは言った。「あの人は、おきまりの探偵法《たんていほう》を使うつもりなのさ。みんなを集めて、一席《いっせき》ぶって、心理的《しんりてき》に追《お》い詰《つ》めていくんだよ」

「いつも通り、事務所《じむしょ》でやればすむことでしょう」

「それが、今回はどうしても、キッチンが必要《ひつよう》だというんだ」

「最高級《さいこうきゅう》の鴨《かも》が入ったんですよ!」

それはぼくにはどうしようもない。

「直接文句《ちょくせつもんく》を言ってやる!」

「今は植物室にいるよ。乗《の》り込《こ》んでいったら、どんなに怒《おこ》るか知っているだろう?」

名探偵《めいたんてい》には美食以外《いがい》にもう一つ奇癖《きへき》がある。一万株《かぶ》を超《こ》える蘭《らん》の収集家《しゅうしゅうか》なのだ。この事務所《じむしょ》の階上には植物室があり、彼《かれ》は一日二回、午前九時から十一時と、午後四時から六時まで、この部屋の中に籠《こ》もりっきりになる。どんな客も取り次げない時間帯《じかんたい》だ。

今は十時半だった。ぼくとしては、こんなにも頭にきているコックを相手に、三十分も粘《ねば》れる気がしなかった。

コックはなおも不満《ふまん》そうにぼくを睨《にら》みつけながら、「そうですか。それじゃ、映画《えいが》でも見てくることにしますよ」と言って、勢《いきお》いよく扉《とびら》を閉《し》めた。ぼくはため息をつく。いつだって、貧乏《びんぼう》くじを引くのは下につく人間なのだ。

ドアベルが鳴る。

お客の到着《とうちゃく》だ。

ぼくは三人の客人を事務所《じむしょ》に通した。

## 2

「来いと言われたから来たのに、まだ取り次げないとはどういうことだ？」

アランはそのまま殴《なぐ》りかかってくるような剣幕《けんまく》で言った。体格《たいかく》の良《よ》い男で、殴《なぐ》り倒《たお》すのは苦労《くろう》しそうだが、ぼくにかかれば大した脅威《きょうい》でもない。地元で人気の料理店《りょうりてん》の料理長《りょうりちょう》である。

「知ってますよ。蘭《らん》を育てているんでしょう。私《わたし》も興味《きょうみ》があります。見に行ってもいいでしょうかねえ」

バーデンという二人目のコックは、椅子《いす》にかけ、にこにこと微笑《ほほえ》んでいる。扱《あつか》いやすいタイプにも見えるが、油断《ゆだん》してはいけない。エスニック料理店《りょうりてん》の店主である。

「やめておきましょうよ、バーデンさん。あの人はよっぽど気難《きむずか》しいって評判《ひょうばん》だ。追い出されるのがオチですよ。ねえ？」

三人目のコック、チャーリーはニヤリとしたり顔をして、ぼくに目配せしてきた。キザな感じの男である。フランス料理店《りょうりてん》で料理長《りょうりちょう》を務《つと》めている。

読者は今、ぼくの仮名付《かりなづ》けの安直さを笑《わら》っているだろうけど、仮名《かめい》なんてのは、覚《おぼ》えやすいに越《こ》したことはない。それぞれの頭文字《かしら》をA、B、Cにしてある。名前が手掛《てが》かりになっている事件《じけん》ではないのだから、これが最《もっと》も分かりやすい。

彼《かれ》らとは十一時に約束《やくそく》をしていたのだが、三人とも連《つ》れ立《だ》って、少し早く着いてしまったのだ。そのせいで、ぼくは困《こま》っていた。十一時に名探偵《めいたんてい》が降《お》りてくるまで、客をもてなすのは、ぼくの仕事なのだ。

おまけに、名探偵《めいたんてい》は自分が椅子《いす》に座《すわ》る瞬間《しゅんかん》をよほど人に見せたくないと見えて、自分が事務所《じむしょ》の椅《い》子《す》に腰《こし》かけてからしか、入室を認《みと》めない。ウルフが部屋に入る、座《すわ》る、ベルで呼《よ》ばれる、ぼくらが入る。きっかり、この順番《じゅんばん》だ。

ぼくは持ち前の手腕《しゅわん》を発揮《はっき》し、三人の客をなだめすかし、もてなした。ようやく三人を伴《ともな》って部屋《へや》に入ると、名探偵《めいたんてい》はもう自分の椅子《いす》に収《おさ》まっていた。名探偵《めいたんてい》の体重に耐《た》えかねて、ギッ、と椅子《いす》が悲鳴をあげる。

彼《かれ》の前には客用の椅子《いす》が複数並《ふくすうなら》んでいる。一つだけ、赤革《あかがわ》の椅子《いす》があり、チャーリーはためらうことなくそこに座《すわ》った。

ぼくもいつもの椅子《いす》にかけ、ノートを広げる。会見の内容《ないよう》を書き留《と》めておくのは、ぼくの仕事なのだ。

「あなたがバーデンさん？」

名探偵《めいたんてい》はバーデンを見つめながら言った。

「はい。どうぞよろしく」

「あなたがチャーリーさんですね」

「ええ。以後《いご》、お見知りおきを」

アランたち三人はぼくとは会っているが、名探偵氏《めいたんていし》と会うのは今日が初《はじ》めてである。ぼくの報告《ほうこく》の中に登場する三人だから、彼《かれ》もそれぞれの特徴《とくちょう》と名前は頭に入っている。

「あなたね、一体どういうつもりなんです」アランはなおも怒《おこ》っていた。「こっちは仕事を休んで来ているんですよ」

「アランさんですね」

初対面《しょたいめん》で名前を言い当てたからと言って、驚《おどろ》くには値《あたい》しない。三ひく二は一。当たり前の真理だ。

「どうぞ、おかけください」

名探偵《めいたんてい》はほんのわずかに眉根《まゆね》を寄《よ》せた。今日はよく表情《ひょうじょう》が動くじゃないか、とぼくは感心した。彼《かれ》にしては、これでも動いているほうなのだ。

「しかしね、私《わたし》だって仕事を休んで来ているわけですよ。第一、話を聞きたいというなら、あんたがうちの店に来るのが筋《すじ》でしょう」

「私《わたし》はそういうことをしません。事務所《じむしょ》に来てもらって私《わたし》が話を聞くか、あなたの店で彼《かれ》が話を聞くかです」

名探偵《めいたんてい》はそう言いながら、ぼくに軽く視線《しせん》をやる。なんてことだ。今日はよく動いている。これなら、ぼくのことを指さすぐらいのことは期待出来るかもしれない。

「なんて男だ！」

アランは吐《は》き捨《す》てる。

「しかし、現《げん》にあなたは来たではありませんか。さ、おかけなさい」

アランはなおも腹立《はらだ》ちが収《おさ》まらない様子で、どかっと腰《こし》を下ろした。

「飲み物はいかがかね？」

彼《かれ》はどんな話をする時でもビールを手放さない。コックに連絡《れんらく》して、客全員分の飲み物を用意するのが彼《かれ》のしきたりだ。

だが、今日は事情《じじょう》が違《ちが》う。

「あの」ぼくは手を挙《あ》げた。「あなたのせいで、今日はコックが不在《ふざい》なんですがね」

名探偵《めいたんてい》は「なんだと？」と声を荒《あら》らげた。

ぼくはしぶしぶ立ち上がり、みんなの分の飲み物を用意することになった。名探偵《めいたんてい》はビール、三人の客はジンやバーボンなど、それぞれ好《この》みの酒を。ぼくはミルクにした。

「それで」チャーリーは言った。「私《わたし》たちが呼《よ》び出《だ》されたのは、どういうわけなんです？」

ビールを一口飲んで、ようやく名探偵《めいたんてい》は本題に入った。

「私《わたし》は数日前、殺人事件《さつじんじけん》に関《かん》する依頼《いらい》を受けました。被害者《ひがいしゃ》はヴァン・エイキン。この界隈《かいわい》では、そこそこ有名な美食家でした」

私《わたし》には及《およ》びませんがね、という言外のニュアンスを感じた。

「ヴァンは胸《むね》をナイフで刺《さ》されて死にました。肉汁溢《にくじゅうあふ》れるステーキを切るための、鋭《するど》いナイフで、です。好物《こうぶつ》のステーキの代わりに自《みずか》らが切られてしまうとは、これは実に痛《いた》ましい殺《ころ》しであると言えましょう。

私《わたし》たちは彼《かれ》を殺《ころ》したのが誰《だれ》か突《つ》き止《と》めてほしいと、ヴァンの友人から頼《たの》まれましてね。それでこの事件《じけん》について調べているというわけです」

「同好《どうこう》の士《し》」の死に痛《いた》ましいと感じたわけでは決してない。二万ドルという報酬《ほうしゅう》に惹《ひ》かれてのことだ。われらが名探偵《めいたんてい》は、仕事をするのが嫌《きら》いだが、金のためにやむにやまれぬときは、その限《かぎ》りではない。

「ほう」バーデンは頷《うなず》いた。「つまり、私《わたし》たちは容疑者《ようぎしゃ》というわけですか」

「ええ、その通りです」

名探偵《めいたんてい》がためらわずに言うものだから、三人のコックはいっせいに驚《おどろ》いた。

「ヴァンはその日、あるコックを家に招《まね》いたようです。かつてアメリカにあった有名なフランス料理《りょうり》店《てん》の幻《まぼろし》のレシピをエサに。ヴァンはその店の常連客《じょうれんきゃく》であり、極秘《ごくひ》にレシピを入手していたのです。ヴァンは招《まね》いたコックに、ある賭《か》けを申《もう》し込《こ》みました」

「賭《か》け？」

「私《わたし》の家のキッチンで、私《わたし》が指定する料理《りょうり》を作ってみろ。私《わたし》の舌《した》を唸《うな》らせることが出来たら、レシピを渡《わた》してやる。実に傲岸不遜《ごうがんふそん》な賭《か》けです」

ぼくはずっこけないようにするために、机《つくえ》に突《つ》いた手に力を込《こ》めた。名探偵殿《めいたんていどの》の口から「傲岸不《ごうがんふ》遜《そん》」なんて言葉が出ると、何か悪い冗談《じょうだん》のようにしか聞こえない。

「それで？」チャーリーは首を傾《かし》げた。「賭《か》けの結果《けっか》は？」

「コックは賭《か》けに負けた――私《わたし》はそう考えています。しかし、そのコックはレシピがほしくて仕方なかった。私《わたし》はこれを殺人《さつじん》の動機《どうき》とみています」

名探偵《めいたんてい》の目がぎらりと光った。

「私《わたし》は、あなたたち三人の中に犯人《はんにん》がいることを確信《かくしん》しています」

「しかし、あんた――今日会ったばかりだというのに」

バーデンは目を瞬《しばたた》いた。

初対面《しょたいめん》の相手にこんなことを言われては、動揺《どうよう》するのも無理《むり》はない。だが、この名探偵氏《めいたんていし》と仕事をしていると、こんなのは別段珍《べつだんめずら》しいことでもなかった。なにせ、彼《かれ》はあの椅子《いす》から動こうとしないのだから。初対面《しょたいめん》の人間に無礼《ぶれい》なことを言うのも、日常茶飯事《にちじょうさはんじ》だ。

「われわれは、ヴァンがたびたび家に呼《よ》んでいたのは、あなた方三人だ、という事実を摑《つか》んでいます。ヴァンの性格《せいかく》を考えれば、まるっきり初対面《しょたいめん》の人間に、あの店のレシピを賭《か》けるわけがない」

「しかし、三人から一人に絞《しぼ》り込《こ》めないというわけですね。ね、そうでしょう？」

チャーリーの余裕《よゆう》ぶった笑《え》みは、名探偵氏《めいたんていし》の奇襲《きしゅう》を受けても崩《くず》れなかった。

「冗談《じょうだん》じゃない！　私《わたし》は帰らせてもらう！」

アランは床《ゆか》を蹴《け》って立ち上がった。

「それでも構《かま》いませんがね」名探偵氏《めいたんていし》は静《しず》かに言った。「今帰るなら、あなたは不戦敗扱《ふせんぱいあつか》いで、犯人《はんにん》に最《もっと》も近い人物になるだけです」

時間が止まったのかと思った。

三人の高名なコックたちが、揃《そろ》いも揃《そろ》って動揺《どうよう》しているところは、なかなかの見ものだった。

「今、なんとおっしゃったんです？」

バーデンが沈黙《ちんもく》を破《やぶ》った。

「君たち三人には、今から私《わたし》の家のキッチンで、オムレツを作ってもらう」

「オムレツ？」

「その通り」

名探偵氏《めいたんていし》の目がきらりと光った。

「一番まずい料理《りょうり》を作った人間が、ヴァン・エイキン殺《ごろ》しの犯人《はんにん》です」

# 3

これこそが、お抱《かか》えのコックを映画館《えいがかん》に追い出した最大《さいだい》の理由であり、名探偵氏《めいたんていし》の家のキッチンを空《あ》けてもらわなければならない理由だった。

ぼくは名探偵氏《めいたんていし》からこの案《あん》を聞いた時、さすがに馬鹿《ばか》げている、と言った。しかし、我《われ》らが名探偵《めいたんてい》は、いつだって大真面目《おおまじめ》なのである。

「待ちたまえ！」アランは大声を出した。「馬鹿《ばか》げているじゃないか！まずい料理《りょうり》を作った人間が犯人《はんにん》？　どうしてそう言い切れる？」

「明白ではありませんか」

名探偵《めいたんてい》に動じた様子はなかった。

「問題のコックは、ヴァン・エイキンの舌《した》を満足《まんぞく》させられなかったのですから」

「だから、一番まずい料理《りょうり》を作った人間が犯人《はんにん》、だと？」

チャーリーはパン、パンと両手を鳴らした。

「こいつは傑作《けっさく》だ。いいじゃないですか、ご両人《りょうにん》。やりましょうよ。犯人以外《はんにんいがい》の二人にとっては、愉《ゆ》快《かい》な料理《りょうり》対決というわけだ」

「奪《うば》われたレシピはフランス料理《りょうり》のものだ。だったら、あんたが一番怪《あや》しいじゃないか」

アランがチャーリーを睨《にら》みつけた。

「別《べつ》にそんなものを奪《うば》わなくても、うちは自分の味で充分《じゅうぶん》やっていけますよ」

チャーリーは余裕《よゆう》ぶった態度《たいど》を崩《くず》さない。

「もちろん」名探偵氏《めいたんていし》は言った。「犯人以外《はんにんいがい》のお二人には、きちんと代金をお支払《しはら》いしましょう」

「当然《とうぜん》ですね」温和そうなバーデンも、深いため息をついていた。「どうやら、作らないと帰してもらえなさそうだ。いいですよ、やりましょう」

「しかし、どうしてオムレツなんです？　犯人《はんにん》が作った料理《りょうり》がオムレツだったんですか？」

チャーリーが聞いた。

「いいえ。ただ、私《わたし》が食べたいからですよ」

三人はジョークだと思っただろうが、何度も言う通り、彼《かれ》はいつでも大真面目《おおまじめ》なのだ。

チャーリーはいい線をいっているが、被害者《ひがいしゃ》が生前、最後《さいご》に食べた料理《りょうり》は、オムレツではない。シュクシュカというイスラエルの卵料理《たまごりょうり》だ。トマト、ピーマン、玉ねぎを炒《いた》めて作った赤いソースに、ポーチドエッグを載《の》せた料理《りょうり》らしい。世界の名物料理《めいぶつりょうり》に執着《しゅうちゃく》していたヴァンが要求《ようきゅう》したものなのだろう。これは全部、名探偵氏《めいたんていし》からの受け売りだ。

ヴァンの家のキッチンには、使われた形跡《けいせき》のある調理器具《きぐ》があったが、どれにも指紋《しもん》は残《のこ》っていなかった。綺麗《きれい》に拭《ふ》き取《と》られていたのだ。生ごみ入れには、三つ分の卵《たまご》の殻《から》や、野菜《やさい》くずがあったが、表面が水で洗《あら》われたり、殻《から》は細かく割《わ》られたりしていたため、こちらからも手掛《てが》かりはなかった。こういうのは全て、西地区担当《たんとう》のある警視《けいし》からの伝聞《でんぶん》だが。

名探偵氏《めいたんていし》は地元の警察《けいさつ》に助言し、残《のこ》っている食材《しょくざい》からも指紋《しもん》を採《と》れないか試《こころ》みる暴挙《ぼうきょ》に出た。といっても、卵《たまご》が一つと、玉ねぎが一つだけだったが。もちろんどちらからも指紋《しもん》は検出《けんしゅつ》されなかったが、卵《たまご》の表面には、細かな傷《きず》がついていた。キッチンにあったダスターで軽く拭《ぬぐ》ったものらしい。

それにしても、オムレツとは。卵料理《たまごりょうり》という共通点《きょうつうてん》こそあるが、容疑者《ようぎしゃ》たちに料理《りょうり》を作らせて、一体、何が分かるというのか？　しかし、長年名探偵氏《めいたんていし》と一緒《いっしょ》に生きてきて、ぼくには身に染《し》みて分かっていることがある。天才の考えることは、分からないということだ。昔、料理人同士《りょうりにんどうし》の利《き》きソースの催《もよお》しから犯人《はんにん》を当てたことのある名探偵氏《めいたんていし》のことだ（作者注：『料理長《りょうりちょう》が多すぎる』参照《さんしょう》）。きっと、何か考えがあってのことに違《ちが》いない。

「さて」名探偵氏《めいたんていし》は立ち上がった。「それでは、キッチンまでご一緒《いっしょ》しましょう」

ぼくはまたしても驚《おどろ》くことになった。てっきり、名探偵氏《めいたんていし》は椅子《いす》に座《すわ》ったまま、料理《りょうり》の完成《かんせい》を待つと思ったのだ。でもまあ、これもそんなに珍《めずら》しいことではない。彼《かれ》はよく、お抱《かか》えのコックと一緒《いっしょ》に階下《かいか》のキッチンに籠《こも》り、「料理《りょうり》の研究」をしている。

## 4

アランがテーブルに卵《たまご》を叩《たた》きつけ、片手《かたて》で割《わ》り開いた。実に鮮《あざ》やかな手際《てぎわ》である。

卵《たまご》に生クリームを入れて混《ま》ぜ、たっぷりのバターをフライパンの上で溶《と》かしたところに入れて、焼《や》き上げる。アランは具材《ぐざい》としてベーコンを放《ほう》り込《こ》んでいた。

「うちの常連《じょうれん》は、このシンプルなオムレツが好《す》きでね。生クリームを入れるのがふっくらさせるコツさ。しかし、ほとんどは朝食だな。日が高く昇《のぼ》ってから作るのは久《ひさ》しぶりだよ」

キッチンの端《はし》からアランの手さばきを見ていた名探偵氏《めいたんていし》は、別段《べつだん》、何も反応《はんのう》を示《しめ》さなかった。いつもの彼《かれ》の美食へのこだわりからすれば、単純極《たんじゅんきわ》まりない料理《りょうり》だ。

彼《かれ》がその調理工程《こうてい》に興味《きょうみ》を抱《いだ》いているとはとても思えない。ぼくは、彼《かれ》がここに降《お》りてきたのは、毒《どく》を盛《も》られないか心配しているからじゃないか、という仮説《かせつ》を立てた。あれだけ挑発《ちょうはつ》したのだから、心配しているとしても不思議《ふしぎ》ではない。

アランが作ったオムレツを皿に盛《も》りつける。

「すぐ食べられますか？」

名探偵氏《めいたんていし》の前の机《つくえ》に皿が置《お》かれた。彼《かれ》は唸《うな》り声《ごえ》を漏《も》らしてから、オムレツを食べ始めた。ナイフで切ると、とろっと中から卵液《らんえき》が溢《あふ》れてくる。彼《かれ》はすぐにぱくついたが、感想は特《とく》になかった。講評《こうひょう》は最後《さいご》に、ということか。

「あの」ぼくは言った。「ぼくの分は」

ぼくは名探偵氏《めいたんていし》の美食へのこだわりは理解《りかい》出来ないが、腹《はら》はすいていた。お抱《かか》えコックを追い出したのだから、次の食事にいつありつけるか分からない。

「きみの分はない」

ちっ。ぼくは舌打《したう》ちしてやりたいのをこらえた。

「では、次は私《わたし》が」

次にキッチンに立ったのはバーデンだった。彼《かれ》はアランが使った調理器具《きぐ》を洗《あら》い、その水気を綺麗《きれい》に拭《ぬぐ》ってから、調理を始める。両手に卵《たまご》を二つ持つと、卵同士《たまごどうし》をぶつけ合わせた。そのようにすれば、片方《かたほう》の卵《たまご》にだけ、綺麗《きれい》なヒビが入る。

「私《わたし》の店で今人気なのは、スパニッシュオムレツでしてね」

「トルティージャですね」

名探偵《めいたんてい》は鼻を鳴らした。

「それは？」

ぼくが聞くと、バーデンは手を動かしながら淡々《たんたん》と答えた。

「じゃがいもや玉ねぎを刻《きざ》んで炒《いた》めたものと、卵《たまご》を一緒《いっしょ》に焼《や》き上げるんです。まあ、ケーキみたいな形のもの、と言ったほうが分かりやすいでしょうな」

じゃがいもや玉ねぎを切る手つきも素早《すばや》く、あっという間に二つ目のオムレツが完成《かんせい》した。名探偵《めいたんてい》氏《し》は一口食べ、すぐに、二口目を食べた。アランのものを食べた時より、間隔《かんかく》は短いが、それが何を意味するのかはまだ分からない。

「最後《さいご》は私《わたし》ですね」

チャーリーはまだ、自信《じしん》めいた笑《え》みを崩《くず》さなかった。

彼《かれ》は最《もっと》もこの催《もよお》しに乗り気だったが、仕込《しこ》みが必要《ひつよう》なので最後《さいご》に回された。彼《かれ》が作るのはフランスのスフレ風オムレツ。卵《たまご》をボウルの縁《ふち》に当てて割《わ》り、卵白《らんぱく》と卵黄《らんおう》を分けると、卵白《らんぱく》を冷蔵庫《れいぞうこ》で冷《ひ》やしておいたのだ。

「私《わたし》のスフレ風オムレツはデザートとして食べられますからね。最後《さいご》を飾《かざ》るのにうってつけですよ」

卵白《らんぱく》に砂糖《さとう》を投入し、泡立《あわだ》て、メレンゲを作る。これを卵黄《らんおう》と合わせ、ふわふわに焼《や》き上げるのがコツだ。

「どうぞ。自慢《じまん》の一品です。すぐに召《め》し上がってくださいよ。出来立てでないと、ふわふわの食感が損《そこ》なわれます」

名探偵氏《めいたんていし》は目の前に置《お》かれた皿にちらっと眼《め》をやってから、一口食べた。

そして、そのままフォークを置《お》いた。

「どうしました？」

「砂糖《さとう》に気を配るべきでしたな」

チャーリーは、真っ青になった。

## 5

「あなたの使ったその砂糖《さとう》は、少し粘度《ねんど》が高いものでね。他人の家で料理《りょうり》させられたものだから、気を配らなかったんでしょう。ただ、メレンゲを作るには、サラッとした砂糖《さとう》のほうが好《この》ましい。戸棚《とだな》に仕舞《しま》ってあると思います。それについては、私《わたし》が謝《あやま》るべきでしょうが」

「じゃあ」ぼくは言った。「チャーリーさんが犯人《はんにん》なんですね？」

実際《じっさい》、ぼくには、ヴァン殺《ごろ》しと砂糖《さとう》になんの関係《かんけい》があるのか分からなかったが、名探偵《めいたんてい》は「一番まずい料理《りょうり》を作った人間が、ヴァン・エイキン殺《ごろ》しの犯人《はんにん》」だと言った。

「そんな!」

チャーリーはさっきまで青くなっていたかと思えば、今度は耳まで真っ赤にしていた。

「冗談《じょうだん》じゃない! 料理《りょうり》に言いがかりをつけられたうえに、犯人呼《はんにんよ》ばわりだと!? 人を馬鹿《ばか》にするにも程《ほど》があるよ、あんた!」

さっきまで友好的《ゆうこうてき》だったチャーリーの態度《たいど》は、すっかり崩《くず》れ去っていた。それほど、料理《りょうり》に対するプライドは高かったようだ。

「早とちりされては困《こま》ります」

「え?」

「私《わたし》はただ、このスフレ風オムレツを品評《ひんぴょう》しただけです。ヴァン殺《ごろ》しの犯人《はんにん》だと告発《こくはつ》したつもりはない」

「そんな、だって、あんたは……」

「さっき言った通り、オムレツを指定したのは、私《わたし》が今食べたい卵料理《たまごりょうり》がオムレツだったからです。卵料理《たまごりょうり》ならなんでも良《よ》かった。私《わたし》は、皆《みな》さんの卵《たまご》の割《わ》り方を見たかったのです」

「卵《たまご》の割《わ》り方?」

ぼくはようやく、彼《かれ》が珍《めずら》しく事務所《じむしょ》の椅子《いす》から立ち上がり、ここまで降《お》りてきた理由を察《さっ》した。卵《たまご》を割《わ》らなければオムレツは作れない。そんなことわざを思い出す。日本という国では、「コケツに入らずんばコジを得《え》ず」と言うらしいが、コケツというのがなんなのかぼくは知らない。ついでにコジも。

「私《わたし》が求《もと》める犯人《はんにん》は、被害者《ひがいしゃ》の家のキッチンで料理《りょうり》を作った人物です。当然《とうぜん》、素手《すで》で色んなところに触《ふ》れたはずですが、指紋《しもん》は綺麗《きれい》に拭《ぬぐ》い去られていた。実に細心の注意を払《はら》い、自分が触《ふ》れた調理器具《きぐ》全てを拭《ふ》き、生ゴミ入れの中の卵《たまご》の殻《から》を砕《くだ》いた。しかし、それだけではなかった。その人物は、ダスターで、まだ割《わ》られていない卵《たまご》までも拭《ぬぐ》ったのです」

「それが？」

「どんなに注意深い人間でも、触《ふ》れてもいないものを拭《ふ》く理由はありません。私《わたし》は一つの仮説《かせつ》を立てました。であれば、彼《かれ》は、その卵《たまご》にも触《ふ》れたのです。触《ふ》れる必要《ひつよう》があったのです。割《わ》られてはいないが、使われたのです」

彼《かれ》の謎《なぞ》めいた言い回しに、ぼくの頭はぐるぐる混乱《こんらん》したが、思い当たるフシがあった。

**ニューヨークの探偵《たんてい》たち**

ニューヨークは、アメリカ・ミステリの中心地です。

この都市で活動した作家の一人に、コーネル・ウールリッチがいます。『喪服《もふく》のランデヴー』（1948年）など、緊迫感溢《きんぱくかんあふ》れるスリラーを多数発表しました。

エド・マクベインには、〈87分署《ぶんしょ》〉シリーズという作品があります。架空《かくう》の警察署《けいさつしょ》を舞台《ぶたい》にした連作《れんさく》で、複数《ふくすう》の刑事《けいじ》たちが主役です。シリアスからコミカルまで一冊《いつさつ》ごとに雰囲気《ふんいき》が変《か》わります。

ドナルド・E・ウェストレイクは、20世紀《せいき》で最《もつと》も重要《じゆうよう》な犯罪小説《はんざいしようせつ》の書き手です。『ホット・ロック』（1970年）で登場した、天才だけどとことん運が悪い、泥棒《どろぼう》ドートマンダーの物語をどうぞ。

私立探偵《しりつたんてい》を主人公にした小説《しようせつ》ではローレンス・ブロックの〈マット・スカダー〉シリーズがお薦《すす》めです。またブロックには、プロの殺《ころ》し屋ケラーが主人公の連作《れんさく》もあり、こちらもお薦《すす》めです。

（杉江松恋《すぎえまつこい》）

「もちろん、調理の工程《こうてい》の中で、です。すると、どういうことになるでしょう。犯人《はんにん》はこのように——」

名探偵氏《めいたんていし》は言って、自分の両腕《りょううで》を軽く持ち上げたので、ぼくは唖然《あぜん》とした。大抵《たいてい》、いつも口頭の説明《せつめい》だけで済《す》ましてしまうのに。

彼《かれ》は、持ち上げた両手を、卵《たまご》を持つような形にして、手を打ち合わせた。

「卵《たまご》を二つ持ち、互《たが》いにぶつけることで、綺麗《きれい》に割《わ》る人物——君！」

実際《じっさい》には、名探偵氏《めいたんていし》はぼくの名前を叫《さけ》んだのだが、仮名《かめい》にするのが読者との約束《やくそく》だから、書くわけにはいかない。

彼《かれ》がぼくの名前を呼《よ》んだのは、説明《せつめい》が佳境《かきょう》に入ったタイミングで、その人物が弾《はじ》かれたように動き出したからだ。ぼくはそいつを素早《すばや》く取《と》り押《お》さえ、キッチンの壁《かべ》に押《お》し付《つ》けた。

バーデン氏《し》を。

## 6

というわけで、今回の事件《じけん》で、名探偵氏《めいたんていし》はただオムレツを三つ楽しんだだけで、事件《じけん》を解決《かいけつ》してしまったのだ。

事件《じけん》を公表出来ないと言ったのは、こういうわけだ。

結局《けっきょく》、名探偵氏《めいたんていし》の考えた「料理対決《りょうり》」という余興《よきょう》は、卵《たまご》の割《わ》り方を見るための口実《こうじつ》にすぎず、料理《りょうり》の内容《ないよう》はどうでも良《よ》かったのである。まずい料理《りょうり》を作ったやつが犯人云々《はんにんうんぬん》というのも、本当の目的《もくてき》を誤《ご》魔化《まか》し、三人のコックをやる気にさせるための口上《こうじょう》に過《す》ぎない。

ただ、持ち前の差《さ》し出口《でぐち》が災《わざわ》いして、チャーリー自慢《じまん》のスフレ風オムレツに文句《もんく》をつけた。これが、チャーリー氏《し》のプライドを大《おお》いに傷《きず》つけたのだ。

まずい料理《りょうり》を作ったのがイコール犯人《はんにん》であれば、ぼくだって、訴訟《そしょう》を起こされようが怖《こわ》くないが、チャーリー氏《し》は今やアメリカにおける超《ちょう》有名フランス料理店《りょうりてん》の料理長《りょうりちょう》であり——おっと、調べるのはやめてくれたまえ——この事件《じけん》の内容《ないよう》が公《おおやけ》になることによって、その名誉《めいよ》を傷《きず》つけるわけにいかない立場になっている。そこで、名探偵氏《めいたんていし》の難事件《なんじけん》ファイルから、この事件《じけん》を削除《さくじょ》せざるを得《え》なくなった、というわけなのだ。

我《わ》が家のお抱《かか》えコックは、映画《えいが》を見終わると帰ってきて、名探偵氏《めいたんていし》に文句《もんく》を言いかけた。

「くだらん余興《よきょう》は終わったんですか？　もう、私《わたし》の城《しろ》は元通りなんでしょうね？」

われらが名探偵《めいたんてい》は、悪びれもせずにこう言った。

「どこで油を売っていたのだ！　最高級《さいこうきゅう》の鴨《かも》が手に入ったんだろう。夕飯《ゆうはん》は鴨胸肉《かもむねにく》のロースト以外認《いがいみと》めないからな！」

それだけ言《い》い置《お》いて、彼《かれ》はエレベーターに乗り、植物室へ向かってしまった。時刻《じこく》は午後四時。彼《かれ》のもう一つの趣味《しゅみ》である、蘭《らん》の世話《せわ》に向かう時間だった。

拳《こぶし》を振《ふ》り上げ損ねたコックが、結局《けっきょく》何も言わずに自分の仕事に戻《もど》ったことは、言うまでもない。

 

# 『腰《こし》抜《ぬ》け連盟《れんめい》』

（ハヤカワ・ミステリ文庫）

**レックス・スタウト／佐倉潤吾訳《さくらじゅんごやく》**

ネロ・ウルフはどれを読んでもいい。

おもしろさのフォーマットが決まっているので、外れを引く心配がないからです。

がんこで人の言うことを聞かないウルフ、彼《かれ》に振《ふ》り回されてぶつぶつ言いながらもウルフのために駆《か》けずりまわるグッドウィン、というキャラクターが毎回楽しくて、ページを開けばすぐに物語に没入《ぼつにゅう》してしまいます。

最初《さいしょ》に読むなら第二長篇《ちょうへん》『腰《こし》抜《ぬ》け連盟《れんめい》』でしょうか。学生時代に自分たちがいじめをやったという過去《かこ》から抜《ぬ》け出せない男たちが事件関係者《じけんかんけいしゃ》となる話で、読者の裏《うら》をかく物語運びが気持ちいい。皮肉もきいています。

もう一作は『料理長《りょうりちょう》が多すぎる』です。名料理人《めいりょうりにん》たちの集まりで殺人事件《さつじんじけん》が起きる話で、なんとウルフが重い腰《こし》を上げて旅行に出かけるのです。さらに一作なら『我《わ》が 屍《しかばね》 を乗り越《こ》えよ』でしょうか。ウルフの過去《かこ》は謎《なぞ》に包《つつ》まれていますが、この作品では彼《かれ》の娘《むすめ》と名乗る女性《じょせい》が登場します。果《は》たして真相は。（杉江松恋《すぎえまつこい》）

# ミステリをもっと楽しむ豆知識《まめちしき》

## ミステリ作家の職業《しょくぎょう》

世の中にはいろいろな職業《しょくぎょう》があります。

ミステリ作家もその一つですが、最初《さいしょ》からの小説家《しょうせつ》ではなく、別《べつ》の職業《しょくぎょう》で働《はたら》きながら執筆《しっぴつ》の修業《しゅぎょう》をした、という人も多いのです。

たとえばノルウェーのジョー・ネスボは、元はプロのミュージシャンであり、株《かぶ》の取引きでも稼《かせ》いでいました。あまりに忙《いそが》しかったせいか、あるとき燃《も》え尽《つ》き症候群《しょうこうぐん》のようになってしまったのだとか。休養《きゅうよう》のためオーストラリアに長期滞在《たいざい》している最中《さいちゅう》、作家になるという考えが芽生《めば》え、警察小説《けいさつしょうせつ》〈ハリー・ホーレ〉シリーズの第一作を書き始めました。

イギリスにはもともと、知識階級《ちしきかいきゅう》の人が余暇《よか》を利用《りよう》して小説《しょうせつ》を書くという伝統《でんとう》がありました。妻《つま》マーガレットと共《とも》に合作で活躍《かつやく》したG・D・H・コールは社会主義《しゅぎ》に属《ぞく》する経済《けいざい》学者として高名な存在《そんざい》でした。

アメリカでは、大衆《たいしゅう》読物の雑誌《ざっし》に短篇《たんぺん》を発表して生活費《ひ》を稼《かせ》ぎ、実力をつけて長篇《ちょうへん》を書くという作家が以前《いぜん》はたくさんいました。現在《げんざい》では短篇《たんぺん》を掲載《けいさい》する雑誌《ざっし》が少なくなったので、だいぶ事情《じじょう》も違《ちが》うようです。1960年代に活躍《かつやく》したフレドリック・ブラウンは、大不《ふ》況《きょう》時代に青年期を過《す》ごしたため、職《しょく》を転々としました。一時は移動《いどう》遊園地で働《はたら》いていたこともあると自称《じしょう》しています。

職業《しょくぎょう》とは違《ちが》いますが、アガサ・クリスティーも戦争《せんそう》中は勤労奉《きんろうほう》仕《し》のため薬局で働《はたら》いていたことがあります。豊富《ほうふ》な毒物《どくぶつ》に関《かん》する知《ち》識《しき》は、そのときに学んだのでしょうね。　（杉江松恋《すぎえまつこい》）

## ガイド 第6回 ミステリって結局《けっきょく》何なのだろう。

杉江《すぎえ》松恋《まつこい》

ミステリって結局《けっきょく》何なのだろう。

一口で言い表すことは難《むずか》しいな、というのが正直な感想です。

ミステリという名前が表すとおり、謎《なぞ》への興味《きょうみ》と論理的《ろんりてき》な解決《かいけつ》が中心となるものが多いのですが、それ以外《いがい》に興味《きょうみ》を提供《ていきょう》してくれる作品がこのジャンルには含《ふく》まれており、驚《おどろ》くほどの多様性《たようせい》があることも確《たし》かです。

ミステリは十九世紀《せいき》後半になって現在《げんざい》に至《いた》る原型《げんけい》ができましたが、さかのぼれば怪奇小説《かいきしょうせつ》や諷刺小説《ふうししょうせつ》、ロマンス小説《しょうせつ》など複数《ふくすう》の源流《げんりゅう》を持っています。現代《げんだい》の作品を見渡《みわた》したときには、それらの起源《きげん》に連《つら》なる要素《ようそ》が浮《う》かび上がってくるので、一つの流れに絞《しぼ》って定義《ていぎ》するのが難《むずか》しいのでしょう。ミステリはジャンルであると同時に、一つの小説技巧《しょうせつぎこう》なのだと考えることもできるのです。小説家《しょうせつか》であり優《すぐ》れた評論家《ひょうろんか》でもあるディヴィッド・ロッジは『小説《しょうせつ》の技巧《ぎこう》』（一九九二年。白水社）の中で、一章を割《さ》いてミステリについて論《ろん》じています。

ミステリと隣接《りんせつ》して時にジャンル内に含《ふく》められることも多いものに、冒険小説《ぼうけんしょうせつ》があります。主人公が何らかの危機《きき》に直面して、それを切り抜《ぬ》けるまでを描《えが》いた小説《しょうせつ》です。中には自らその中に飛《と》び込《こ》む主人公もいて、英雄精神《えいゆうせいしん》や冒険心《ぼうけんしん》といったものが情熱的《じょうねつてき》に描《えが》かれる小説《しょうせつ》形式です。近現代《きんげんだい》に起きた戦《せん》争《そう》の記憶《きおく》と結《むす》びつけば国際諜略小説《こくさいぼうりやくしょうせつ》になりますし、過去《かこ》の事件《じけん》に題材《だいざい》を採《と》った歴史小説《れきししょうせつ》とも相性《あいしょう》はいい。海や山といった自然《しぜん》の危機《きき》と闘《たたか》う冒険小説《ぼうけんしょうせつ》もあります。十九世紀《せいき》イギリスの作家、ロバート・スティーヴンソンは少年が海賊《かいぞく》と闘《たたか》う『宝島《たからじま》』（岩波文庫他）という児童《じどう》向けの海洋冒険小説《かいようぼうけんしょうせつ》を書いています。ずいぶんと外見は違《ちが》いますが、これもプロットを見ればミステリの範疇《はんちゅう》に入れられる作品なのです。

探偵《たんてい》の代名詞《だいめいし》であるシャーロック・ホームズは、依頼人《いらいにん》を危機《きき》から救《すく》うヒーローです。ミステリの中には、間違《まちが》いなくヒーロー小説《しょうせつ》の系譜《けいふ》があります。国際情勢《こくさいじょうせい》が悪化し、戦争《せんそう》の可能性《かのうせい》が実感できた時代には、そのヒーローの位置《いち》をスパイが占《し》めた時期もありました。さまざまなスパイ・ヒーローが描《えが》かれてきましたが、現在《げんざい》でも代表格《だいひょうかく》はイアン・フレミングの創造《そうぞう》したジェームズ・ボンドこと、007号でしょう。

007は、ボンドの所属《しょぞく》する英国情報局秘密情報部《えいこくじょうほうきょくひみつじょうほうぶ》で必要《ひつよう》に応《おう》じて殺人《さつじん》を犯《おか》す許可《きょか》を得《え》ていることを示《しめ》すナンバーです。映画化《えいがか》されて多くの俳優《はいゆう》が演《えん》じてきたことでヒーローのイメージが強いのですが、フレミングが『カジノ・ロワイヤル』（創元推理《そうげんすいり》文庫）で登場《とうじょう》させたときは、超人《ちょうじん》ではなく等身大の人間としてボンドを描《えが》いたのでした。映像化《えいぞうか》によってヒーローのイメージが強くなり、以降《いこう》の作家にも大きな影響《えいきょう》を与《あた》えています。

警察官《けいさつかん》を主人公にした警察小説《けいさつしょうせつ》や私立探偵小説《しりつたんていしょうせつ》など、天才的《てんさいてき》な名探偵《めいたんてい》ではなく、もっと平凡《へいぼん》な主人公を使った作品もあります。主人公像《ぞう》の違《ちが》いだけで小説《しょうせつ》を区別《くべつ》するのはあまり意味がないことなので、ここでは別《べつ》ジャンルとしては扱《あつか》いません。ただ一つ言えることは、謎《なぞ》の呈示《ていじ》とその解決《かいけつ》と同じか、もっと大きな比重《ひじゅう》で、犯罪《はんざい》がなぜ発生するのか、ということを描《えが》いた小説《しょうせつ》も存在《そんざい》するということです。

警察《けいさつ》小説《しょうせつ》や私立《しりつ》探偵《たんてい》小説《しょうせつ》は犯罪《はんざい》小説《しょうせつ》というジャンルに含《ふく》まれると言ってもいいでしょう。

人間は完全《かんぜん》な個人《こじん》としては存在《そんざい》できず、誰《だれ》かとの関係《かんけい》を作っていくことでのみ生きていけます。これが社会的存在《しゃかいてきそんざい》であるということですが、個人《こじん》の欲望《よくぼう》を押《お》し通せば、どこかで社会の決まりとぶつかります。それが犯罪《はんざい》です。犯罪小説《はんざいしょうせつ》とは個人《こじん》と社会の衝突《しょうとつ》を描《えが》いたもので、犯罪者《はんざいしゃ》の側《がわ》から見れば狭《せま》い意味の犯罪小説《はんざいしょうせつ》、それを取り締《し》まる側《がわ》から見れば警察小説《けいさつしょうせつ》や私立探偵小説《しりつたんていしょうせつ》になるのです。それぞれ読むべき名作がたくさんありますが、ここでは詳《くわ》しく紹介《しょうかい》する余裕《よゆう》がありません。犯罪小説《はんざいしょうせつ》であればドナルド・E・ウェストレイク、警察小説《けいさつしょうせつ》はエド・マクベイン、私立探偵小説《しりつたんていしょうせつ》はローレンス・ブロックの作品をまず読んでみてください。奇《く》しくも、三人とも世界一の都市といっていいニューヨーク出《しゅっ》身《しん》の作家です。

ミステリはジャンルであると同時に技巧《ぎこう》ですから、一般小説《いっぱんしょうせつ》にも取り入れられます。思いがけない行動をとった登場《とうじょう》人物がいて、その意図を探《さぐ》るのが主目的《しゅもくてき》となる小説《しょうせつ》が、たとえば純文学《じゅんぶんがく》と呼《よ》ばれる中にあったとします。作者がそう呼《よ》んでいなくても、謎《なぞ》の興味《きょうみ》で牽引《けんいん》するのですからこれはミステリの技巧《ぎこう》を使っています。いろいろな小説《しょうせつ》を読むと、その中にミステリのかけらがちりばめられていることがあります。それを拾い集めることもぜひ試《ため》してみてください。たとえば宮沢賢治《みやざわけんじ》の童話、『注文の多い料理店《りょうりてん》』（講談社《こうだんしゃ》青い鳥文庫他）は、作者はまったくその意図はなかったでしょうし、本のどこにもそう謳《うた》われていませんが、ミステリの要素《ようそ》をかなり含《ふく》んでいます。料理店《りょうりてん》を訪《たず》ねた客に対するおかしな応対《おうたい》、ところどころに記された意味のとりづらいメッセージなど、これは何だろうか、と不思議《ふしぎ》に思わされる要素《ようそ》に溢《あふ》れています。そして最後《さいご》の種明《たねあ》かし。結末《けつまつ》に、二人の主人公と同じ、わあっ、という声を挙《あ》げた読者もいるのではないでしょうか。あの驚《おどろ》きは、ミステリの技法《ぎほう》によって生み出されるものなのです。

一九九五年にドイツで出版《しゅっぱん》され、二〇〇〇年に邦訳《ほうやく》されたベルンハルト・シュリンク『朗読者《ろうどくしゃ》』（新潮《しんちょう》文庫）という長篇《ちょうへん》があります。ある少年が年上の女性《じょせい》から、定期《ていき》的《てき》に家に来て本を朗読《ろうどく》するように頼《たの》まれます。二人の間に生まれた深い感情《かんじょう》の結《むす》びつきを描《えが》いた小説《しょうせつ》で、恋愛小説《れんあいしょうせつ》として一般的《いっぱんてき》には読まれたのですが、実はこの作品にもミステリの要素《ようそ》が含《ふく》まれています。女性《じょせい》には秘《ひ》密《みつ》があり、そのために少年には理《り》解《かい》しがたい行動を取ったということが後半になってわかるからです。女性《じょせい》の振舞《ふるま》いに対する少年の驚《おどろ》き、深い失望《しつぼう》が物語の前半を牽引《けんいん》していきます。やがて明かされる真相は深刻《しんこく》なもので、作者はそれを最《もっと》も効《こう》果《か》的《てき》な形で読者に突《つ》き付《つ》けるためにこの物語を書いたのではないかと考えられます。そのために最適《さいてき》な技《ぎ》巧《こう》がミステリだったわけです。実際《じっさい》、多くの人が『朗読者《ろうどくしゃ》』をミステリとしても読み、高く評価《ひょうか》しました。

このようにミステリは、内側《うちがわ》にも外側《そとがわ》にも広がりを持っており、多《た》種《しゅ》多《た》彩《さい》な個《こ》性《せい》を持つジャンルです。さらに言えば、世界各国《かっこく》で愛《あい》されている小説《しょうせつ》形式でもあります。どのような作品が書かれているかを簡単《かんたん》に見ていきましょう。

ミステリの中で最《もっと》も作品数が多く、他の文化圏《けん》にも影響《えいきょう》を及《およ》ぼしてきたのは、イギリス・アメリカを中心にした英語圏《えいごけん》で書かれた作品でした。英国推理《えいこくすいり》作家協会《さっかきょうかい》は、他言語で発表され、英語《えいご》に翻訳《ほんやく》された作品にクライム・フィクション・イン・トランスレーション・ダガーという賞《しょう》を与《あた》えています。アメリカ探偵作家《たんていさっか》クラブにはそういう賞《しょう》は存在《そんざい》しませんが、日本人作家の桐野夏生《きりのなつお》が書いた長篇《ちょうへん》『OUT』（講談社《こうだんしゃ》文庫）が翻訳《ほんやく》されて長篇賞《ちょうへんしょう》の最終候補《さいしゅうこうほ》になったことがあります。ちなみに日系人《にっけいじん》の作家では、平原直美《ひらはらなおみ》が二〇〇七年の『スネークスキン三味線《しゃみせん》』（小学館文庫）という長篇《ちょうへん》で、同クラブの最優秀《さいゆうしゅう》ペイパーバック・オリジナル賞《しょう》を授与《じゅよ》されています。

英語圏《えいごけん》がミステリの中心で、他がそれを追い抜《ぬ》こうとしているという構造《こうぞう》があるのは確《たし》かです。日本語で書かれた作品はまだあまり英訳《えいやく》が進んでいないので、この構造《こうぞう》の中でもっと評価《ひょうか》される日が来ることを望《のぞ》みたいですね。

世界を見渡《みわた》したとき、現在英語圏《げんざいえいごけん》に続《つづ》いて注目される存在《そんざい》であるのが、スウェーデン、ノルウェー、フィンランド、デンマーク、アイスランドの北欧圏《ほくおうけん》です。

中心的存在《ちゅうしんてきそんざい》であるスウェーデンでは、一九六〇年代にマイ・シューヴァル&ペール・ヴァールーというコンビ作家が登場《とうじょう》し、マルティン・ベックという刑事《けいじ》を主人公にしたシリーズを発表しました。彼《かれ》らの狙《ねら》いは、社会の最《もっと》も上から最下層《さいかそう》まで複数《ふくすう》の階層《かいそう》に触《ふ》れることのできる警察官《けいさつかん》の視点《してん》を利用《りよう》して、スウェーデンの状況《じょうきょう》を書き留《と》めることでした。このマルティン・ベック・シリーズがしっかりとした定型《ていけい》を作り上げたため、スウェーデンを初《はじ》めとする北欧圏《ほくおうけん》の作品は、同じ社会小説《しゃかいしょうせつ》の要素《ようそ》を持つものが多いのが特徴《とくちょう》です。

こう書くと難《むずか》しい小説《しょうせつ》のように感じられますが、たくさんの人物を登場《とうじょう》させて豊《ゆた》かに描《えが》き分ける技《ぎ》量《りょう》があってこその社会小説《しょうせつ》ですので、どの作品も読み応《ごた》えがあります。現在《げんざい》の作家ではノルウェーのジョー・ネスボ、デンマークのユッシ・エーズラ・オールスン、アイスランドのアーナルデュル・インドリダソンなどの作品をぜひ読んでみてください。

北欧《ほくおう》ミステリが世界から注目されるようになったきっかけは、二〇〇五年に発表された、スウェーデン作家スティーグ・ラーソンの〈ミレニアム〉三部作です（ハヤカワ・ミステリ文庫）。同作主人公の一人であるリスベット・サランデルは、天才的《てんさいてき》な頭脳《ずのう》を持ちながら、虐《しいた》げられた幼少期《ようしょうき》を送ってきた人で、彼女《かのじょ》が自分を迫害《はくがい》するもの、特《とく》に女性《じょせい》を虐待《ぎゃくたい》する男性《だんせい》に対して闘《たたか》いを挑《いど》むという図式が広い層《そう》の読者から支持《しじ》を集めました。この作品が多くの言語に翻訳《ほんやく》されたことで、北欧《ほくおう》ミステリの素晴《すば》らしさが知られるようになったのです。

フランスは十八世紀《せいき》に世界の中心と言ってもいいほどの文化が栄《さか》えた国です。小説《しょうせつ》の歴史《れきし》も長く、特《とく》に大河《たいが》ロマンス小説《しょうせつ》はこの国で発展《はってん》しました。モーリス・ルブランによる、怪盗《かいとう》であり名探偵《めいたんてい》でもあるというアルセーヌ・ルパンの物語は、フランスだからこそ書かれた作品だと言えるかもしれません。フランスではそれ以外《いがい》にも、劇場《げきじょう》で上演《じょうえん》された芝居《しばい》に起源《きげん》を持つ恐怖小説《きょうふしょうせつ》や、神経《しんけい》をすり減《へ》らされるような緊迫感《きんぱくかん》のある心理スリラーなど、バリエーションに富《と》んだ物語が書かれ、多くの読者を集めています。

特《とく》にミステリ・ファンの心を虜《とりこ》にしてくれるのは、とんでもない思いつきを形にした、奇想小説《きそうしょうせつ》の数々です。特《とく》にミシェル・ビュッシという作家は、翻訳《ほんやく》される作品のすべてがあらすじを紹介《しょうかい》することも難《むずか》しい、意外性《いがいせい》に満《み》ちています。『恐《おそ》るべき太陽』（集英社文庫《しゅうえいしゃぶんこ》）という作品を試《ため》しにぜひ読んでみてください。フランスは警察官《けいさつかん》を主人公にしたミステリも多数書かれている国でもあり、現代《げんだい》を代表する作家には『氷結《ひょうけつ》』（ハーパーBOOKS）に始まるセルヴァズ警部《けいぶ》シリーズを書いたベルナール・ミニエがいます。

フランス作家の特徴《とくちょう》は、一人一ジャンルと言っていいほどに個性《こせい》が強く、自分がオリジナルであるという誇《ほこ》りを強く持っていることでしょう。現代《げんだい》につながるフランス・ミステリの流れを作った作家として、『クリムゾン・リバー』（創元推理文庫《そうげんすいりぶんこ》）のジャン＝クリストフ・グランジェ、『その女アレックス』（文春文庫）のピエール・ルメートルの名を挙《あ》げておきたいと思います。どちらもあくが強く、暴力的《ぼうりょくてき》な描写《びょうしゃ》もあって初心者《しょしんしゃ》にはとっつきにくい部分もあるのですが、物語の楽しさをたっぷり味わわせてくれます。

隣国《りんごく》フランスに比《くら》べると、ドイツはミステリの発展《はってん》が遅《おく》れた国でした。多数の作品が書かれるようになったのは今世紀《せいき》に入ってからです。これは北海を挟《はさ》んだ隣国《りんごく》であるスウェーデンなど、北欧諸国《ほくおうしょこく》からの影響《えいきょう》が大きいものと思われます。〈ミレニアム〉の成功《せいこう》が、それまであまりミステリには乗り気ではなかったドイツの国民《こくみん》を動かしたのでした。

長篇《ちょうへん》の書き手としては、ドイツ警察小説《けいさつしょうせつ》の第一人者であるネレ・ノイハウスがいます。ですがここでは、フェルディナント・フォン・シーラッハについて触《ふ》れておきましょう。シーラッハは刑事弁護《けいじべんご》士《し》で、さまざまな事件《じけん》に触《ふ》れてきました。それらの経験《けいけん》を元に書き上げたのが短篇集《たんぺんしゅう》『犯罪《はんざい》』（創元《そうげん》推理《すいり》文庫）です。引き起こされた犯罪《はんざい》について、弁護士《べんごし》の視点《してん》から淡々《たんたん》と事実が描《えが》かれるという内容《ないよう》なのですが、読むと人間はなぜ罪《つみ》を犯《おか》すのか、ということに思いを馳《は》せたくなります。シーラッハの祖父《そふ》は、第二次世界大戦中《たいせんちゅう》、ナチスの高官《こうかん》でした。ドイツ国民《こくみん》は今もなお、ナチスの戦争犯罪《せんそうはんざい》を背負《せお》う形で現代《げんだい》を生きており、小説《しょうせつ》にもそのことが影《かげ》を落としています。シーラッハの長篇《ちょうへん》『コリーニ事件《じけん》』（創元推理《そうげんすいり》文庫）も、過去《かこ》の戦争犯罪《せんそうはんざい》に目を向けることを主題とする作品です。

日本もその中に含《ふく》まれる東アジアでも今、ミステリ創作《そうさく》が盛《さか》んになっています。隣国《りんごく》である韓国《かんこく》では、社会小説《しょうせつ》の要素《ようそ》を含《ふく》むミステリが多く書かれていたのですが、最近《さいきん》ではジャンルも多様化し、実《じっ》験的《けんてき》な作品も書かれています。近年の収穫《しゅうかく》として、初老《しょろう》に突入《とつにゅう》した殺し屋の女性《じょせい》が命を狙《ねら》ってくる敵《てき》と対峙《たいじ》し、その過程《かてい》で自身の人生を振《ふ》り返るという構造《こうぞう》になっている、ク・ビョンモ『破果《はか》』（岩波書店）を挙《あ》げておきたいと思います。

中国語圏《けん》では昭和の頃《ころ》から松本清張《まつもとせいちょう》などの日本人作家が翻訳《ほんやく》されており、島田荘司《しまだそうじ》以降《いこう》の謎解《なぞと》き小説《しょうせつ》も多く読まれています。初期《しょき》に邦訳《ほうやく》されたのは、そうした日本読者にも親和性《しんわせい》の高い作品群《ぐん》だったのですが、最近《さいきん》はホラーやSF的設定《てきせってい》を含《ふく》む作品、官僚組織《かんりょうそしき》の腐敗《ふはい》を描《えが》いた社会小説《しょうせつ》の要素《ようそ》が強いものなど、幅《はば》広い作風のものが紹介《しょうかい》されるようになっています。世界有数の人口を抱《かか》えた文化圏《けん》だけに、ミステリ創作《そうさく》が今後もっと盛《さか》んになれば、世界的《てき》ベストセラーが生まれることでしょう。

二〇〇〇年にイギリスから中国に返還《へんかん》されて以降《いこう》、社会制度《せいど》の変化《へんか》によって大きな軋《きし》みが生じている香港《ほんこん》を、警察小説《けいさつしょうせつ》という切り口で描《えが》いたのが陳浩基《ちんこうき》『13・67』（文春文庫）です。この作品は日本でも話題を呼《よ》びました。北京《ペキン》生まれの陸秋槎《りくしゅうさ》は、日本のサブカルチャーから強い影響《えいきょう》を受けたことを明かしている書き手で、現在《げんざい》は石川県金沢市《かなざわし》在住《ざいじゅう》です。初期《しょき》は一九九〇年代に日本で書かれた謎《なぞ》解き小説《しょうせつ》を思わせる作風だったのですが、それだけにとどまらない書き手です。二〇二四年に発表した『喪服《もふく》の似合《にあ》う少女』（ハヤカワ・ミステリ）は、一九三〇年代の中華民国《ちゅうかみんこく》を舞台《ぶたい》にしていて、一人称《いちにんしょう》の私立探偵《しりつたんてい》が活躍《かつやく》する物語です。試行錯誤《しこうさくご》をしながら、自作の幅《はば》を広げていこうという意欲《いよく》が見受けられます。

多くの場所でたくさんの書き手が、ミステリという枠《わく》の中で何ができるかを試《ため》そうと、互《たが》いに知恵《ちえ》を絞《しぼ》り合っています。物語を手に取れば、読者もそうした創作《そうさく》の試《こころ》みに参加《さんか》することができるのです。どうぞ、ミステリの物語を楽しんでください。

# ミステリは楽しい

作：川浪《かわなみ》いずみ

知れば知るほどミステリって奥深《おくぶか》いものですね
……
助手 今 何を考えている
推理《すいり》してください 先輩《せんぱい》は探偵《たんてい》なんですから
推理《すいり》した
答え合わせしますか
いや いい
ええー 聞かせてくださいよ
もう少し陽が落ちたらな

南《なん》洋《よう》のアナスタシア
福《ふく》田《だ》和《かず》代《よ》

ジェイムズ・ボンド

自身もスパイ活動に従事《じゅうじ》した経験《けいけん》がある、イギリス作家イアン・フレミングが長篇《ちょうへん》『カジノ・ロワイヤル』（1953年）で初《はじ》めて登場させました。英国秘《えいこくひ》密情報部《みつじょうほうぶ》に属《ぞく》するスパイで、００７号のコードナンバーを持っています。二つの0は、任務遂行《にんむすいこう》のために殺《さつ》人《じん》が許可《きょか》されていることを意味しており、上司《じょうし》であるMからは次々に非情《ひじょう》な命令《めいれい》が下ります。

『カジノ・ロワイヤル』での任務《にんむ》は、ル・シッフルという男とカジノで対決して負かすことでした。ボンドの肩書《かたがき》は一介《いっかい》の公務員《こうむいん》ですが、ギャンブルのような挑《ちょう》戦《せん》や、美しい女性《じょせい》とのロマンスが大好《だいす》きという冒険者《ぼうけんしゃ》の 魂《たましい》 を持っています。彼《かれ》が単独《たんどく》で暗殺機関《あんさつきかん》スメルシュや陰謀組織《いんぼうそしき》スペクターといった巨大《きょだい》な組織《そしき》と闘《たたか》っていく姿《すがた》は多くのファンを魅了《みりょう》し、スパイ小説《しょうせつ》のブームを到来《とうらい》させました。

ショーン・コネリーを初《はじ》めとする多くの俳優《はいゆう》がボンドを演《えん》じており、映画《えいが》は現在《げんざい》も続《つづ》く人気シリーズになっています。　（杉江松恋《すぎえまつこい》）

目的《もくてき》のレストランは、フルマーレ島のビーチのすぐそばだった。

インド洋に浮《う》かぶフルマーレ島は、モルディブの首都マーレに隣接《りんせつ》する環礁《かんしょう》を埋《う》め立てて造《つく》った人工島だ。

モルディブといえば、千を超《こ》える島と環礁《かんしょう》からなる、人口五十万人ほどの群島国家《ぐんとうこっか》だ。透《す》き通った青い海、白い砂浜《すなはま》、珊瑚礁《さんごしょう》、ヤシの木にダイビングスポット——多くの人が美しい南洋《なんよう》のリゾートに癒《いや》しを求《もと》めて訪《おとず》れる。

楽園の呼《よ》び名がふさわしい土地柄《とちがら》だが、この国は、温暖化《おんだんか》による海面上昇《かいめんじょうしょう》の被害《ひがい》をまともに受ける国家のひとつでもある。

現存《げんぞん》する島は、二一〇〇年までに多くが海面下に沈《しず》むと予測《よそく》され、二〇五〇年までに人口の三分の二ほどを移住《いじゅう》させるため、人工島フルマーレを建設《けんせつ》した。

この過酷《かこく》な現実《げんじつ》を、国家として生き抜《ぬ》くために。

目が覚《さ》めるような青空を背景《はいけい》に、画一的《かくいってき》に設計《せっけい》された高層《こうそう》マンションが建《た》ち並《なら》ぶ光景《こうけい》は、モルディブという国家の悲壮《ひそう》な決意と悲劇的《ひげきてき》な経緯《けいい》を知っていても、なかなかシュールだ。

わたしは、パステルピンクに彩《いろど》られた二階《にかい》建《だ》てのレストランから少し離《はな》れた場所に大型《おおがた》バイクを停《と》め、手袋《てぶくろ》を脱《ぬ》ぎながら店をめざした。

「それ、すごいバイクね！」

近くの浜《はま》からサーファーらしいビキニ姿《すがた》の若《わか》い娘《むすめ》が、目を輝《かがや》かせて声をかけるのに、にっこりする。

「わたし、フルムーンビーチにいるの！　良《よ》かったらそのバイク、乗せてね」

よく日焼《ひや》けした、濃《こ》い茶色の髪《かみ》のきれいな娘《むすめ》だった。容姿《ようし》の美しさよりも、はつらつとして健康的《けんこうてき》な表情《ひょうじょう》や、強い目の輝《かがや》きに惹《ひ》かれた。年齢はまだ、二十歳《はたち》そこそこだろう。つい先ほどまで濡《ぬ》れたまま砂浜《すなはま》に寝《ね》ころんでいたのか、頬《ほお》にまで砂《すな》をつけた、無防備《むぼうび》な姿《すがた》だ。わたしは思わず、子どもにするように手を振《ふ》った。

まばゆい太陽の下から、空調のきいた店内に入ると、薄暗《うすぐら》く感じた。

――混《こ》んでいるな。

シーフードの店と聞いている。一階がレストラン、二階が事務所《じむしょ》の小さな店舗《てんぽ》だ。ドアを開けて入った瞬間《しゅんかん》から、焼《や》いた魚やスパイスの香《かお》りが漂《ただよ》っていた。

モルディブには、多い順《じゅん》にインド、ロシア、英国《えいこく》などから観光客《かんこうきゃく》が続々《ぞくぞく》とやってくる。この店はその縮図《しゅくず》のように、各国《かっこく》からの客でにぎわっていた。

空《あ》いていた隅《すみ》の席《せき》に腰《こし》をおろし、注文を取りに来たウェイターに、ロブスターを頼《たの》んだ。冷《ひ》えたウォッカ・マティーニでも一杯《いっぱいの》飲みたいところだが、バイクで来たので代わりに炭酸水《たんさんすい》を注文する。

さりげなく店内を観察《かんさつ》しても、特《とく》に違和感《いわかん》を覚《おぼ》える客や、従業員《じゅうぎょういん》などはいない。厨房《ちゅうぼう》ではモルディブ人らしい料理人《りょうりにん》が大きな鍋《なべ》を振《ふ》っている。盛《も》りつけた皿をウェイターに手渡《てわた》す料理人《りょうりにん》の助手、まだ仕事に慣《な》れていないのか手元が怪《あや》しいウェイター。

活気に満《み》ちた店内には、インド人らしい家族連《かぞくづ》れが大騒《おおさわ》ぎしながら食事をし、ロシア人らしいカップルは周囲《しゅうい》の喧噪《けんそう》をものともせずにむつまじく、ビーチから来たらしいサンダル履《ば》きの若者《わかもの》たちはビール片手《かたて》にはしゃいでいる。ひとりで来た客は自分くらいだ。

スマートウォッチで、メッセージの着信《ちゃくしん》がないか確認《かくにん》した。誰《だれ》からも着信《ちゃくしん》なし。

『着いた。ジャック、そっちはどうだ？』

送信《そうしん》してみるが、返信《へんしん》はない。

さて、どうしたものか――。

わたしは、冷《ひ》えた炭酸水《たんさんすい》で喉《のど》を潤《うるお》し、湯気《ゆげ》をあげるロブスターのぽってりと厚《あつ》く甘《あま》みのある身を口に運びながら、考えを巡《めぐ》らせた。

ことは、ロシアのウクライナ侵攻《しんこう》に始まる――。当初《とうしょ》、圧倒的《あっとうてき》な軍事力《ぐんじりょく》を持つロシアが、短期間でウクライナを制圧《せいあつ》して終結《しゅうけつ》するかと思われたが、ウクライナ国民《こくみん》の粘《ねば》り強い抵抗《ていこう》と、西側諸国《にしがわしょこく》の地道な支援《しえん》が功《こう》を奏《そう》し、二年半を過《す》ぎてもなお決着がついていない。

もっとも、戦争《せんそう》が長引けば、国力で劣《おと》るウクライナが疲弊《ひへい》することは間違《まちが》いない。

西側諸国《にしがわしょこく》は、ウクライナに兵器《へいき》や武器《ぶき》を提供《ていきょう》するほか、ロシアに半導体《はんどうたい》の輸出規制《ゆしゅつきせい》を行うなどの経《けい》済制裁《ざいせいさい》を実施《じっし》し、戦争《せんそう》を終結《しゅうけつ》させようとしている。

だが、その経済制裁《けいざいせいさい》が、じれったいことになかなか効果《こうか》を発揮《はっき》しない。米国産《べいこくさん》の高性能《こうせいのう》な半導体《はんどうたい》が、今もなぜかロシアに輸出《ゆしゅつ》され、ミサイル製造《せいぞう》に使われてウクライナを攻撃《こうげき》している。輸出規制《ゆしゅつきせい》の網《あみ》をくぐり抜《ぬ》け、密輸《みつゆ》する業者や国があるからだ。

調査《ちようさ》によれば、侵攻《しんこう》開始の二〇二二年二月から十二月にロシアが輸入《ゆにゆう》した半導体《はんどうたい》のうち、香港《ホンコン》と中国本土を経由《けいゆ》するものが七割《ななわり》、残《のこ》りはトルコやアラブ首長国連邦《しゆちようこくれんぽう》、そしてここモルディブを経由《けいゆ》していた。当局が規制《きせい》を強めているため、日増《ひま》しに密輸《みつゆ》は困難《こんなん》になっているはずだが、完璧《かんぺき》ではない。

わたしがここに来たのは、半導体密輸《はんどうたいみつゆ》のモルディブルートを撲滅《ぼくめつ》するためだ。

それから、もうひとつ。

先日、英国対外情報部《たいがいじようほうぶ》（ＭＩ６《エムアイシックス》）のサー・リチャード・ムーア長官《ちようかん》が、記者会見で「戦争《せんそう》を終わらせるために協力《きようりよく》を」とロシア人に呼《よ》びかけた。ウクライナ侵攻《しんこう》が長引き、ロシアも経済的《けいざいてき》に疲弊《ひへい》しているし、人道的見地《じんどうてきけんち》から戦争《せんそう》に反対しているロシア人も少なくない。戦争推進派《せんそうすいしんは》の大統領《だいとうりよう》に、不《ふ》満《まん》を抱《かか》えている人々も多いと見ている。

そんな不満分子《ふまんぶんし》に、ＭＩ６《エムアイシックス》に協力《きようりよく》するなら秘密《ひみつ》は守ると呼《よ》びかけたのだ。

呼《よ》びかけに応《おう》じるロシア人がいてもいなくても、ＭＩ６《エムアイシックス》に損《そん》はない。ロシアの要人《ようじん》が、内部に裏《うら》切《ぎ》り者がいるかもしれないと疑心暗鬼《ぎしんあんき》になるだけで、成果《せいか》はあるからだ。

だが、ムーア長官《ちようかん》の記者会見から二週間を経《へ》て、ＭＩ６《エムアイシックス》に協力《きようりよく》したいとの有力な申し出があった。「アナスタシア」と名乗るその人物は、半導体密輸《はんどうたいみつゆ》の全貌《ぜんぼう》を教えると連絡《れんらく》してきた。回線を通じて連絡《れんらく》するのは危険《きけん》だから、モルディブで直接会《ちよくせつあ》って情報《じようほう》を渡《わた》したいとのことだった。

スパイ《わたし》の出番だ。

（罠《わな》かもしれんな）

指令《しれい》を下した部長は、気づかわしげな視線《しせん》をよこしたものだ。わたしは肩《かた》をすくめて応《おう》じた。

（罠《わな》でも、いつものことです）

だが、今のところそれらしい接触《せっしょく》はない。

アナスタシアはロシアの女性《じょせい》の名前だが、相手が女性《じょせい》とは限《かぎ》らないだろう。

ロブスターをたいらげたころ、店の二階から下《お》りてきた目つきの鋭《するど》い男が、店内をさりげなく見回した。わたしは視線《しせん》を外し、炭酸水《たんさんすい》を飲んだ。男がこちらを意識《いしき》しているのを感じた。

――あれが接触《せっしょく》相手だろうか。

男が他のテーブルを回りながら近づいてくる。店の扉《とびら》が開き、がっしりした体格《たいかく》のふたり組の男性《だんせい》が入ってきた。彼《かれ》らもこちらに向かっていた。

――やっぱり罠《わな》だったか。

いつものことだから失望《しつぼう》はしないが、半導体密輸《はんどうたいみつゆ》はわたし自身も片《かた》づけたかった案件《あんけん》なので残念《ざんねん》だった。目つきの鋭《するど》い男は、わたしの前の席《せき》に腰《こし》を下ろし、あいまいな笑《え》みを浮《う》かべた。

「――やあ。君があの有名な英国人《えいこくじん》だな」

他の客はみんな、カップルか家族《かぞく》連れか集団《しゅうだん》だ。ひとりでいる客はわたしだけだった。英国人《えいこくじん》も、わたしひとりかもしれない。

黙《だま》っていると、男が首を傾《かし》げた。青い目に、ほとんど白っぽく見える金髪《きんぱつ》だ。高い頬骨《ほおぼね》といい、おそらくロシア人だろう。

「ちょっと二階で話したい。一緒《いっしょ》に来てもらえるかな」

合図をすると、背後《はいご》から近づいてきたTシャツのふたり組が、わたしの肩《かた》に手をかけて立たせようとした。剣呑《けんのん》な雰囲気《ふんいき》だが、店内にいる客たちはみんな、自分の目の前にある皿と、仲間《なかま》との会話に集中して気づいていないようだ。

「気安く触《さわ》るな」

肩《かた》に置《お》かれた手を払《はら》うと、わたしは素早《すばや》く背後《はいご》のTシャツ男の腕《うで》をひねり、相手が痛《いた》みに呻《うめ》くひまもなく、互《たが》いの位置関係《いちかんけい》を入れ替《か》えた。Tシャツ男の腕《うで》をひねり上げながらわたしが座《すわ》っていた椅子《いす》に座《すわ》らせ、わたしは彼《かれ》の背後《はいご》に立って、目つきの鋭《するど》い男と向かい合ったのだ。

わたしが何をしたのか、三人の男たちはわからなかったようで茫然《ぼうぜん》としている。

「何か用か？　名乗る手間も惜《お》しんで、ひとの食事の邪魔《じゃま》をするほど大事な用なのか」

「――なるほど。これが有名な『殺《ころ》しのライセンス』を持つ英国《えいこく》スパイの実力か」

感心したように呟《つぶや》いた目つきの鋭《するど》い男が、低《ひく》く口笛を吹《ふ》いた。

「失礼《しつれい》した。わたしはセルゲイ・クズヤエフだ。おとなしく一緒《いっしょ》に来てくれないか。わたしも無関係《むかんけい》な客に迷惑《めいわく》をかけたくないし、あっちには子どももいるようだしね」

インド人の家族を、それとなく肩越《かたご》しに見ている。セルゲイがこの暑いのに麻《あさ》のジャケットを着ていて、その下に銃《じゅう》を携帯《けいたい》しているらしいことは気づいていた。ほかのふたりもナイフくらい隠《かく》しているだろう。まあ、わたしも白い麻《あさ》のジャケットの下に銃《じゅう》を隠《かく》している。

それにこちらも、他人を巻《ま》き込《こ》みたくない。

「いいだろう。あんたが先に行ってくれ」

セルゲイに先導《せんどう》させ、Tシャツ男を立たせて、彼《かれ》にも前を歩かせた。残《のこ》りのひとりが、舌打《したう》ちして後からついてくる。

セルゲイ・クズヤエフという名前は、ロシアの新興財閥《オリガルヒ》のひとりとして聞き覚《おぼ》えがある。旧《きゅう》ソビエト連邦《れんぽう》が分裂《ぶんれつ》した際《さい》、資本主義下《しほんしゅぎか》で台頭したひと握《にぎ》りの富裕層《ふゆうそう》だ。権力者《けんりょくしゃ》と癒着《ゆちゃく》し、その存在《そんざい》が汚職《おしょく》の温床《おんしょう》にもなっている。

ウクライナ侵攻《しんこう》の後、西側諸国《にしがわしょこく》は対ロシアの経済制裁《けいざいせいさい》の一環《いっかん》として、オリガルヒの海外資産《かいがいしさん》を凍結《とうけつ》した。制裁《せいさい》を逃《のが》れるため、彼《かれ》らは高価《こうか》なクルーザーやヨットをモルディブに送り、そこで位置情報《いちじょうほう》を停止《ていし》して資産《しさん》を隠《かく》したらしい。

モルディブはロシアに対する経済制裁《けいざいせいさい》に慎重《しんちょう》な態度《たいど》を取っており、結果的《けっかてき》に現在《げんざい》のところ、オリガルヒの資産《しさん》の避難先《ひなんさき》になっている。

――セルゲイが、半導体密輸《はんどうたいみつゆ》の情報提供者《じょうほうていきょうしゃ》だという可能性《かのうせい》はあるか？

まだ一パーセントくらいは可能性《かのうせい》が残《のこ》されているかもしれない。オリガルヒの仲間割《なかまわ》れや、海外資産《かいがいしさん》を凍結《とうけつ》されたことで、戦争《せんそう》を継続《けいぞく》する政権《せいけん》に対する反発など、理由はいくつでも考えられる。わたしが目の前の三人を蹴倒《けたお》して即座《そくざ》に脱出《だっしゅつ》しないのは、慎重《しんちょう》に見きわめるためだ。

情報提供者《じょうほうていきょうしゃ》にこのレストランを指定された時、念《ねん》のため店に関《かん》する情報《じょうほう》も調べた。オーナーはモルディブ人だ。だが、店を出す際《さい》にロシア企業《きぎょう》から金を借《か》りている。オリガルヒとは一見、関係《かんけい》なさそうな企業《きぎょう》だったが、セルゲイが店の二階から現《あらわ》れたところを見ると、裏《うら》に彼《かれ》がいるのかもしれない。

二階の事務室《じむしつ》は、大きな窓《まど》のある開放的《かいほうてき》な部屋だった。窓辺《まどべ》に毛足の長い白猫《しろねこ》が寝《ね》そべっている。セルゲイは、いかにもオーナー然《ぜん》とした様子で奥《おく》の籐椅子《とういす》に腰《こし》を下ろし、わたしにも「座《すわ》ってくれ」と身振《みぶ》りでソファを示《しめ》した。窓辺《まどべ》の猫《ねこ》が、さっと窓框《まどかまち》から降《お》りてセルゲイの膝《ひざ》に飛《と》び乗った。甘《あま》えるように鳴いて、撫《な》でてもらおうとしている。

入り口が見える場所に、わたしは腰《こし》を下ろした。室内の動きが見渡《みわた》せないと、落ち着かないのだ。

「何か飲むか？　この店のロブスターはなかなか旨《うま》かっただろう？」

断《ことわ》ると、セルゲイはTシャツ男のひとりに合図して、自分のためにウイスキーをロックグラスに注がせた。彼自身《かれじしん》の手は猫《ねこ》の背中《せなか》を撫《な》でるのに忙《いそが》しい。

「店に英国からお客さんが来たと聞いて様子を見に行ったら、君だったから驚《おどろ》いたよ。――ああ、否《ひ》定《てい》するだけ時間の無駄《むだ》だから、否定《ひてい》しないでくれ。君の顔写真くらい、裏社会《うらしゃかい》にいるものなら誰《だれ》でもたびたび見ているからね」

わたしは肩《かた》をすくめた。SNS全盛期《ぜんせいき》に、自分の外見を秘密《ひみつ》にするのは至難《しなん》の業《わざ》だ。

だが、英国人の観光客《かんこうきゃく》が店に来ても、いちいちセルゲイが見に行くわけではないだろう。何か事情《じじょう》がありそうだ。

「単刀直入《たんとうちょくにゅう》に聞きたい。君は――モルディブに何かの調査《ちょうさ》に来たんだな？」

「わたしだって、たまには休暇《きゅうか》くらいとる」

ぶっきらぼうに答えながら、最後《さいご》に長期休暇《ちょうききゅうか》を取ったのは何年前だったか考えていた。スパイは命がけで、忙《いそが》しい商売だ。

「バカンスね、なるほど。誰《だれ》かと会って、何かを受け取るために来た――違《ちが》うか？」

すました表情《ひょうじょう》で黙《だま》っていると、セルゲイは首を傾《かし》げ、自分のデスクに置《お》いていたパソコンの画面をひょいとこちらに向けた。

そこに、先ほどからわたしが返信《へんしん》を待っていたジャックがロープで椅子《いす》に縛《しば》られ、口には猿轡《さるぐつわ》をかまされた哀《あわ》れな姿《すがた》で映《うつ》っている。

「こんなことは言いたくないが、君にも状況《じょうきょう》を理解《りかい》してもらいたくてね。船にいる君の仲間《なかま》は、わたしの部下と一緒《いっしょ》にいるよ。君の返事次第では、サメの餌《えさ》にしていいと部下には言ってある」

——ジャックのやつ。

連絡《れんらく》が取れないと思ったら、敵《てき》に捕《つか》まっていたのか。だが、ここで弱みを見せるわけにはいかない。

わたしは「だからどうした」と言わんばかりに首を傾《かし》げて見せた。

若手《わかて》の部類《ぶるい》ではあるが、ジャックだってＭＩ６《エムアイシックス》から派遣《はけん》された仲間《なかま》のスパイだ。わたしが何より
も——ジャックの命よりも——任務《にんむ》を優先《ゆうせん》することくらい、わかっているだろう。

「君たちの船は釣《つ》り船を装《よそお》っていたが、魚などいるはずのないスポットにずっと泊《と》めていたらしいね。地元の漁師《りょうし》から通報《つうほう》があったので、部下を乗りこませたのだよ。船にあったパソコンには、ＭＩ６《エムアイシックス》への情報提供者《じょうほうていきょうしゃ》が君たちをモルディブに誘《さそ》ったメールが残《のこ》っていたそうだ。この店に来いと言っていることも、それで知った。モルディブに来たもうひとりの英国《えいこく》スパイの写真もあったから、君が来ていることもわかってしまったよ」

思わず舌打《したう》ちした。ジャックの船が怪《あや》しまれたのが発端《ほったん》だったのか。

ふいに、背後《はいご》から誰《だれ》かがわたしの首に太い腕《うで》を回し、チョーク技《わざ》で首を絞《し》めてきた。Ｔシャツ男の片割《かたわ》れだ。

とっさに顎《あご》を引いて首に力をこめた。腕《うで》がそれ以上首《いじょうくび》に食い込《こ》んで窒息《ちっそく》しないようにして、ソファから床《ゆか》に勢《いきお》いよく滑《すべ》り落ちた。体勢《たいせい》を崩《くず》したＴシャツ男を前方に放り投げる。すさまじい音がした。きっと、階下のレストランでは客が何事かと天井《てんじょう》を見上げているだろう。

テーブルに顔面をぶつけ、痛《いた》みに耐《た》えて顔を引きつらせながら立ち上がろうとしている男をしり目に、わたしはさっと離《はな》れた。

「おまえ！」

もうひとりのTシャツ男が戸棚に隠《かく》した銃《じゅう》を出す前に、窓《まど》に向かって走った。脱出《だっしゅつ》するならこの窓《まど》だと、部屋に入った時から目をつけていた。

セルゲイたちが、情報提供者《じょうほうていきょうしゃ》ではありえないことが明白になった。情報提供者《じょうほうていきょうしゃ》が英国《えいこく》スパイに接触《せっしょく》しようとしていることに気づいて、阻止《そし》するために近づいたのだ。

「ここで銃《じゅう》はよせ！」

セルゲイが部下を叱責《しっせき》する。

こんな場所で銃器《じゅうき》を使えば、客にまで被害《ひがい》が出るかもしれない。モルディブは外交がらみでは慎重《しんちょう》に行動するが、国内で発生する犯罪《はんざい》を見逃《みのが》すわけではない。自国民《じこくみん》に被害《ひがい》が及《およ》べばなおさらだ。

大きな木枠《きわく》の窓《まど》を蹴破《けやぶ》り、ガラスで目を傷《きず》つけないように腕《うで》で顔をかばいながら、二階から飛《と》び降《お》りた。一階レストランの窓《まど》の日よけが、ちょうどいい具合にクッションになってくれた。

道路のアスファルトに転がるように着地し、バイクを停《と》めた場所に走りながら、スマートウォッチに「こっちに来い！」と叫《さけ》ぶと、バイクのエンジンがかかり、こちらに向かって動きだすのが見える。スマートウォッチと無線《むせん》で連携《れんけい》し、自律運転《じりつうんてん》で持ち主のいる場所まで来てくれるバイクなのだ。

特務装備開発課《とくむそうびかいはつか》の自慢《じまん》の装備品《そうびひん》だった。

――帰ったら、開発課長《かいはつかちょう》に極上《ごくじょう》のスコッチでも手土産《てみやげ》に訪《たず》ねよう。

飛《と》び乗ってハンドルを握《にぎ》れば、自動操縦《じどうそうじゅう》からわたし自身にコントロールが移《うつ》る。

先ほどのレストランを振《ふ》り返ると、二階の窓《まど》にセルゲイらしき影《かげ》が佇《たたず》んでいるのが見えた。Tシャツのふたりが一階から駆《か》けだしてくるころには、数キロは離《はな》れていることになりそうだ。

だが、フルマーレはさほど大きな島ではない。モルディブの島々じたい、どれも小さな珊瑚礁《さんごしょう》の群《ぐん》島《とう》だ。彼《かれ》らがフルマーレを隅々《すみずみ》まで探《さが》し回れば、見つかってしまうだろう。

——では奥《おく》の手だ。

バイクに乗ったまま、ビーチに飛《と》び出した。砂浜《すなはま》で酒を飲み、甲羅《こうら》干《ぼ》しをしている観光客《かんこうきゃく》らが、なにごとかとこちらを見ている。

わたしはそのまま海に突《つ》き進み、まっすぐバイクで波に飛《と》び込《こ》んだ。浅瀬《あさせ》を過《す》ぎて、車輪《しゃりん》がほとんど水につかるほどになると、スマートウォッチの画面にメッセージが表示《ひょうじ》された。

『水上バイクモードに切り替《か》えます』

モーター音とともに、前後の車輪《しゃりん》が二枚《にまい》ずつに分かれ、四枚《よんまい》の車輪《しゃりん》になって左右に広がると、ゆっくり角度を変《か》えてドローンのように海面に水平になった。車輪《しゃりん》ではなく、バイクに浮力《ふりょく》を与《あた》えるための四つのゴムボートになったのだ。同時に地上走行時には隠《かく》れていたプロペラが水中に下り、唸《うな》りを上げて回転を始めた。

こういう見事な発明には、いつも心が躍《おど》る。

いまやバイクは水上をスピードボートのように滑《なめ》らかに走りだしていた。背後《はいご》で、ビーチの観光客《かんこうきゃく》が歓声《かんせい》を上げている。潮風《しおかぜ》が髪《かみ》をなぶり、強い太陽の光が肌《はだ》を焼《や》いた。仕事だと思わなければ実に南国らしく快適《かいてき》だ。

このバイクが巨大《きょだい》なのは、水陸両用《すいりくりょうよう》の機能《きのう》を備《そな》えているからだ。これなら、フルマーレやマーレ島だけでなく、北マーレ環礁《かんしょう》ならどこにでも逃《に》げ込《こ》める。

ジャックが待機《たいき》しているはずだった船にまっすぐ戻《もど》り、人質《ひとじち》になった彼《かれ》を救《きゅうしゅつ》出することも考えたが、その前にやるべきことがある。

セルゲイは、おそらく密輸《みつゆしよう》商本人か、その仲間《なかま》だ。連絡《れんらく》してきた情報提供者《じようほうていきようしゃ》「アナスタシア」は別《べつ》にいる。

──情報提供者《じようほうていきようしゃ》は、レストランに現《あらわ》れなかった。

じわじわと笑《え》みが口元に上がってくる。

──違《ちが》うな。たぶんわたしはすでに、情報提供者《じようほうていきようしゃ》と会っていたのだ。

水上バイクが向かっているのは、フルムーンビーチだった。フルマーレ島の北隣《きたどなり》、フラナフューシという小島のビーチだ。この島はダイバーに人気のリゾート島で、高級ホテルやレストラン、バーも多い。

(わたし、フルムーンビーチにいるの!)

「アナスタシア」という名前から、情報提供者《じようほうていきようしゃ》はロシア人だと思い込《こ》んでいた。だから、ロシア系《けい》には見えない顔立ちの娘《むすめ》を見て、瞬時《しゅんじ》に彼女《かのじょ》がそうだとは気づかなかった。

昼下がりのフルムーンビーチでサーフボードを砂浜《すなはま》に差《さ》し、波と戯《たわむ》れているビキニ姿《すがた》の娘《むすめ》を見つけて、手を振《ふ》った。

疾走《しっそう》する水上バイクには目を丸くしたようだが、彼女《かのじょ》も元気よく手を振《ふ》り返してきた。

──彼女《かのじょ》だったのか。

半導体密輸《はんどうたいみつゆ》に関《かん》し、ＭＩ６《エムアイシックス》への情報提供《じようほうていきよう》を名乗り出た、自称《じしよう》「アナスタシア」とは。

＊

ている。

「ドミトリー・ミハイロビッチというロシア人を知っている?」

ビーチで話し込《こ》むより目立たないからと、誘《さそ》われたのは近くのバーだった。

ビキニ姿《すがた》だった娘《むすめ》は、水着の上に深紅《しんく》のサンドレスをまとい、バーのスツールに堂々《どうどう》と腰《こし》を下ろしている。

ここでもわたしはペリエを頼《たの》んだ。彼女《かのじょ》が注文したのは、彼女《かのじょ》に似合《にあ》いのフルーツの載《の》った華《はな》やかなカクテルだった。グラスが運ばれると、彼女《かのじょ》は鮮《あざ》やかな色彩《しきさい》の液体《えきたい》をひと口飲んで、会話を始めた。

「オリガルヒのひとりだ。今年に入って、亡《な》くなったんじゃないか」

「よく知ってるわね。暗殺《あんさつ》されたの」

あっさり彼女《かのじょ》が答えたので驚《おどろ》く。たしかに、ドミトリーはウクライナ侵攻《しんこう》が長期化《ちょうきか》することに反対で、大統領《だいとうりょう》に反抗的《はんこうてき》な声明を出したために暗殺《あんさつ》されたとの噂《うわさ》は聞いている。

「ある日、セルゲイの店で食事をして戻《もど》った後、急激《きゅうげき》に体調が悪化した。このところ、大統領《だいとうりょう》と対立するロシア人の間に流行している病気なのよ。一種《いっしゅ》の毒殺《どくさつ》――ね」

彼女《かのじょ》が何の話をしているのかわかり、わたしはかすかに頷《うなず》いた。

二〇〇六年、ロンドンで西側諸国《にしがわしょこく》を驚《おどろ》かせる事件《じけん》が起きた。亡命《ぼうめい》したロシア人の元スパイ、アレクサンドル・リトビネンコが、吐血《とけつ》して病院で死亡《しぼう》する際《さい》、毒《どく》を盛《も》られたと訴《うった》えた。死後、彼《かれ》の体内から猛毒《もうどく》の放射性物質《ほうしゃせいぶっしつ》ポロニウム210が発見され、彼《かれ》の言葉を裏付《うらづ》けたのだ。

二〇一八年には、やはり英国《えいこく》でロシアの元スパイ、セルゲイ・スクリパリと娘《むすめ》のユリアが神経毒《しんけいどく》を使用されて意識不明《いしきふめい》の重体で発見され、ふたりを救助《きゅうじょ》しようとした警察官《けいさつかん》も重体に陥《おちい》るという事件《じけん》が発生した。

他にもロシアでは、大統領《だいとうりょう》の対抗馬《たいこうば》と目された野党《やとう》の政治家《せいじか》や、大統領批判《だいとうりょうひはん》の急先鋒《きゅうせんぽう》として名高い記者への爆破《ばくは》や銃撃《じゅうげき》などによる暗殺《あんさつ》や暗殺未遂《あんさつみすい》は枚挙《まいきょ》にいとまがない。

「わたしはドミトリーの娘《むすめ》なの」

「――娘《むすめ》？」

「父はロシアに家庭を持っていたけど、奥《おく》さんは早くに亡《な》くなった。子どもたちも成人《せいじん》して独立《どくりつ》したので、長くモルディブでわたしの母と暮《く》らしていたの。結婚《けっこん》はしてないけど」

娘《むすめ》はアリーシャと名乗った。

「でも、父はわたしをアナスタシアとロシア人みたいな名前で呼《よ》んでいた」

娘《むすめ》として正式に認知《にんち》はされなかったが、ドミトリーは彼女《かのじょ》とその母に、相応《そうおう》の資産《しさん》が渡《わた》るよう手配してくれたそうだ。

アリーシャは、モルディブ人らしく肌《はだ》の色は浅黒《あさぐろ》く、髪《かみ》と目は黒に近い濃《こ》い茶色だ。だが、そう言われてじっくり観察《かんさつ》すると、額《ひたい》が広く秀《ひい》でており鼻筋《はなすじ》は通って高く、頬骨《ほおぼね》も高い。典型的《てんけいてき》なロシア系《けい》の顔立ちだ。

「父はたぶん正義《せいぎ》の味方ではなかっただろうけど、母やわたしには優《やさ》しい人だったの」

「――お気の毒《どく》に」

口先だけの言葉ではなかった。アリーシャの声にこもる真情《しんじょう》に、わたし自身の心も動かされたのだ。

「お父さんはなぜ暗殺《あんさつ》の対象《たいしょう》になったんだ？　半導体密輸《はんどうたいみつゆ》はロシアにとって重要《じゅうよう》な仕事だと思うが」

「戦争《せんそう》を早く終わらせるべきだと直言《ちょくげん》したからじゃないかな。半導体密輸《はんどうたいみつゆ》はドミトリーひとりの仕事じゃない。ドミトリーを暗殺《あんさつ》して、セルゲイひとりになったほうが、無駄《むだ》なことを言わずに半導体《はんどうたい》だけ納《おさ》めてくれそうだから」

「――なるほど」

「あなたに渡《わた》したかったのは、これ」

アリーシャは、小さなメモリカードをわたしの手に握《にぎ》らせた。

「ドミトリーとセルゲイたちが関《かか》わっている、半導体密輸《はんどうたいみつゆ》の情報《じょうほう》が収《おさ》まっている。亡《な》くなる前に、父がわたしにこっそり渡《わた》したの。死を覚悟《かくご》していたのだと思う。もし自分に何かあれば、セルゲイが犯《はん》人《にん》だって。お前が必要《ひつよう》だと思ったときに、使えばいいって」

わたしは渡《わた》されたメモリカードを握《にぎ》りしめた。この小さなカードに、戦争《せんそう》の行方《ゆくえ》を決めるかもしれない、重要《じゅうよう》な情報《じょうほう》が収《おさ》められているとは。

――この子がＭＩ６《エムアイシックス》に協力《きょうりょく》を申し出たのは、殺《ころ》された父親の復讐《ふくしゅう》のためだったのか。

「だが、これを使えば君やお母さんが危険《きけん》にさらされないか。内容《ないよう》を知っているのは、ドミトリーとセルゲイだけなんだろう」

「大丈夫《だいじょうぶ》。セルゲイは、わたしがドミトリーの娘《むすめ》だと知らないの。父は用心深くて、母やわたしの存《そん》在《ざい》を隠《かく》し続《つづ》けてきたから。セルゲイやその仲間《なかま》たちは、母のことを父の家政婦《かせいふ》だと思ってる」

「家政婦《かせいふ》でも――ドミトリーがモルディブで親しく接《せっ》していたのが君たち母子《おやこ》だけなら、セルゲイは怪《あや》しむかもしれない」

「大丈夫《だいじょうぶ》。だって、その情報《じょうほう》はセルゲイのパソコンから盗《ぬす》み出されたように見えるよう、細工《さいく》をしておいたから」

アリーシャは、モルディブに遊びに来たアメリカ人ハッカーと仲良《なかよ》くなり、セキュリティにさほど興味《きょうみ》のない素人《しろうと》が利用《りよう》するパソコンから、遠隔操作《えんかくそうさ》で情報《じょうほう》を引き出す方法《ほうほう》を教わったのだと言った。

「実際《じっさい》には盗《ぬす》む必要《ひつよう》がないから、セルゲイのパソコンにランサムウェアを感染《かんせん》させて、侵入《しんにゅう》されたことがわかるようにしただけだけどね」

「なるほど」

いかにも当たり前のことのように聞いていたが、内心でわたしは舌《した》を巻《ま》いていた。この娘《むすめ》はなかなか頭が回る。ランサムウェアとは、コンピュータのデータを暗号化し、身代金を払《はら》えば復号化《ふくごうか》して元通りに使えるようにすると脅迫《きょうはく》して、金を払《はら》わせようとするマルウェアのことだ。

「お願《ねが》い。この情報《じょうほう》を使って、半導体密輸《はんどうたいみつゆ》のルートを壊滅《かいめつ》させて。そうすれば責任問題《せきにんもんだい》になって、ルートを任《まか》されているセルゲイの命も危《あぶ》なくなるから」

頷《うなず》き、その小さなメモリカードを、そういった失《うしな》いやすい大切なものを納《おさ》めて、肌身《はだみ》離《はな》さず身につけておくための、特注《とくちゅう》ベルトにしまいこんだ。それから、ペリエを飲み干《ほ》した。

「わたしはもう行くが、君はどうする？ もし、お母さんと一緒《いっしょ》に海外《かいがい》に脱出《だっしゅつ》したければ——」

アリーシャは首を横に振《ふ》った。

「いいの。ここはわたしの故郷《こきょう》だから。たとえ何年かのうちに海に沈《しず》むとみなされていても、離《はな》れるつもりはない」

わたしは頷《うなず》き、彼女《かのじょ》の凜《りん》とした表情《ひょうじょう》に一瞬《いっしゅん》見とれた。過酷《かこく》な運命を受け入れつつ、それに負けない人々にはいつも心から感服《かんぷく》する。

「——わかった。君たちの健闘《けんとう》を祈《いの》る。気をつけて」

「ありがとう。モルディブを出たら、香港《ホンコン》に向かって。そのデータには、香港《ホンコン》で半導体密輸《はんどうたいみつゆ》を引き受けている企業《きぎょう》の情報《じょうほう》も入っているから」

「そうするよ」

香港《ホンコン》を含《ふく》む中国ルートが、半導体密輸《はんどうたいみつゆ》の最大《さいだい》のルートだ。当局は、密輸《みつゆ》に関《かか》わった企業《きぎょう》が発覚《はっかく》するたび、市場から排除《はいじょ》してきたが、ひとつを排除《はいじょ》してもまた次々と新たな企業《きぎょう》が密輸《みつゆ》に携《たずさ》わる。いたちごっこだ。

わたしの考えを読んだのか、アリーシャが微笑《ほほえ》んだ。

「密輸《みつゆ》ルートの手足を切っても、タコのようにまた生えてくるだけ。頭を潰《つぶ》さなくちゃ」

「——頭か」

「そいつは、ロシア側《がわ》にいる」

その情報《じょうほう》もメモリカードに入っていると彼女《かのじょ》は言った。

「それから、半導体密輸《はんどうたいみつゆ》のモルディブルートと呼《よ》ばれるものは、セルゲイと部下たちのこと。彼《かれ》らを排除《はいじょ》すれば、モルディブを経由《けいゆ》する半導体《はんどうたい》はいったん消えるから、安心して」

ひょっとすると彼女《かのじょ》は、ＭＩ６《エムアイシックス》を利用《りよう》して父の仇《かたき》・セルゲイを消そうとしているのかもしれない。

だが、そうだとしても——そんなしたたかさすら、魅力的《みりょくてき》だ。

「では、わたしはもう行かなくては」

立ち上がると、アリーシャは最初《さいしょ》に会った時のように、天真爛漫《てんしんらんまん》な笑顔《えがお》を見せた。

「お元気でね。どうぞ気をつけて」

「そちらも」

心を惹《ひ》かれる娘《むすめ》だった。こんな出会いかたをしたのでなければ、もっと彼女《かのじょ》の話を聞きたかった。

だが、任務《にんむ》が待っている。

わたしは微笑《ほほえ》み、彼女《かのじょ》を残《のこ》して店を出た。

外に水陸両用《すいりくりようよう》バイクを停《と》めている。

「——さてと」

まず、船に監禁《かんきん》されているジャックの救出《きゅうしゅつ》に向かわなくては。彼《かれ》の無事《ぶじ》を祈《いの》るしかない。助け出したら、そのまままっすぐ船で香港《ホンコン》だ。

太陽が傾《かたむ》いている。

わたしはバイクを浜《はま》に向け、再《ふた》び海に乗り入れた。水上バイクモードに切り替《か》え、スピードを上げてジャックの船に向かいながら、バイクに装備《そうび》した武器《ぶき》を点検《てんけん》した。船首に艤装《ぎそう》したサブマシンガン、タンクのそばに隠《かく》した、取り外しのできるフィッシングガン、肩《かた》のホルスターには、ベレッタのハンドガンだ。

——待ってろよジャック、いま助けに行く。

風がわたしのジャケットをはためかせた。

編《へん》著《ちょ》者《しゃ》のおすすめ本７

# 『００７ゴールドフィンガー』

（ハヤカワ・ミステリ文庫）

**イアン・フレミング／井上一夫《いのうえかずお》訳《やく》**

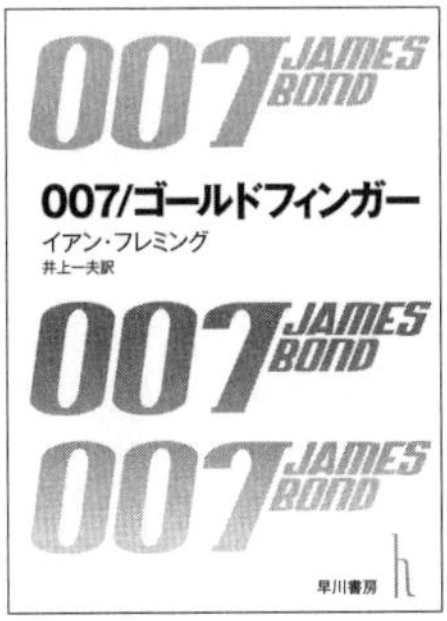


実は００７シリーズは愛《あい》の物語です。

第一作『００７カジノロワイヤル』はカジノで敵《てき》と戦《たたか》うギャンブル小説《しょうせつ》ですが、ジェームズ・ボンドは、暗殺《あんさつ》機関《きかん》スメルシュと遭遇《そうぐう》して傷《きず》つきます。ある女性《じょせい》の献身的《けんしんてき》な看護《かんご》を受けたボンドは復活《ふっかつ》を遂《と》げますが、二人の恋《こい》は哀《かな》しい結果《けっか》に終わってしまいます。

そこから心の放浪《ほうろう》が始まり、第十作『女王陛下《へいか》の００７』でついに結婚《けっこん》を考えるほどに愛《あい》する女性《じょせい》と出会います。この長篇《ちょうへん》では秘密《ひみつ》組織《そしき》スペクターの首領《しゅりょう》ブロフェルドとの最終《さいしゅう》闘争《とうそう》も描《えが》かれますが、敵《てき》が狙《ねら》う世界破滅《はめつ》作戦《さくせん》は奇想天外《きそうてんがい》なものです。このＳＦのような現実《げんじつ》からの浮《う》き上がりぶりもシリーズの魅力《みりょく》です。

その間の作品では『００７ゴールドフィンガー』をお薦《すす》めしたいと思います。金に取りつかれた男、ゴールドフィンガーが圧巻《あっかん》の存在感《そんざいかん》で、ボンドとの攻防《こうぼう》も終始ぎらぎらと派手《はで》なものです。ガイ・ハミルトン監督《かんとく》の映画化《えいがか》作品も娯楽《ごらく》に徹《てつ》した傑作《けっさく》でした。

（杉江松恋《すぎえまつこい》）

# ミステリをもっと楽しむ豆知識《まめちしき》

## ミステリの叢書《そうしよ》

もっといろいろ読みたくなった方へ。

私《わたし》もそうなのですが、せっかくなら世に出ているミステリは全部読んでみたい、という気持ちになった方もいると思います。

そういう人のための情報《じようほう》です。海外作品を刊行《かんこう》している出版社《しゆつぱんしや》は多いですが、専門《せんもん》の老舗《しにせ》があります。早川書房《しよぼう》と、東京創元社《そうげんしや》です。

早川書房《しよぼう》にはハヤカワ・ミステリというシリーズがあります。ズボンの後ろポケットに入れるとかっこいい版型《はんがた》、ということから通称《つうしよう》ポケミス。創刊《そうかん》は1953年、１０１番のミッキー・スピレイン『大いなる殺人《さつじん》』から始まりました。１～１００は欠番《けつばん》です。2024年には通番２０００となる馬伯傭《ばはくよう》『両京十五日Ⅰ　凶兆《きようちよう》』が出版《しゆつぱん》されました。

ハヤカワ・ミステリと並《なら》んで東西の横綱格《よこづなかく》となっているのが東京創元社《そうげんしや》の創元推理《そうげんすいり》文庫です。創刊《そうかん》は1959年、第一回配本はルルー『黄色い部屋の謎《なぞ》』などの四作でした。

初期《しよき》はジャンル分けのマークが付《つ》けられていました。帽子《ぼうし》をかぶった横顔、通称《つうしよう》おじさんは謎解《なぞと》きが主の作品。ピストルマークは犯罪小説《はんざいしようせつ》、猫《ねこ》はスリラー、時計は法廷小説《ほうていしようせつ》など変則的《へんそくてき》な構成《こうせい》のもの、帆船《はんせん》が冒険小説《ぼうけんしようせつ》でした。

マークは廃止《はいし》になりましたが、現在《げんざい》は背《せ》の色でゆるやかに区別《くべつ》されているそうです。オレンジが英国《えいこく》作品、ブルーが犯罪小説系《はんざいしようせつけい》、グリーンがライト寄《よ》りのもの、というように。

両叢書《そうしよ》はミステリ・ファンの拠《よ》り所になっています。ずっと続《つづ》きますように。　（杉江松恋《すぎえまつこい》）

# おわりに

いかがでしたでしょうか。

ミステリの楽しさを、少しでも多く伝《つた》えられていたら幸いです。

私《わたし》がこどものころは、ミステリに限《かぎ》らず、いろいろな入門書が本として出ていました。

インターネットが普及《ふきゅう》したからなのかな。最近《さいきん》はあまり見ないような気がします。

考え方としての、一つの出発点として、この本を置《お》いておこうと思います。たくさんの読者がいれば、それだけミステリ観《かん》があっていいはずです。ぜひみなさんも、ミステリってどういうものだろうか、と考えてみてください。ときどきこの本に戻《もど》ってきてみたら、ああなるほど、そういうことを言いたかったのか、と腑《ふ》に落ちることがあるかもしれません。

どんな物語の形でも大事なのは、読むことです。当たり前ですが、小説《しょうせつ》はページをめくらないと前に進めませんから。読む。文章を読む。作者が書きたかったことを読む。

楽しむためには時間がかかります。そして、理解《りかい》することも必要《ひつよう》になります。

もしかすると、手に取ったミステリを今は楽しめないかもしれません。そういうことは絶対《ぜったい》にあります。物語も、読者も悪くない。ただ、そのときは波長が合わなかっただけ。

しばらく経《た》ってまた読んでみたら、今度はすごくおもしろくなっているかも。

周囲《しゅうい》の人が言うことに影響《えいきょう》されてしまっているのかもしれません。「○○は時代遅《おく》れでつまらないね」「●●は文章が下手だね」というような評価《ひょうか》は、参考《さんこう》にしてもいいのですが、最後《さいご》はやはり作品と読者の相性《あいしょう》だと思います。

他の誰《だれ》も、あなたと本の間には入れません。本は、ひとりでいることの楽しさを教えてくれます。ひとりのときには本を読みましょう。どんな本でも。その中にミステリを加《くわ》えていただけたら、私《わたし》はとても嬉《うれ》しいです。

ガイド部分でずっと書いてきたように、ミステリにはいくつかの決まった技法《ぎほう》が使われています。それらを単独《たんどく》で、もしくは組み合わせて使うことでこの形式は進化してきました。

だからミステリでは、小説《しょうせつ》・物語《ものがたり》の内容《ないよう》とは別《べつ》に、その技巧《ぎこう》の評価《ひょうか》をすることができます。お話はおもしろいけど、ミステリとしてはあまり、みたいに言うことができるのはそのためです。物語が楽しめるようになったら、では技巧《ぎこう》の部分はどうなのか、みたいに考えてみるのもおもしろいと思います。逆《ぎゃく》に、技巧《ぎこう》がきちんとできているか、ということばかり気になる人でも、そのうちに物語の内容《ないよう》に目が向いてくるかもしれません。

そんな風に、いろいろな楽しみ方ができます。それがミステリ。

日本では、毎年末《ねんまつ》にさまざまなミステリ・ランキングが発表されます。新刊《しんかん》が気になるときはそちらを参考《さんこう》にしてください。《ハヤカワ・ミステリマガジン》《紙魚《しみ》の手帖《てちょう》》《ジャーロ》といったミステリ専門誌《せんもんし》もあります。雑誌《ざっし》やネットでは、私《わたし》のような書評家《しょひょうか》が、ミステリの紹介《しょうかい》をしています。それも参考《さんこう》にしていただけるように、がんばります。

ミステリは大きな海。どうぞよい船旅を。

また海のどこかでお会いしましょう。

杉江《すぎえ》松恋《まつこい》

初出一覧

「ガイド 第1回　ミステリのおもしろさ。」《ミステリマガジン》2024年9月号

「ガイド 第2回　名探偵《めいたんてい》とは誰《だれ》でしょう?」《ミステリマガジン》2024年11月号

「ガイド 第3回　トリックとは何か?」《ミステリマガジン》2025年1月号

「ガイド 第4回　推理《すいり》とは何か?」《ミステリマガジン》2025年4月号

「ガイド 第5回　どんでん返しとは何でしょうか。」書き下ろし

「ガイド 第6回　ミステリって結局《けつきよく》何なのだろう。」書き下ろし

**斜線堂有紀**（しゃせんどう・ゆうき）

1993年生まれ。上智大学卒。作家。著書に〈キネマ探偵カレイドミステリー〉〈プロジェクト・モリアーティ〉シリーズ、『楽園とは探偵の不在なり』『回樹』『本の背骨が最後に残る』『廃遊園地の殺人』など。

**辻 真先**（つじ・まさき）

1932年生まれ。名古屋大学文学部国文学科卒。推理作家・脚本家。著書『たかが殺人じゃないか』『仮題・中学殺人事件』、アニメ脚本『鉄腕アトム』『名探偵コナン』など。

**福田和代**（ふくだ・かずよ）

神戸大学工学部卒。ミステリ作家。著書に〈梟の一族〉〈迎撃せよ〉〈碧空のカノン〉などのシリーズ、『ディープフェイク』『ヴァンパイア・シュテン』『怪物』『プロメテウス・トラップ』など。

**水生大海**（みずき・ひろみ）

三重県出身。小説家。2009年、第1回ばらのまち福山ミステリー文学新人賞優秀作『少女たちの羅針盤』でデビュー。著書に〈ランチ探偵〉〈社労士のヒナコ〉シリーズ、『救世主』『その嘘を、なかったことには』など。

## 著者紹介

### 杉江松恋（すぎえ・まつこい）

1968年東京都生まれ。慶應義塾大学文学部卒。書評家。ミステリ及び大衆芸能に関心がある。著書に『日本の犯罪小説』、『芸人本書く派列伝』、『浪曲は蘇る』、『ある日うっかりＰＴＡ』、『路地裏の迷宮踏査』など。

### 青崎有吾（あおさき・ゆうご）

1991年生まれ。明治大学文学部卒。ミステリ作家。著書に『体育館の殺人』『早朝始発の殺風景』『11文字の檻』『地雷グリコ』〈アンデッドガール・マーダーファルス〉シリーズなど。

### 阿津川辰海（あつかわ・たつみ）

1994年生まれ。東京大学法学部卒。ミステリ作家。新人発掘プロジェクト「カッパ・ツー」に『名探偵は嘘をつかない』が選出されデビュー。他の著書に『紅蓮館の殺人』『午後のチャイムが鳴るまでは』など。

### 楠谷 佑（くすたに・たすく）

1998年生まれ。小説家。著書に『無気力探偵～面倒な事件、お断り～』『家政夫くんは名探偵！』『ルームメイトと謎解きを』『案山子の村の殺人』など。

名探偵《めいたんてい》と学《まな》ぶミステリ
推理小説アンソロジー＆ガイド

2025年３月20日　初版印刷
2025年３月25日　初版発行

＊

編　者　杉江松恋《すぎえまつこい》
著　者　杉江松恋《すぎえまつこい》、青崎有吾《あおさきゆうご》、阿津川辰海《あつかわたつみ》、楠谷《くすたに》　佑《たすく》
斜線堂有紀《しやせんどうゆうき》、辻《つじ》　真先《まさき》、福田和代《ふくだかずよ》、水生大海《みずきひろみ》

発行者　早　川　　浩

＊

印刷所　株式会社精興社
製本所　大口製本印刷株式会社

＊

発行所　株式会社　早川書房
東京都千代田区神田多町２−２
電話　03-3252-3111
振替　00160-3-47799
https://www.hayakawa-online.co.jp
定価はカバーに表示してあります
ISBN978-4-15-210414-4　C0093
Printed and bound in Japan
乱丁・落丁本は小社制作部宛お送り下さい。
送料小社負担にてお取りかえいたします。